Rachael Lippincott
mit Mikki Daughtry und Tobias Iaconis
Drei Schritte zu dir

Rachael Lippincott wurde in Philadelphia geboren und wuchs in Pennsylvania auf. Sie absolvierte einen BA Studiengang in English Writing an der University of Pittsburgh. Zurzeit lebt sie in Pittsburgh, Pennsylvania, wo sie ihre Zeit zwischen dem Schreiben und dem Betrieb eines Foodtrucks aufsplittet.

Mikki Daughtry stammt aus Atlanta, Georgia. Sie hat einen Abschluss in Theaterwissenschaften von der Brenau University. Mikki Daughtry lebt in Los Angeles, wo sie als Drehbuchautorin arbeitet.

Tobias Iaconis wurde in Deutschland als Sohn eines Amerikaners und einer Deutschen geboren. Er studierte Englische Literatur am Haverford College in Philadelphia und arbeitet nun als Drehbuchautor in Los Angeles, wo er mit seiner Familie lebt.

Nina Frey studierte Anglistik und Germanistik in Hamburg. Sie arbeitete lange im Kunsthandel, bevor sie sich als Übersetzerin selbstständig machte.

Rachael Lippincott
mit Mikki Daughtry und Tobias Iaconis

Drei Schritte zu dir

Roman

Aus dem amerikanischen Englisch
von Nina Frey

dtv

Von Rachael Lippincott ist bei dtv außerdem lieferbar:
All This Time – Lieben heißt unendlich sein (mit Mikki Daughtry)

FSC www.fsc.org MIX Papier aus verantwortungsvollen Quellen FSC® C083411

Ungekürzte Ausgabe
2021 dtv Verlagsgesellschaft mbH & Co. KG, München

Titel der amerikanischen Originalausgabe: ›Five Feet Apart‹,
2018 erschienen bei Simon & Schuster BFYR, an imprint of
Simon & Schuster Children's Publishing Division, New York
Published by arrangement with Simon & Schuster Books For
Young Readers, an imprint of Simon & Schuster Children's
Publishing Division.
Umschlaggestaltung: dtv nach einem Design von Lizzy Bromley
unter Verwendung einer Illustration von Lisa Perrin
Gesetzt aus der Bell MT
Satz: C.H.Beck.Media.Solutions, Nördlingen
Druck und Bindung: CPI books GmbH, Leck
Printed in Germany · ISBN 978-3-423-71898-1

Für Alyson

– R. L.

Wir widmen dieses Buch, wie
auch den Film, allen Patienten, Familien,
Medizinern, Pflegern und geliebten
Mitmenschen, die Tag für Tag tapfer den
Kampf gegen die Mukoviszidose kämpfen.
Möge die Geschichte von Stella und Will
dazu beitragen, der Krankheit zu mehr
Aufmerksamkeit zu verhelfen und sie eines
Tages heilbar zu machen.

– M. D. und T. I.

Kapitel 1

STELLA

Mein Finger fährt die Zeichnung meiner Schwester nach, eine Lunge, geformt aus einem Blumenmeer. Blüten entsprießen den Rändern der Zwillingsovale, zartrosa, weiß, sogar erikablau. Jede ist so einzigartig, so strahlend, dass sie wirken, als würden sie ewig blühen. Einige der Knospen haben sich noch nicht geöffnet, und mit den Fingerspitzen kann ich fast fühlen, wie sich in den winzigen Sprossen das Leben entfaltet. Die gefallen mir am besten.

Ich frage mich oft, wie es wohl wäre, solch eine gesunde Lunge zu haben. Eine so lebendige. Ich hole tief Luft, spüre, wie sich die Luft in meinen Körper hineinkämpft und wieder hinaus.

Meine Hand rutscht vom letzten Blütenblatt der letzten Blume, sinkt hinab, fährt über den sternengespickten Hintergrund, die stecknadelgroßen Lichter, mit denen Abby versucht hat, die Unendlichkeit einzufangen. Ich räuspere mich, ziehe die Hand fort und nehme stattdessen ein Foto von uns beiden vom Bett. Zweimal das gleiche Lächeln, das unter dicken Schals hervorblitzt, über unseren Köpfen glitzern die Lichterketten im Park um die Ecke so hell wie die Sterne in Abbys Bild.

Es war irgendwie magisch. Der sanfte Schein der Parklaternen, der weiße Schnee auf den Zweigen, die absolute Stille. Für dieses Bild haben wir uns letztes Jahr fast den Arsch abgefroren, doch so war es unsere Tradition. Abby und ich, die sich in die Kälte wagten, um gemeinsam die Weihnachtsbeleuchtung zu bewundern.

Bei diesem Foto weiß ich immer, wie es sich angefühlt hat. Wie es sich angefühlt hat, mit meiner Schwester ins Abenteuer zu ziehen, hinaus in die große, weite Welt.

Ich nehme eine Reißzwecke und pinne das Foto neben die Zeichnung, setze mich auf mein Bett und schnappe mir das kleine Notizbuch und den Stift von meinem Nachttisch. Mein Blick gleitet über die lange To-do-Liste, die ich mir heute Morgen erstellt habe, angefangen mit »Punkt 1: To-do-Liste erstellen«, befriedigenderweise bereits abgehakt, bis ganz hinunter zu Punkt 22: »Übers Jenseits nachdenken.«

Punkt 22 war womöglich etwas arg ehrgeizig für einen Freitagnachmittag, aber wenigstens kann ich jetzt Punkt 17 abhaken: »Wände dekorieren.« Ich sehe mich in dem vorher so kahlen Zimmer um, dem ich fast den ganzen Vormittag hindurch mal wieder meinen Stempel aufgedrückt habe, betrachte die Wände, die jetzt über und über bedeckt sind mit den Bildern, die Abby mir im Laufe der Jahre geschenkt hat, den kleinen Gaben voll Leben und Farbe vor kalkweißem Hintergrund, je eine für jeden Klinikaufenthalt.

Ich am Tropf, und aus dem Infusionsbeutel heraus flattern Schmetterlinge jeden Formats, jeder Form, jeder Farbe. Ich mit Nasenkanüle, und der Schlauch bildet ein Unendlichkeitszeichen. Ich mit meinem Vernebler, und der Dampf, der herauskommt, bildet einen wolkigen Heiligenschein. Und noch das Zartfarbigste, ein verblasster Sternensturm, den sie gemalt hat, als ich das erste Mal hier war.

Das Bild ist nicht ganz so ausgefeilt wie ihre späteren Sachen, aber irgendwie mag ich es genau deshalb am liebsten.

Und direkt unterhalb dieser Pracht steht … meine gesammelte medizinische Ausrüstung, genau neben einem grässlichen grünen Krankenhaussessel aus Kunstleder, der hier im Saint Grace in jedem Zimmer zur Grundausstattung gehört. Argwöhnisch beäuge ich den Infusionsständer, weil ich weiß, dass in genau einer Stunde und neun Minuten die erste von vielen Antibiotikarunden des kommenden Monats beginnt. Hurra.

»Da ist es!«, ruft eine Stimme draußen auf dem Flur. Ich hebe den Kopf, die Tür öffnet sich langsam und es erscheinen zwei vertraute Gesichter. Camila und Mya haben mich im vergangenen Jahrzehnt hier tausendmal besucht, und immer noch schaffen sie es nicht von der Anmeldung bis zu meinem Zimmer, ohne jeden Menschen im Haus nach dem Weg zu fragen.

»Falsches Zimmer«, sage ich und grinse beim Anblick ihrer erleichterten Mienen.

Mya lacht und schiebt die Tür ganz auf. »Hätte mich ehrlich nicht gewundert. Verdammtes Labyrinth.«

»Schon aufgeregt?«, frage ich und springe auf, um sie zu umarmen.

Camila hält mich auf Armeslänge, schmollt, das dunkle Haar sieht fast so niedergeschlagen aus wie sie. »Zweite Fahrt hintereinander ohne dich.«

Stimmt. Nicht zum ersten Mal bringt meine Mukoviszidose mich um irgendeinen Schulausflug, Strandurlaub oder eine Schulveranstaltung. Ungefähr siebzig Prozent der Zeit läuft alles für mich ziemlich normal. Ich gehe zur Schule, ich treffe mich mit Camila und Mya, ich arbeite an meiner App. Nur eben mit reduzierter Lungenfunktion. Aber die übrigen dreißig Prozent beherrscht die Krankheit mein Leben. Was bedeutet, dass ich eben Dinge wie Klassenausflüge in die Ausstellung oder jetzt die Abschlussreise unseres Jahrgangs nach Mexiko verpasse, weil ich Unterstützung aus der Klinik brauche. Und die sieht diesmal eben so aus, dass ich mit Antibiotika vollgepumpt werden muss, um endlich das hartnäckige Halsweh und das Fieber wegzubekommen.

Das und meine abschmierende Lungenfunktion.

Mya schmeißt sich auf mein Bett und lässt sich unter dramatischem Seufzen hineinsinken. »Sind doch nur zwei Wochen. Bist du sicher, dass du nicht mitkannst? Das ist unsere *Abschlussfahrt*, Stella!«

»Ich bin mir sicher«, sage ich entschieden, und sie wissen, dass es mir ernst ist. Wir sind seit der Mittelstufe befreundet, und mittlerweile ist ihnen klar, dass die Mukoviszidose das letzte Wort hat, was meine Pläne angeht.

Es ist ja nicht so, dass ich nicht mitfahren will. Aber es geht buchstäblich um Leben und Tod. Ich kann nicht einfach nach Cabo – oder sonst wohin – und das Risiko eingehen, es nicht zurück zu schaffen. Das kann ich meinen Eltern nicht antun. Nicht jetzt.

»Aber du hast dieses Jahr das Planungskomitee geleitet. Kannst du denen nicht sagen, sie sollen die Behandlung verschieben? Wir wollen nicht, dass du hier drinnen versauerst«, sagt Camila und weist auf mein sorgfältig dekoriertes Krankenhauszimmer.

Ich schüttle den Kopf. »Wir haben ja noch die gemeinsamen Osterferien! Und ich habe unser Freundinnenwochenende seit der Achten nur ein Mal verpasst, und auch nur wegen dem Schnupfen damals.« Ich lächle Camila und Mya hoffnungsvoll zu. Aber beide springen nicht darauf an, sondern tun lieber weiterhin so, als hätte ich ihre Haustiere abgemurkst.

Mir fällt auf, dass sie beide die mit Badeanzügen gefüllten Taschen halten, die ich sie gebeten hatte mitzubringen, und so reiße ich Camila ihre aus der Hand, versuche verzweifelt, das Thema zu wechseln. »Okay, Modenschau. Die Suche nach dem Topmodell.« Nachdem ich nicht im Badeanzug meiner Wahl am mexikanischen Strand in Cabo braten werde, kann ich wenigstens über meine Freunde etwas davon mitbekommen, indem ich sie bei der Auswahl unterstütze.

Beide werden sichtlich fröhlicher und wir schütten ihre Taschen in einem bunten Mischmasch aus Punkten, Blumen und Leuchtfarben auf meinem Bett aus.

Ich schaue Camilas Badeanzugstapel durch und greife nach einem roten, der irgendwo zwischen Bikinihose und Schnürfaden angesiedelt ist, was zweifellos zeigt, dass es sich um ein Erbstück ihrer großen Schwester Megan handelt.

Ich werfe ihn ihr zu. »Der hier. Wie für dich gemacht.«

Ihre Augen werden groß und sie hält ihn sich an die Taille, rückt sich erstaunt die Metallbrille zurecht. »Also, der würde sicher minimale Bräunungsstreifen machen …«

»Camila«, sage ich und schnappe einen weiß-blau gestreiften Bikini, der fraglos sitzen wird wie eine zweite Haut. »Scherz. Der hier ist perfekt.«

Mit erleichtertem Blick nimmt sie mir den Bikini aus der

Hand. Ich wende mich Myas Stapel zu, doch die ist vollauf damit beschäftigt, im grünen Kunstledersessel Textnachrichten zu schreiben und vor sich hin zu strahlen.

Ich grabe einen Einteiler hervor, den sie seit dem Schwimmunterricht in der sechsten Klasse besitzt, und halte ihn ihr mit einem schiefen Grinsen hin. »Wir wär's mit dem hier, Mya?«

»Super! Sieht toll aus«, sagt sie unter wildem Getippe.

Schnaubend stopft Camila ihre Badeanzüge zurück in die Tasche und grinst mir bedeutungsschwer zu. »Mason und Brooke haben Schluss gemacht«, erklärt sie.

»O Gott. Kann nicht sein!«, sage ich. Das sind Neuigkeiten. *Großartige* Neuigkeiten.

Vielleicht nicht für Brooke, wahrscheinlich. Aber Mya schwärmt schon für Mason, seit sie in der Zehnten gemeinsam Englisch bei Mrs. Wilson hatten, also ist diese Fahrt ihre Chance, es endlich zu versuchen.

Es macht mich fertig, dass ich ihr nicht dabei helfen kann, einen zehnstufigen Plan für die stürmische Romanze mit Mason unter mexikanischem Himmel zu erstellen.

Mya steckt ihr Handy weg und zuckt betont gelassen die Schultern, während sie sich vor die Wand stellt, um vorgeblich die Bilder zu studieren. »Kein Grund zur Aufregung. Wir treffen ihn und Taylor morgen früh am Flughafen.«

Ich sehe sie bedeutungsvoll an, und da ist es, das Lächeln. »Okay, ist schon ein ziemlicher Grund zur Aufregung!«

Wir quietschen alle aufgeregt durcheinander und ich halte einen supersüßen gepunkteten Einteiler hoch, ein echtes Vintageteil und genau ihr Stil. Sie nickt, schnappt ihn sich und hält ihn sich an. »Ich habe so gehofft, dass du den aussuchst.«

Camila beäugt nervös ihre Uhr, was zu erwarten war. Sie ist amtierende Aufschiebekönigin und hat wahrscheinlich noch kein einziges Stück für Cabo gepackt.

Bis auf den Bikini natürlich.

Sie fühlt sich ertappt und grinst verlegen. »Ich muss mir für den Strand noch ein Badelaken kaufen.«

Wirklich typisch Camila.

Ich stehe auf und spüre, wie mir das Herz schwer wird beim Gedanken an ihren Aufbruch, aber ich möchte sie nicht aufhalten. »Ihr müsst dann echt mal los! Euer Flug ist ja quasi vor dem Aufstehen.«

Mya sieht sich traurig im Zimmer um, während Camila geknickt ihre Badeanzugtasche in der Hand zwirbelt. Die beiden machen es mir noch schwerer, als es ohnehin schon ist. Ich schlucke die Schuldgefühle und den Ärger hinunter, die in mir aufsteigen. Sie sind ja hier nicht diejenigen, die ihre Abschlussreise nach Cabo verpassen. Wenigstens werden sie zusammen sein.

Ich strahle die beiden an und schleife sie praktisch zur Zimmertür. Meine Wangen schmerzen vom ganzen Gute-Laune-Geheuchel, aber ich will es ihnen nicht versauen.

»Wir schicken dir haufenweise Fotos, okay?«, sagt Camila und umarmt mich.

»Wehe, wenn nicht! Photoshoppt mich in ein paar rein«, ermahne ich Mya, die mit Adobe wahre Wunder vollbringt. »Dann merkt ihr noch nicht mal, dass ich nicht dabei war.«

Sie lungern auf der Schwelle herum und ich werfe ihnen einen extragenervten Blick zu und schubse sie spielerisch auf den Flur. »Los, verschwindet! Gute Fahrt!«

»Wir lieben dich, Stella!«, rufen sie noch aus dem Gang.

Ich sehe ihnen nach, winke, bis Myas hüpfende Locken völlig außer Sichtweite sind, möchte plötzlich nichts mehr, als mit ihnen zu gehen, zum Einpacken statt zum Auspacken.

Mein Lächeln fällt in sich zusammen, als mein Blick beim Schließen der Tür auf das alte Familienfoto fällt, das ich dort sorgsam befestigt habe.

Es wurde vor ein paar Sommern geschossen, auf der Veranda vor unserem Haus, als wir am vierten Juli grillten. Abby, ich, Mom und Dad, allesamt etwas dümmlich in die Kamera grinsend. Eine Heimwehwelle durchschwappt mich, ich kann das Geräusch des morschen, klapprigen Holzes richtig hören, wie es unter uns knarzte, als wir uns für das Bild nebeneinanderdrängten. Dieses Gefühl fehlt mir so. Wie wir alle zusammen waren, glücklich und gesund. Jedenfalls meistens.

Nicht gerade hilfreich jetzt. Seufzend reiße ich mich los und blicke zum Arzneiwagen hinüber.

Ganz ehrlich, mir gefällt es hier. Seit ich sechs war, ist hier mein zweites Zuhause, also macht es mir normalerweise nichts aus herzukommen. Ich werde behandelt, ich schlucke meine Medikamente, ich schlürfe mein Körpergewicht in Milchshakes, ich darf Barb und Julie sehen, und dann gehe ich wieder, bis es von vorne losgeht. Ganz einfach also. Aber diesmal bin ich angespannt, aufgewühlt sogar. Denn statt einfach nur gesund sein zu wollen, muss ich diesmal tatsächlich gesund werden. Um meiner Eltern willen.

Weil sie einfach alles versaut haben, indem sie sich haben scheiden lassen. Und nachdem sie schon einander verloren haben, werden sie nie damit fertigwerden, wenn sie auch noch mich verlieren. Das weiß ich.

Aber wenn es mir besser geht, dann vielleicht …

Eins nach dem anderen. Ich gehe rüber zum Sauerstoffanschluss in der Wand, überprüfe sorgfältig die Einstellung und lausche dem gleichmäßigen Zischen des Sauerstoffflusses, bevor ich mir den Schlauch um die Ohren lege und die Kanülen der Nasenbrille in meine Nasenlöcher schiebe. Seufzend lasse ich mich auf die vertraut ungemütliche Krankenhausmatratze sinken und hole tief Luft.

Ich greife nach meinem kleinen Notizbuch, um ablenkungshalber zu lesen, was als Nächstes auf meiner To-do-Liste steht. »Punkt 18: Video aufnehmen.«

Ich schnappe mir den Stift und kaue nachdenklich darauf herum, während ich auf die Worte starre, die ich vorhin geschrieben habe. Seltsamerweise würde es mir gerade leichter fallen, übers Jenseits nachzudenken.

Aber Liste ist Liste, und so atme ich tief aus und recke mich zu meinem Nachttisch, wo der Laptop steht. Dann setze ich mich im Schneidersitz auf die neue geblümte Steppdecke, die ich gestern bei Target rausgesucht habe, während Camila und Mya Klamotten für Cabo shoppten. Nicht, dass ich die Decke gebraucht hätte, aber sie waren so begeistert von dem Gedanken, dass ich mir auch etwas Schönes für meinen Klinikaufenthalt kaufe, dass ich sonst ein schlechtes Gewissen gehabt hätte. Wenigstens passt sie jetzt zu meinen Wänden mit ihren leuchtenden, lebendigen Farben.

Der Computer fährt hoch und ich trommele nervös auf der Tastatur herum und mustere mein Spiegelbild auf dem Bildschirm. Überall diese langen braunen Locken. Ich versuche, sie mit den Fingern zu bändigen, wenigstens etwas in Form zu bringen. Frustriert ziehe ich das Haargummi vom Handgelenk und mache mir aus der Not einen unordentlichen Dutt, um für dieses Video zumindest ansatzweise präsentabel auszusehen. Dann greife ich mir *Java-Programmieren für Android-Geräte* vom Nachttisch und stelle den Laptop drauf, um eine einigermaßen schmeichelhafte Einstellung ohne Doppelkinn hinzubekommen.

Beim Einloggen bei YouTube Live stelle ich die Webcam ein, damit Abbys Lungenbild hinter mir auch richtig zu sehen ist.

Der perfekte Hintergrund.

Ich schließe die Augen und hole tief Luft, höre das vertraute Röcheln meiner Lunge, die verzweifelt versucht, sich durch all den Schleim hindurch mit Luft zu füllen. Dann atme ich lange aus, pflastere mir ein breites Zahnpastagrinsen ins Gesicht, schlage die Augen auf und drücke die Taste, um live zu gehen.

»Hallo Leute. Habt ihr alle einen netten Black Friday und kauft, was das Zeug hält? Ich persönlich habe ja auf die Schneelieferung gewartet, die mir versprochen wurde.«

Ein flüchtiger Blick auf den Monitor, während ich die Kamera Richtung Krankenhausfenster rüberschiebe, zum verhangenen grauen Himmel, den kahlen Bäumen jenseits der Scheibe. Der Livestream-Zähler hat schon den Tausender überschritten, nur ein Bruchteil meiner 23 940 YouTube-Abonnenten, die regelmäßig wissen wollen, wie es in meinem Kampf gegen die Mukoviszidose steht.

»Also, eigentlich sollte ich mich gerade für meinen Flug nach Mexiko fertig machen, die Abschlussreise meiner Schule, aber stattdessen mache ich eben Urlaub in meinem zweiten Zuhause, meinem Halsweh sei Dank.«

Und dem ständigen Fieber. Ich denke daran, wie heute Morgen bei der Aufnahme mein Fieber gemessen wurde und die Leuchtziffern des Thermometers fast 39 gezeigt haben. In dem Video erwähne ich das lieber nicht, weil meine Eltern es bestimmt später sehen werden.

Sie glauben, ich habe einfach nur einen hartnäckigen Schnupfen.

»Wer braucht schon zwei Wochen Sonnenschein, blauen Himmel und Strand, wenn man sich in der Nachbarschaft einen ganzen Monat lang verwöhnen lassen kann?«

Ich zähle die Annehmlichkeiten an den Fingern auf. »Also. Ich habe rund um die Uhr Portierservice, Schokopudding bis zum Anschlag und Wäschedienst. Ach, und Barb hat Dr. Hamid breitgeschlagen, dass ich diesmal alle meine Medikamente und Geräte im Zimmer haben darf. Schaut her!«

Ich drehe die Webcam zum Stapel mit den medizinischen Geräten und dem Rollwagen neben mir, den ich bereits perfekt geordnet habe, alphabetisch und chronologisch, entsprechend des Einnahme- und Dosierungsplans, den ich auch in meine selbst entwickelte App eingegeben habe. Endlich ist sie bereit für den Probelauf.

Das war Punkt 14 auf meiner To-do-Liste heute, und ich bin ziemlich stolz darauf, wie es jetzt organisiert ist.

Mein Computer macht Pinggeräusche, die ersten Kommentare sind da. In einem erspähe ich Barbs Namen, umrahmt von Herz-Emojis. Meine Zuschauer lieben sie, genau wie ich. Schon als ich vor über zehn Jahren zum ersten Mal auf diese Station kam, war sie hier die Atemtherapeutin, die mir und meinen Muko-Kollegen Süßigkeiten zugesteckt hat. Wie auch Poe beispielsweise, meinem Spießgesellen. Und wenn unsere

Schmerzen höllisch werden, hält sie uns nach wie vor ganz selbstverständlich die Hand.

Vor fünf Jahren habe ich dann angefangen, YouTube-Videos zu drehen, damit Mukoviszidose mehr Aufmerksamkeit bekommt. Im Laufe der Jahre haben so viele Leute meine Operationen und Therapien und Aufenthalte im Saint Grace verfolgt, dass es meinen Verstand übersteigt. Sie haben sogar meine peinliche Zahnspangenphase mit mir durchgemacht und alles Sonstige.

»Meine Lungenfunktion liegt nur noch bei fünfunddreißig Prozent«, sage ich und drehe die Kamera wieder zu mir. »Dr. Hamid sagt, ich bin schon fast oben auf der Transplantationswarteliste, also bleibe ich jetzt einen Monat hier, nehme Antibiotika, unterzieh mich strikt der Behandlung ...«

Meine Augen wandern zu der Zeichnung hinter mir, die gesunde Lunge, die genau über meinem Kopf schwebt, gerade außer Reichweite.

Lächelnd angle ich nach einer Flasche vom Medikamentenwagen. »Das heißt, dass ich meine Medikamente genau zur richtigen Zeit nehme, meine Vibrationsweste trage, um den Schleim zu lockern, und« – ich halte die Flasche hoch – »jede Nacht Massen von dieser Flüssignahrung durch die Ernährungssonde kriege. Falls sich unter euch jemand befinden sollte, der sich danach sehnt, fünftausend Kalorien am Tag zu verdrücken und trotzdem den perfekten Cabo-Beach-Body zu behalten, ich bin jederzeit für einen Tausch zu haben.«

Mein Computer pingt in einer Tour, ein Kommentar nach dem anderen trudelt herein. Ich lese ein paar und lasse zu, dass die guten Gefühle all die negativen verdrängen, die ich zu Anfang des Videos hatte.

Mach weiter so, Stella. Wir lieben dich.

Heirate mich!

»Die neue Lunge kann jeden Augenblick kommen, also muss ich bereit sein!« Das sage ich, als würde ich wirklich aus ganzem Herzen daran glauben. Obwohl ich nach all diesen Jahren gelernt habe, meine Hoffnungen nicht allzu hochzuschrauben.

PING! Noch eine Nachricht.

Ich habe auch Muko und du erinnerst mich immer daran, dass ich nicht verzweifeln darf.

XOXO

Mir wird warm ums Herz und ich lächle zum Abschluss noch einmal breit in die Kamera, extra für diesen Menschen, der den gleichen Kampf kämpft wie ich. Diesmal ist es aufrichtig. »Also, Leute, danke fürs Zusehen! Ich muss jetzt meine Medikation für den Nachmittag und den Abend noch mal checken. Ihr wisst, was für eine Pedantin ich bin. Ich wünsche euch allen eine tolle Woche. Bis bald!«

Ich beende das Livevideo und atme langsam aus, schließe den Browser, um die strahlenden, winterballschönen Gesichter auf meinem Desktop zu sehen. Camila, Mya und ich Arm in Arm, alle mit demselben tiefroten Lippenstift, den wir gemeinsam bei Sephora ausgesucht hatten. Camila hatte Knallpink gewollt, doch Mya redete uns ein, Rot sei die Farbe, die noch in unserem Leben fehlte. Eine Ansage, die ich immer noch bezweifle.

Ich lasse mich nach hinten sinken und nehme mir den abgewetzten Panda vom Kissen, um ihn fest in den Arm zu nehmen. Flicki, so hat ihn meine Schwester Abby getauft. Und sein Name ist Programm geworden. Das jahrelange Rein und Raus aus der Klinik mit mir hat ihm wirklich zugesetzt. Bunte Flicken bedecken Stellen, wo er aufgerissen und sein Füllmaterial rausgequollen ist, wenn ich ihn während der schmerzhaftesten Prozeduren zu fest gedrückt habe.

Es klopft an der Tür, und keine Sekunde später fliegt sie schon auf, um Barbara hereinzulassen, die mit einer ganzen Armladung Puddinggläser für meine Medikamenteneinnahme hereinprescht. »Hier bin ich wieder! Speziallieferung!«

Was Barb angeht, ist während der letzten sechs Monate alles beim Alten geblieben, sie ist noch immer die Beste. Dieselben kurzen Locken. Dieselben bunten Krankenhauskittel. Dasselbe Lächeln, das das ganze Zimmer erhellt.

Doch dann erscheint hinter ihr eine sichtbar schwangere Julie, eine Infusion in der Hand.

Also, da hat sich in den letzten sechs Monaten tatsächlich was getan.

Ich versuche meine Überraschung zu verbergen und grinse Barb an, die mir den Pudding zum Einsortieren auf den Wagen an den Bettrand stellt und dann eine Liste hervorzieht, um sicherzugehen, dass auch wirklich alles Wichtige dasteht.

»Was täte ich nur ohne dich?«, frage ich.

Sie zwinkert mir zu. »Sterben?«

Julie hängt die Antibiotika-Infusion neben mir auf, ihr Bauch streift meinen Arm. Warum hat sie mir nicht erzählt, dass sie schwanger ist? Ich verkrampfe mich, lächle dürr, während ich ihren Babybauch beäuge und unauffällig davon abrücke. »Da ist ja einiges anders als vor einem halben Jahr.«

Sie reibt sich den Bauch und strahlt mich mit leuchtenden blauen Augen an. »Möchtest du mal fühlen, wie sie tritt?«

»Nein«, sage ich etwas zu hastig. Meine Unverblümtheit scheint sie aus dem Tritt zu bringen, ihre blonden Augenbrauen fahren vor Überraschung in die Höhe. Aber ich will meine miese Aura nicht in die Nähe dieses perfekten, gesunden Babys bringen.

Zum Glück wandert ihr Blick zu meinem Desktop-Hintergrund. »Sind das Fotos von eurem Winterball? Da habe ich auch welche auf Insta gesehen«, sagt sie aufgeregt. »Wie war's denn?«

»Total lustig«, sage ich mit einer Dreifachladung Enthusiasmus und die Peinlichkeit schmilzt dahin. Ich klicke den Ordner mit den Bildern an. »Drei volle Lieder durchgetanzt. Stretchlimo gefahren. Das Essen war gar nicht mal so mies. Und außerdem habe ich bis halb elf durchgehalten, bevor ich müde wurde, also viel länger als erwartet. Wer braucht schon Elternregeln, wenn der eigene Körper das regelt, stimmt's?«

Ich zeige ihr und Barb ein paar Bilder, die wir vor dem Ball bei Mya zu Hause gemacht haben, während Julie mich an den Tropf hängt und meinen Blutdruck und meine Sauerstoffwerte misst. Ich kann mich noch daran erinnern, mal Angst vor Spritzen und Co. gehabt zu haben, doch mit jeder Blutabnahme und jeder Infusion hat die sich immer weiter in Luft aufgelöst. Jetzt zucke ich noch nicht mal mit der Wimper dabei. Mit jedem Tasten, mit jedem Piks fühle ich mich stärker. Als würde ich mit allem fertig.

»Supidupi«, sagt Barb, als sie sämtliche Werte abgelesen

und mein glitzerndes silbernes A-Linien-Kleid mit dem Ansteckstäußchen aus weißen Rosen hinreichend bestaunt haben. Camila, Mya und ich hatten kurzerhand Buketts getauscht, weil wir allesamt partnerlos zum Ball gingen. Ich wollte mich nicht verabreden – nicht, dass mich überhaupt erst jemand gefragt hätte. Es hätte jederzeit sein können, dass ich ausfalle oder während des Balls plötzlich schwächle, was ich niemandem hätte zumuten wollen. Die beiden wollten nicht, dass ich mich als fünftes Rad am Wagen fühlte, und so hatten sie beschlossen, sich ebenfalls keine Dates zu suchen und mit mir als Dreiergespann zu gehen. Nach den neuesten Mason-Entwicklungen sieht es allerdings so aus, als wäre das für den Abschlussball keine Option mehr.

Barb weist mit dem Kopf auf den Wagen, eine Hand in die Hüfte gestemmt. »Ich habe schon noch ein Auge auf dich, aber im Grunde kannst du jetzt loslegen.« Sie hält ein Tablettenfläschchen hoch. »Denk dran, die hier *unbedingt* zum Essen«, sagt sie, stellt das Fläschchen vorsichtig ab und greift nach dem nächsten. »Und pass auf, dass du …«

»Ich hab's im Griff, Barb«, sage ich. Gegen ihre mütterliche Art kommt sie einfach nicht an, doch sie hebt ergeben die Hände. Tief in ihrem Herzen weiß sie, dass ich es hinbekomme.

»Übrigens«, sagt Barb langsam, als Julie das Zimmer verlässt. Ihr Blick wird eindringlich: eine sanfte Warnung. »Erst bringst du die Infusion hinter dich, aber … Poe hat soeben Zimmer 310 bezogen.«

»Was? Echt?« Ich mache große Augen und Anstalten, sofort aus dem Bett zu hüpfen und ihn zu suchen. Ich kann nicht glauben, dass er mir nicht gesagt hat, dass er hier ist!

Barb schnellt vor, greift meine Schultern und hat mich schon sanft aufs Bett zurückgedrückt, bevor ich noch richtig stehe. »Welcher Teil von ›erst bringst du die Infusion hinter dich‹ war schwer zu verstehen?«

Ich lächle verlegen, aber was kann ich bitte dafür? Poe war der Erste, mit dem ich mich hier in der Klinik angefreundet habe. Er ist auch der Einzige, der es wirklich kapiert. Wir kämpfen schon ein ganzes verdammtes Jahrzehnt gemeinsam gegen die Krankheit. Also, gemeinsam, aber mit Sicherheitsabstand.

Wir dürfen einander nicht zu nahe kommen. Für Mukoviszidosepatienten ist eine Querinfektion mit bestimmten anderen Bakterienstämmen ein gewaltiges Risiko. Wenn sich zwei Mukos auch nur berühren, kann das für beide tödlich sein. Im wortwörtlichsten Sinne.

Ihr ernster Ausdruck weicht einem milden Lächeln. »Gewöhn dich ein. Entspann dich. Mach dich locker.« Sie beäugt scherzhaft den Medikamentenwagen. »Aber ohne Hilfsmittel.«

Ich nicke und muss auflachen, so erleichtert bin ich über Poes Auftauchen.

»Ich schau später vorbei, um dir mit der Vibrationsweste zu helfen«, sagt Barb im Rausgehen noch über die Schulter. Ich schnappe mir mein Handy und begnüge mich mit einer schnellen Nachricht, statt den Flur hinunter zu Zimmer 310 zu rasen.

Du bist hier? Ich auch. Antibiotika

Keine Sekunde vergeht und auf meinem Display leuchtet seine Antwort auf:

Bronchitis. Ganz frisch. Werd's überleben. Komm später vorbei und wink mir. Ich penn erst mal.

Ich lasse mich aufs Bett sinken, atme lange und langsam aus.

Die Wahrheit? Dieser Aufenthalt macht mir Angst.

Meine Lungenfunktion ist so schnell auf fünfunddreißig Prozent gesunken. Mehr noch als das Fieber und das Halsweh macht mich fertig, dass ich hier den ganzen nächsten Monat im Krankenhaus sein werde und eine Behandlung nach der anderen über mich ergehen lassen muss, um eine Chance zu haben, während meine Freunde so weit weg sind – und es macht mich nervös. Sehr. Fünfunddreißig Prozent sind eine Zahl, die meiner Mutter schlaflose Nächte bereitet. Nicht, dass sie es sagen würde, aber ihr Computer verrät es. Zahlreiche Suchen nach Lungentransplantationen und Lungenfunktionszahlen, immer neue Wortkombinationen und Formulierungen, aber immer derselbe Gedanke. Wie kann man mir mehr Zeit verschaffen. Deshalb fürchte ich mich mehr als je zuvor. Aber nicht um mich. Wer Muko hat, gewöhnt sich irgendwie an den Gedanken, jung zu sterben. Nein, ich habe eine Heidenangst um meine Eltern. Und was mit ihnen geschieht, wenn es zum Schlimmsten kommt, jetzt, wo sie einander nicht mehr haben.

Aber wenn Poe da ist, jemand, der es *kapiert*, dann kann ich es durchstehen. Sollte ich ihn tatsächlich mal zu sehen kriegen.

***

Der Rest des Nachmittags schleppt sich dahin.

Ich werkle an meiner App, überprüfe noch mal, ob ich das

mit dem Programmierfehler hinbekommen habe, der immer aufgetaucht ist, sobald ich sie auf meinem Smartphone laufen lassen wollte. Ich streiche etwas Fudicin auf die wunde Haut rund um meine Ernährungssonde, damit sie vielleicht von Feuerrot mehr ins zartere Sommer-Sonnenuntergangsrosa übergeht. Ich überprüfe meinen Medikamentenberg für die »Schlafenszeit«. Ich beantworte die Nachrichten meiner Eltern, die mit jeder vollen Stunde eingehen. Ich starre aus dem Fenster in den endenden Nachmittag und sehe ein Pärchen in meinem Alter, wie es lachend und küssend ins Krankenhaus schlendert. Glückliche Paare sieht man nicht alle Tage eine Klinik betreten. Beim Anblick ihrer verschlungenen Hände und schmachtenden Blicke frage ich mich, wie es wäre, wenn mich jemand so ansähe. Die Leute starren immer auf meine Kanülen, meine Narben, meine Sonde, aber nicht auf mich.

Nicht gerade ein Anreiz für die Jungen, an meinem Schließfach Schlange zu stehen.

Im ersten Highschooljahr war ich mit Tyler Paul »zusammen«, aber das währte nur einen Monat, bis ich mir irgendwo was einfing und für einige Wochen ins Krankenhaus musste. Schon nach ein paar Tagen wurden seine Nachrichten immer rarer, und ich beschloss, mit ihm Schluss zu machen. Außerdem war das kein bisschen so wie das Paar dort im Hof. Tylers Hände fühlten sich beim Halten immer ganz verschwitzt an und er sprühte sich immer mit so viel Axe ein, dass ich bei jeder Umarmung einen Hustenanfall bekam.

Diese Gedankengänge sind zur Ablenkung nicht gerade förderlich und so versuche ich mich an Punkt 22 auf meiner Liste, »Über das Jenseits nachdenken«, und lese etwas in *Liebe, Tod, Unsterblichkeit: Die Reise unserer Seele.*

Aber schon ziemlich bald liege ich lieber einfach nur herum, starre an die Decke und lausche dem Pfeifen meines Atems. Ich kann hören, wie die Luft sich an dem Schleim vorbeikämpft, der sich in meiner Lunge breit macht. Ich rolle mich auf die Seite und öffne eine Ampulle Flovent, um meiner Lunge auf die Sprünge zu helfen. Die Flüssigkeit gieße ich in den Vernebler neben meinem Bett und die kleine Maschine erwacht mit einem Brummen, stößt ihre Dämpfe aus dem Mundstück aus.

Ich setze mich auf, starre auf das Bild von der Lunge, atme ein und aus.

Und ein und aus.

Und ein und … aus.

Hoffentlich geht mein Atem etwas weniger schwer, wenn meine Eltern in den nächsten Tagen vorbeischauen. Ich habe ihnen jeweils erzählt, dass der andere mich heute Morgen ins Krankenhaus bringt, bin aber in Wahrheit an der Kreuzung neben Moms neuer Wohnung in ein Taxi gestiegen. Ich wollte nicht, dass einer von ihnen mich wieder hier sehen muss, bevor ich nicht etwas fitter wirke.

Allein die sorgenvollen Blicke meiner Mutter, als ich schon fürs Packen mein Sauerstoffgerät brauchte.

Es klopft an der Tür und ich reiße meinen Blick von der Wand los, in der Hoffnung, es sei Poe, der mir winken kommt. Ich ziehe mein Mundstück ab und Barbs Kopf erscheint. Sie lässt eine chirurgische Schutzmaske und Latexhandschuhe auf den Tisch neben meiner Tür fallen.

»Neuzugang oben. Viertelstunde?«

Mein Herz macht einen Satz.

Ich nicke und sie verschwindet, nicht ohne mir noch einmal zugelächelt zu haben. Ich schnappe mir das Mundstück und nehme noch eine letzte Ladung Flovent, sauge vor meinem Aufbruch noch einmal den Dampf so tief in meine Lunge, wie ich nur kann. Ich schalte den Vernebler ab, nehme mein tragbares Sauerstoffgerät von der Auffüllstation neben dem Bett, drücke den runden Anschaltknopf in der Mitte und ziehe mir den Riemen über die Schulter. Nachdem ich die Kanüle eingeführt habe, streife ich mir neben der Tür die blauen Latexhandschuhe über und verstecke Mund und Nase hinter der Hygienemaske, deren Gummibänder ich mir um die Ohren ziehe.

Ich schlüpfe in meine weißen Converse, drücke die Tür auf und zwänge mich hinaus in den weiß getünchten Korridor, entscheide mich für den Umweg, damit ich an Poes Tür vorbeikomme.

Ich gehe am Stationszimmer vorbei und winke einer jungen Pflegehelferin namens Sarah zu, die mir über das neue, schicke Stahlmodul hinweg zulächelt.

Das haben sie vor meinem letzten Aufenthalt vor sechs Monaten installiert. Es ist so hoch wie die alte Station, doch die war aus abgenutztem Holz und wahrscheinlich schon seit Eröffnung des Krankenhauses vor über sechzig Jahren da. Ich erinnere mich noch daran, wie ich klein genug war, um mich auf dem Weg zu Poes jeweiligem Zimmer daran vorbeizuschleichen, mein Kopf noch deutlich unter der Tischkante.

Jetzt reicht der Tresen mir bis zum Ellbogen.

Auf dem Weg durch den Flur muss ich grinsen, als ich eine kleine kolumbianische Flagge orte, mit Tesa an einer Tür angebracht, die mittels eines umgedrehten Skateboards einen Spaltbreit aufgehalten wird.

Ich spähe hinein. Poe hat sich zu einem erstaunlich winzigen Ball zusammengerollt und schläft unter seiner karierten Decke. Über ihm wacht Gordon Ramsay über seinen Schlaf, ein Mann von Welt im Posterformat.

Ich zeichne ein Herz auf die weiße Wandtafel, die er außen an seine Tür geklebt hat, damit er weiß, dass ich da war, und ziehe weiter den Flur hinunter zu der hölzernen Doppeltür, hinter der es zum Klinik-Hauptgebäude geht, dann mit dem Fahrstuhl hinauf und über die Brücke rüber zum Haus 2 und von dort dann direkt auf die Intensivstation der Neonatologie.

Wenn man hier seit über zehn Jahren ein und aus geht, kennt man die Klinik so gut wie das eigene Elternhaus. Jeden verschlungenen Gang, jede versteckte Treppe, jede geheime Abkürzung habe ich immer und immer wieder erforscht.

Doch bevor ich die Doppeltür meiner Station aufschieben kann, schwingt neben mir eine Krankenzimmertür auf, und als ich mich überrascht umdrehe, sehe ich einen großen, schmalen Jungen, der mir völlig fremd ist. Er steht seitlich in der Tür von Zimmer 315, hält einen Zeichenblock in der einen und einen Kohlestift in der anderen Hand und trägt ums Gelenk ein weißes Krankenhausarmband, genau wie ich.

Ich bleibe wie angewurzelt stehen.

Sein verwuscheltes bitterschokofarbenes Haar ist zur Perfektion zerzaust, als sei er eben der *Teen Vogue* entstiegen und mitten im Saint-Grace-Krankenhaus gelandet. Seine Augen sind dunkelblau und kräuseln sich beim Sprechen in den Winkeln.

Doch am allermeisten fällt mir sein Lächeln auf. Es ist schief und reizend und so warm, dass es einen anzieht wie ein Magnet.

Er ist so süß, dass meine Lungenfunktion sich wie um weitere zehn Prozent reduziert anfühlt.

Zum Glück reicht dieser Mundschutz mir übers halbe Gesicht, weil ich mit süßen Typen bei diesem Krankenhausaufenthalt nun mal gar nicht gerechnet habe.

»Ich habe ihre Pläne gecheckt«, sagt er und klemmt sich den Stift lässig hinters Ohr. Ich schiebe mich ein bisschen nach links und sehe, dass er das Pärchen angrinst, das ich vorhin ins Krankenhaus habe kommen sehen. »Also, wenn ihr nicht gerade mit dem Arsch auf die Klingel kommt, habt ihr mindestens eine Stunde eure Ruhe. Und vergesst nicht. Ich muss in diesem Bett noch schlafen, Leute.«

»Schon mitgedacht.« Ich sehe, wie das Mädchen die Tasche in ihrer Hand aufzieht und ihm Decken zeigt.

Moment mal. Wie bitte?

Der Süße pfeift. »Da schau her. Die Pfadfinder lassen grüßen.«

»Wir sind ja keine Tiere, Alter«, sagt ihr Freund und grinst ihn breit an, von Kerl zu Kerl.

O Gott. Er erlaubt seinen Freunden, es in seinem Bett zu treiben, als wären wir hier im Stundenhotel.

Ich schneide eine Grimasse und gehe weiter zum Ausgang, bringe so viel Abstand wie möglich zwischen mich und das, was auch immer da läuft.

So viel zum Thema süß.

Kapitel 2

WILL

»Okay, bis später dann!«, sage ich mit einem letzten Zwinkern zu Jason und schließe diskret meine Zimmertür. Dabei muss ich direkt in die leeren Augenhöhlen der Totenschädelzeichnung blicken, die an meiner Tür hängt, mit der Sauerstoffmaske über dem Mund, darunter die Worte: »Ihr, die ihr eintretet, lasset alle Hoffnung fahren.«

Das wäre der passende Werbespruch für dieses Krankenhaus. Oder für eines der fünfzig anderen, in denen ich die letzten acht Monate meines Lebens verbracht habe.

Ich bekomme gerade noch mit, wie am Ende des Flurs das Mädchen mit den abgewetzten weißen Converse, das ich vorhin bei ihrem Einzug ins Zimmer weiter unten beobachtet habe, hinter der Schwingtür verschwindet. Sie war ganz alleine gekommen, hatte eine riesige Reisetasche geschleppt, die für drei Erwachsene gereicht hätte, aber sie hatte dabei ziemlich scharf ausgesehen.

Denn mal ganz ehrlich: Im Krankenhaus kriegt man nicht alle Tage ein halbwegs attraktives Mädchen vor die Nase, keine fünf Türen von einem entfernt.

Ich blicke zu meinem Skizzenbuch hinab, klappe es achselzuckend zu und stopfe es in meine hintere Hosentasche, bevor ich ihr den Gang hinterherdackle. Was Besseres habe ich ja nun mal nicht zu tun und hier werde ich die nächste Stunde ganz bestimmt nicht verbringen.

Ich schiebe mich durch die Tür und sehe, wie sie über den grauen Fliesenboden huscht und dabei jedem zuwinkt und ein Schwätzchen einlegt, dem sie über den Weg läuft, als veranstalte sie hier ihre eigene, höchstpersönliche Thanksgiving-Parade. Sie steigt in den großen Glasaufzug, den über der Eingangshalle Ost, direkt neben dem riesigen, voll geschmückten Weihnachtsbaum, den sie heute Morgen hier aufgestellt haben müssen, noch bevor überhaupt die letzten Truthahnreste abgenagt waren.

Gott bewahre, allein der Gedanke, die Riesentruthahndeko hätte nur eine Minute länger dagestanden als nötig.

Ich sehe zu, wie sie sich beim Knopfdrücken den Mundschutz richtet und sich die Türen langsam hinter ihr schließen.

Dann steige ich die Treppe neben dem Aufzug hinauf, versuche, niemanden anzurempeln, während ich zusehe, wie der Aufzug beharrlich zu Ebene Fünf hinauftuckert. Natürlich. Ich renne die Stufen so schnell hinauf, wie meine Lunge es erlaubt, und schaffe es sogar rechtzeitig bis zu Ebene Fünf, um einen Hustenanfall zu bekommen *und* mich davon zu erholen, bevor sie dem Fahrstuhl entsteigt und um eine Ecke verschwindet. Ich reibe mir die Brust, räuspere mich und folge ihr weiter, ein paar Flure entlang und dann hinauf auf die breite gläserne Bücke, die ins nächste Gebäude führt.

Obwohl sie erst heute Morgen angekommen ist, weiß sie offensichtlich genau, wo sie hinwill. In Anbetracht ihres

Tempos und der Tatsache, dass sie jeden Menschen in diesem Laden zu kennen scheint, wäre ich nicht überrascht, wenn sie sich als die Bürgermeisterin herausstellt. Ich bin seit zwei Wochen hier und habe erst gestern kapiert, wie man sich unbemerkt von meinem Zimmer aus zur Cafeteria in Haus 2 schleicht, und ich bin wirklich keine Orientierungspfeife. Im Laufe der Jahre bin ich in so vielen Krankenhäusern gewesen, dass die Suche nach Schleichwegen inzwischen eine Art Hobby für mich ist.

Sie bleibt vor einer Doppeltür stehen, auf der EINGANG OST: NEONATALE INTENSIVSTATION steht, und späht hinein, bevor sie sie aufdrückt.

Die Intensivstation für Neugeborene.

Schräg.

Wenn man Mukopatient ist, fällt Kinderhaben in die Kategorie superschwer. Ich habe schon Mädchen mit CF erlebt, die das auch superschwer nehmen, aber hinzugehen und Babys anzustarren, die man vielleicht niemals haben wird, ist noch mal eine ganz andere Schiene.

Das ist einfach verdammt deprimierend.

Es gibt jede Menge Sachen, die mich an CF aufregen, aber das lässt mich kalt. So ziemlich jeder Junge mit Muko ist unfruchtbar, was immerhin bedeutet, dass ich mir keine Gedanken darüber machen muss, ob ich jemanden schwängern und meine eigene kleine Horrorfamilie gründen könnte.

Wetten, dass Jason sich gerade wünscht, bei ihm wäre das auch so?

Ich sehe mich in beide Richtungen um und trete zur Tür, sehe durch das schmale Fenster. Sie steht vor der Glasscheibe, starrt auf einen Säugling in einem Inkubator auf der anderen

Seite. Seine winzigen Arme und Beine hängen an Maschinen, die zehnmal so groß sind wie er.

Ich schiebe mich durch die Tür in den weniger beleuchteten Gang, beobachte das Converse-Mädchen und muss unwillkürlich lächeln. Ich kann den Blick nicht von ihrem Spiegelbild losreißen, so wenig, dass alles hinter der Scheibe verschwimmt bis auf sie. Von Nahem ist sie noch hübscher, mit ihren langen Wimpern und den dichten Augenbrauen. Bei ihr sieht sogar der Mundschutz gut aus. Ich sehe zu, wie sie sich die sandbraunen Locken aus den Augen schiebt und ihre volle Konzentration auf das Baby richtet.

Ich räuspere mich, damit sie mich bemerkt. »Und ich habe schon geglaubt, das hier ist schon wieder so ein ödes Krankenhaus voller Krüppel. Und da tauchst du auf. Habe ich ein Glück.«

In der spiegelnden Scheibe treffen sich unsere Blicke und zuerst lese ich Erstaunen, das jedoch fast umgehend in so etwas wie Abscheu umschlägt. Sie schaut zur Seite, wieder zum Baby, wortlos.

Na, das ist ja mal ein vielversprechendes Zeichen. Nichts verbindet so sehr wie der gute alte Ekel.

»Ich habe gesehen, wie du dein Zimmer bezogen hast. Bleibst du länger?«

Sie sagt immer noch nichts. Wenn die Grimasse nicht wäre, würde ich glatt meinen, sie habe mich nicht gehört.

»Ah, verstehe. Ich sehe so gut aus, dass du noch nicht mal einen ganzen Satz formuliert kriegst.«

Das nervt sie genug, um mir eine Antwort zu geben.

»Solltest du nicht neue Zimmer für deine ›Gäste‹ aussuchen?«, blafft sie mich an und zieht sich im Umdrehen wütend die Maske vom Gesicht.

Damit erwischt sie mich kalt und ich lache, überrascht über ihre Direktheit.

Und das nervt sie so richtig.

»Vermietest du das stundenweise oder wie läuft das?«, fragt sie und ihre dunklen Augen werden schmal.

»Ha! Du warst das, die sich da im Flur rumgedrückt hat.«

»Ich habe mich nicht rumgedrückt«, schießt sie zurück. »Du hast mich bis hierher verfolgt.«

Da ist was dran. Aber sie hat definitiv angefangen mit dem Rumgedrücke. Ich heuchle den Verletzten und hebe dramatisch die Hände, um mich zu ergeben. »Nur mit dem Ziel, mich vorzustellen, aber wenn du gleich so daher…«

»Lass mich raten«, fährt sie mir dazwischen. »Du siehst dich mehr so als ›der Rebell‹. Pfeifst auf die Regeln, weil du dann irgendwie das Gefühl hast, mehr die Kontrolle zu haben. Stimmt's?«

»Du liegst nicht falsch«, feure ich zurück und lehne mich lässig gegen die Wand.

»Denkst du, das macht dich charmant, oder was?«

Ich grinse ihr zu. »Also, du zumindest musst es absolut hinreißend gefunden haben. So ewig, wie du im Flur gestanden und geglotzt hast.«

Sie verdreht die Augen. Offensichtlich findet sie mich nicht furchtbar unterhaltsam. »Da ist nichts Charmantes daran, seinen Freunden das Zimmer abzutreten, damit sie darin Sex haben können.«

Ach so, ich habe es mit einem Engelchen zu tun.

»Sex? Wo denkst du hin! Sie haben mir gesagt, sie wollen

sich eine gute Stunde lang angeregt über Literatur unterhalten.«

Sie funkelt mich an, mein Sarkasmus scheint nicht recht zu zünden.

»Aha, da kommen wir der Sache schon näher«, sage ich und kreuze die Arme vor der Brust. »Du hast ein Problem mit Sex.«

»Natürlich nicht. Ich hatte schon Sex«, sagt sie und reißt die Augen auf, als ihr das herausrutscht. »Ist okay …«

Das ist die fetteste Lüge, die ich das ganze Jahr gehört habe, und ich bin praktisch nur umgeben von Leuten, die mir die Tatsache verschleiern wollen, dass ich langsam sterbe.

Ich lache. »›Okay‹ ist jetzt nicht das hymnischste Lob aller Zeiten, aber ich freu mich natürlich, wenn wir uns bei irgendwas halbwegs einig sind.«

Ihre Augenbrauen runzeln sich wütend. »Wir sind uns bei überhaupt nichts einig!«

Ich zwinkere ihr zu, weil es mir viel zu großen Spaß macht, sie auf die Palme zu bringen. »Eiskalt. Gefällt mir!«

Die Tür knallt auf und Barb kommt hindurchgestürmt, sodass wir beide erschreckt zusammenfahren. »Will Newman! Was hast du hier zu suchen? Du solltest die Station nicht mehr verlassen nach der Aktion letzte Woche!«

Ich sehe wieder zu dem Mädchen. »Bitte sehr. Da hast du noch den Namen zu deinem kleinen psychologischen Profil. Und du bist?«

Sie sieht mich giftig an und zieht sich rasch die Maske wieder über den Mund, bevor Barb es bemerkt. »Nicht an dir uninteressiert.«

Nicht übel. Frau Engelchen hat Mumm in den Knochen.

»Zwei Meter Abstand! Ihr kennt die Regeln!« Mir geht auf, dass wir zu nahe beieinanderstehen, und mache einen Schritt nach hinten, während Barb zu uns tritt, mitten hinein in den Raum und die Spannung zwischen uns. Sie wendet sich mir mit schmalen Augen zu. »Was, glaubst du, hast du hier zu suchen?«

»Öhm …« Ich weise auf die Sichtscheibe. »Babys gucken?«

Findet sie offensichtlich kein bisschen lustig. »Geh zurück in dein Zimmer. Wo ist dein Mundschutz?« Ich fasse mir ins unverhüllte Gesicht. »Stella, danke, dass du deine Maske angelassen hast.«

»Hatte sie bis vor fünf Sekunden nicht«, murre ich. Stella funkelt mich über Barbs Kopf hinweg an und ich strahle breit zurück.

Stella.

Sie heißt Stella.

Ich sehe, dass Barb mich hier tatsächlich gleich zusammenfalten wird, und so mache ich den Abflug. Das reicht jetzt auch an Predigten.

»Mach dich locker, Stella«, sage ich und schlendere zur Tür. »Es ist nur das Leben. Ehe wir uns versehen, ist es schon vorbei.«

Ich gehe durch die Tür, über die Brücke und hinunter zum Flügel C. Statt den langen Weg zu nehmen, benutze ich den wackligeren, nicht-gläsernen Aufzug, den ich vor zwei Tagen entdeckt habe. Der wirft mich direkt bei unserem Stationszimmer raus, wo Julie gerade mit irgendwelchen Formularen rumfuhrwerkt.

»Hey, Julie«, sage ich und lehne mich an den Tresen, von dem ich mir einen Bleistift schnappe.

Sie mustert mich rasch, um sich sofort wieder auf die Papiere in ihrer Hand zu konzentrieren. »Und was führst du so im Schilde?«

»Kleiner Rundgang durchs Krankenhaus. Barb auf den Geist gehen«, sage ich achselzuckend und zwirble meinen Bleistift in der Hand. »Die ist so ein harter Knochen.«

»Will, sie ist kein harter Knochen, sie ist einfach nur, also …«

Ich sehe sie bedeutungsvoll an. »Ein harter Knochen.«

Sie lehnt sich ebenfalls gegen den Tresen, legt sich eine Hand auf den ultraschwangeren Bauch. »Streng. Die Regeln sind wichtig. Besonders Barb. Sie geht kein Risiko ein.«

Am Ende des Gangs schwingen die Türen auf und Barb und das Engelchen treten hindurch.

Barb sieht mich misstrauisch an und ich schaue harmloser denn je. »Was denn? Ich unterhalte mich mit Julie!«

Sie schnaubt und die beiden verschwinden gemeinsam in Richtung Stellas Zimmer. Stella überprüft den Sitz ihrer Maske, dreht sich zu mir um und den Bruchteil einer Sekunde lang treffen sich unsere Blicke.

Ich seufze ihr hinterher.

»Sie kann mich nicht ausstehen.«

»Welche von beiden?«, fragt Julie und folgt meinem Blick.

Die Tür zu Stellas Zimmer schließt sich und ich wende mich Julie zu.

Sie bedenkt mich mit einem Blick, den ich schon viel zu oft abgekriegt habe, seit ich hergekommen bin. In ihren blauen Augen steht eine Mischung aus *Bist du irre?* und etwas, das fast schon Fürsorge ist.

Aber hauptsächlich *Bist du irre.*

»Wag noch nicht mal, dran zu denken, Will.«

Ich blicke hinab auf die Unterlagen vor ihr und aus der linken oberen Ecke springt mich ein Name an.

»Okay«, sage ich, als sei irgendwie alles egal. »Nacht.«

Ich schlendere zurück zu 315 und breche davor erst mal in einen Hustenanfall aus. All dieser zähe Schleim in meiner Lunge und in meinem Hals, die ganze Brust tut mir weh von meinem Ausflug. Wenn ich geahnt hätte, dass ich hier einen Halbmarathon durchs Krankenhaus hinlegen würde, hätte ich vielleicht sogar meinen tragbaren Sauerstoff mitgenommen.

Ach was, wer's glaubt.

Ich schaue auf die Uhr, um sicherzugehen, dass die Stunde rum ist, bevor ich die Tür öffne. Ich schalte das Licht ein und entdecke einen gefalteten Zettel von Hope und Jason auf der sterilweißen Standardkrankenhauswäsche.

Höchst romantisch von ihnen.

Ich versuche nicht enttäuscht zu sein, dass sie schon weg sind. Meine Mom hat mich aus der Schule genommen und auf Hausunterricht samt etwas internationalem Krankenhaustourismus umgestellt, als bei mir vor acht Monaten Burkholderia cepacia festgestellt wurde. Als wäre meine Lebenserwartung ohnehin nicht schon lächerlich genug – B. cepacia wird noch mal einen riesigen Brocken davon absäbeln, indem es meine beschissene Lungenfunktion noch schneller schrumpfen lassen wird als ohnehin. Und eine neue Lunge geben sie einem nicht, wenn in einem antibiotikaresistente Bakterien wüten.

Aber »unheilbar« ist für meine Mutter nur ein Angebot unter vielen, und sie ist wild entschlossen, im Heuhaufen der Heilmethoden die rettende Nadel zu finden. Selbst wenn es heißt, mich von der ganzen Welt abzuschneiden.

Wenigstens ist dieses Krankenhaus nur eine halbe Stunde von Hope und Jason entfernt, sodass die mich regelmäßig besuchen und darüber auf den neuesten Stand bringen können, was mir in der Schule alles entgeht. Seit in mir B. cepacia siedelt, kommen mir die beiden wie die Einzigen vor, die mich nicht wie eine Laborrate behandeln. So waren sie schon immer; vielleicht ist das der Grund, weshalb sie so perfekt zueinanderpassen.

Ich falte den Zettel auseinander, und da steht, neben einem Herz, in Hopes säuberlicher Schrift: »Bis bald! Noch zwei Wochen bis zu deinem ACHTZEHNTEN! Hope und Jason.«

»ACHTZEHNTEN.« Noch zwei Wochen, dann habe ich es in der Hand. Dann kann ich aus dieser allerneuesten Medikamentenstudie raus und etwas mit meinem Leben anfangen, statt es von meiner Mom verschwenden zu lassen.

Keine Krankenhäuser mehr. Nicht mehr in kalkweißen Gebäuden quer über den Globus verteilt herumsitzen und die Ärzte ein Medikament, einen Behandlungsansatz nach dem anderen an mir ausprobieren lassen, von denen nichts, aber auch gar nichts funktioniert.

Wenn ich schon sterben muss, dann will ich wenigstens vorher gelebt haben.

Und dann erst sterben.

Ich blicke auf das Herz und stelle mir diesen schicksalsträchtigen letzten Tag vor. Irgendwas Romantisches. Vielleicht einen Strand. Oder ein Ruderboot, irgendwo in Mississippi. Nur keine Wände. Ich könnte die Landschaft zeichnen, einen letzten Comic, wie ich dem Universum den Stinkefinger zeige und dann den Löffel abgebe.

Ich werfe den Zettel zurück aufs Bett, beäuge das Laken

und schnüffle sicherheitshalber kurz daran. Wäschestärke und Desinfektionsmittel. Nur das übliche *Eau-de-Clinique.* Gut.

Ich sinke in den quietschigen Krankenhaussessel neben dem Fenster, schiebe einen Berg von Buntstiften und Zeichenblöcken beiseite, grabe meinen Laptop unter einem Stapel fotokopierter politischer Karikaturen aus den 1940er-Jahren hervor, die ich zu Recherchezwecken habe. Ich öffne den Browser und gebe *Stella Grant* bei Google ein, ohne viel zu erwarten. Sie kommt mir vor wie jemand, der nur die privateste aller Facebookseiten hat. Oder einen lahmen Twitteraccount, wo sie Memes über die Wichtigkeit des Händewaschens retweetet.

Doch das erste Ergebnis ist eine YouTube-Seite: Stella Grants nicht ganz so geheimes Muko-Tagebuch mit mindestens hundert Videos über die letzten sechs Jahre hinweg. Jetzt schaue ich ganz genau hin, denn der Name der Seite kommt mir seltsam bekannt vor. O Gott, das ist der lahme Kanal, zu dem mir meine Mutter vor ein paar Monaten mal den Link geschickt hat, im Versuch, mich dazu zu bringen, dass ich meine Therapien ernst nehme.

Wenn ich gewusst hätte, dass sie so aussieht …

Ich scrolle runter bis zum ersten Beitrag, klicke ein Video an, dessen Vorschaubild eine junge Stella mit einem Mund voll Metall und hohem Pferdeschwanz zeigt. Ich verkneife mir das Grinsen. Ich frage mich, wie ihre Zähne jetzt aussehen, denn lächeln habe ich sie ja nie gesehen.

Wahrscheinlich ziemlich gut. Sie scheint mir der Typ zu sein, der seine Schiene nachts auch wirklich reintut, statt sie auf dem Badezimmerregal verstauben zu lassen.

Ich glaube, meine hat es nicht mal vom Kieferorthopäden bis nach Hause geschafft.

Ich stelle auf laut und ihre Stimme dringt aus den Boxen.

»Wie bei allen Mukos war schon bei meiner Geburt klar, dass ich mal daran sterbe. Unsere Körper machen zu viel Schleim, und dieser Schleim kriecht dann in unsere Lunge und macht, dass sie sich entzündet, und dann lässt unsere Lungen-funk-tion nach.«

Das kleine Mädchen stolpert über das große Wort und strahlt breit in die Kamera. »Gerade habe ich eine Lungenfunktion von fünfzig Prozent.«

Dann kommt ein unsäglicher Schnitt und sie dreht sich auf einer der Krankenhaustreppen im Eingangsbereich um. Kein Wunder, dass sie sich hier so auskennt. Sie kommt schon seit Ewigkeiten hierher.

Ich lächle dem kleinen Mädchen zu, obwohl dieser Schnitt echt das Unerträglichste war, was ich je gesehen habe. Sie setzt sich auf die Treppe, holt tief Luft. »Dr. Hamid sagt, wenn das so weitergeht, brauche ich in der Highschool eine neue Lunge. Eine Transplantation heilt einen nicht, aber sie schenkt einem Zeit. Ich hätte so gerne noch ein paar Jahre mehr, wenn ich Glück habe und eine kriege!«

Wem sagst du das, Stella.

Wenigstens hat sie eine Chance.

KAPITEL 3

STELLA

Ich lege die blaue Vibrationsweste an und schnalle sie mit Barbs Hilfe um meinen Körper fest. Hat verdammt was von einer Schwimmweste, nur dass vorne noch eine Fernbedienung rauskommt. Ganz kurz lasse ich sie eine Schwimmweste sein und starre aus dem Fenster, sehe mich selbst in Cabo auf einem Boot mit Mya und Camila, hinter uns die helle Nachmittagssonne am Horizont.

Die Möwen krächzen, in der Ferne lockt der Sandstrand, Surfer surfen mit nacktem Oberkörper – und dann, ich kann nicht anders, denke ich an Will. Ich blinzle und Cabo verwandelt sich zurück in die kahlen Bäume hinter der Scheibe.

»Also, Will. Auch ein Muko, oder?«, frage ich, obwohl das wohl klar sein dürfte. Barb hilft mir, das letzte Band festzuklicken. Ich ziehe an den Armausgängen der Weste, damit sie mir nicht am Schlüsselbein scheuert.

»Muko und mehr. Burkholderia cepacia. Er macht bei der neuen Medikamentenstudie für Cevaflomalin mit.« Sie streckt den Arm aus, schaltet die Maschine ein und sieht mich bedeutungsvoll an.

Meine Augen werden groß und mein Blick saust zu der Riesentube Handdesinfektionsmittel hinüber. Ich war so nah an ihm dran und er hat *B. cepacia*? Für Leute mit Muko ist das der Todesstoß. Wenn er es noch ein paar Jahre macht, hat er Glück.

Und das auch nur, wenn er sich so streng an seinen Therapieplan hält wie ich.

Die Weste rüttelt los. Heftig. Ich kann spüren, wie sich der Schleim in meiner Lunge ganz langsam zu lockern beginnt.

»Wenn du dir das einfängst, kannst du jede Hoffnung auf eine Spenderlunge begraben.« Sie sieht mich vielsagend an. »Halt dich fern.«

Ich nicke. Oh, das habe ich vor, aber so was von. Ich brauche diese zusätzliche Zeit. Außerdem fand er sich selbst viel zu großartig, um mein Typ zu sein. »Diese Testreihe«, setze ich nach, blicke rüber zu Barb und halte kurz die Hand in die Luft, bitte um eine Gesprächspause, während ich einen Brocken Schleim hochhuste.

Sie nickt anerkennend und reicht mir die übliche blassrosa Nierenschale. Ich spucke hinein und wische mir den Mund ab, bevor ich weiterspreche.

»Wie stehen seine Chancen?«

Barb atmet aus, schüttelt den Kopf und erwidert erst dann meinen Blick.

»Das weiß keiner. Das Medikament ist zu neu.«

Aber ihr Blick sagt alles. Jetzt herrscht Stille, bis auf das Tuckern der Maschine, die Weste, die vor sich hin vibriert.

»So, dann läuft hier ja alles. Brauchst du noch was, bevor ich mich aufmache?«

Ich grinse ihr zu, mit Hundeblick. »Einen Milchshake?«

Sie verdreht die Augen und stemmt die Hand in die Hüfte. »Was, bin ich hier jetzt der Lieferdienst?«

»Man muss mitnehmen, was geht, Barb«, sage ich und das bringt sie zum Lachen.

Sie geht und ich lehne mich zurück, die werkelnde Vibrationsweste rüttelt mich völlig durch. Meine Gedanken schweifen ab und ich erinnere mich an Wills Spiegelbild in der Neonatologiescheibe, wie er genau hinter mir steht und herausfordernd lächelt.

B. cepacia. Das ist übel.

Aber ohne Mundschutz im Krankenhaus rumzuwandern? Kein Wunder, dass er sich das geholt hat, wenn er solche Dinger abzieht. Diese Sorte habe ich im Krankenhaus schon öfter erlebt, als ich zählen kann. Die sorglose *Braveheart*-Sorte, die gegen alles rebelliert, quasi im verzweifelten Versuch, sich gegen ihre Krankheit aufzulehnen, bevor alles zu Ende ist. Noch nicht mal originell, so was.

»Bitte sehr«, sagt Barb und bringt mir nicht nur einen, sondern gleich zwei Milchshakes. Meine Heldin. »Das sollte dich erst mal über Wasser halten.«

Sie stellt sie neben mich auf den Tisch, und ich lächle hinauf zu ihren vertrauten dunklen Augen. »Danke, Barb.«

Sie nickt und berührt mich sanft am Kopf, bevor sie aus der Tür geht. »Nacht, Kleines. Bis morgen.«

Ich sitze da, starre aus dem Fenster und huste immer mehr Schleim, während die Weste ihre Pflicht tut und mir die Atemwege reinigt. Mein Blick wandert zu der Lungenzeichnung und dem Bild daneben. Da bekomme ich einen Schmerz in der Brust, der nichts mit der Behandlung zu tun hat, sondern mit dem Gedanken an mein richtiges Bett. Meine Eltern. Abby. Ich greife zu meinem Smartphone und sehe eine Nachricht von Dad. Ein Foto von seiner alten akustischen Gitarre, die gegen den abgenutzten Nachttisch in seiner neuen Wohnung lehnt. Er hat den ganzen Tag mit Einrichten verbracht, nachdem ich drauf bestanden hatte, er solle sich lieber darauf konzentrieren, statt mich ins Krankenhaus zu bringen. Er tat, als sei er nicht erleichtert, genau wie ich so tat, als würde Mom mich bringen, um ihm das schlechte Gewissen zu nehmen.

Seit der lächerlichsten Scheidung aller Zeiten wird bei uns eine Menge so getan als ob.

Ein halbes Jahr ist das jetzt her, und sie schaffen es immer noch nicht, sich auch nur in die Augen zu sehen.

Aus irgendeinem Grund sorgt dieses Bild dafür, dass ich ganz dringend seine Stimme hören möchte. Ich tippe auf seinen Kontakt und drücke beinahe auf Anruf, entscheide mich aber im letzten Augenblick dagegen. Am ersten Tag rufe ich niemals an und das ganze Gehuste von der Vibrationsweste würde ihn nur beunruhigen. Er schreibt mir ohnehin jede Stunde, um zu sehen, wie es läuft.

Ich will meinen Eltern keine Sorgen bereiten. Ich kann nicht.

Lieber warten bis morgen.

***

Am Morgen darauf schnappen meine Augenlider auf, und ich sehe nach, was mich aufgeweckt hat, entdecke mein Handy, wie es lautstark auf dem Boden herumtanzt, nachdem es offensichtlich vom Tisch gefallen ist. Der ganze Tisch ist übersät mit geleerten Milchshakegläsern und leeren Schokopuddingbechern. Kein Wunder, dass das Telefon keinen Platz mehr hatte.

Wenn wir zu fast siebzig Prozent aus Wasser bestehen, bestehen meine restlichen dreißig so langsam nur noch aus Pudding.

Stöhnend recke ich mich über den Bettrand nach dem Handy und bei all diesem Gestrecke brennt plötzlich die Sonde. Vorsichtig berühre ich mich am Oberkörper, hebe das T-Shirt, um den Schlauch loszuhaken, und sehe überrascht, dass die Haut drum herum sogar noch röter und entzündeter ist als vorher.

Das ist nicht gut. Solche Irritationen verschwinden normalerweise mit ein bisschen Fudicin, aber das, was ich gestern aufgetragen habe, scheint rein gar nichts genützt zu haben.

Ich trage eine größere Ladung Salbe auf, hoffe, dass es damit erledigt ist, und füge es meiner To-do-Liste hinzu, damit ich ein Auge darauf habe. Ein paar Snaps von Mya und Camila warten auf mich, wie sie gähnend, aber glücklich heute in aller Frühe das Flugzeug bestiegen haben. Meine Eltern haben mir beide geschrieben, wollen wissen, wie ich geschlafen habe, ob ich mich eingewöhnt habe und ob ich mich bitte melde, wenn ich wach bin.

Ich will gerade beiden antworten, als mein Handy rattert, und als ich nach rechts wische, fragt Poe: Wach?

Ich schreibe sofort zurück, ob wir in zwanzig Minuten frühstücken wie immer, lege das Handy beiseite und schwinge die Beine aus dem Bett, um mir meinen Laptop zu schnappen.

Keine Sekunde später brummt seine Antwort: JAAAAA

Ich grinse und drücke auf die Klingel neben dem Bett. Julies freundliche Stimme knistert durch den Lautsprecher. »Guten Morgen, Stella! Alles klar?«

»Jupp. Kann ich jetzt frühstücken?«, frage ich und fahre den Laptop hoch.

»Wird gemacht.«

Laut meinem Laptop ist es neun Uhr morgens, und so ziehe ich den Wagen näher an mich heran, betrachte die farbkodierten Häufchen, die ich mir gestern bereitgelegt habe. Ich lächle in mich hinein, denn mir geht auf, dass morgen um diese Uhrzeit die Beta-Version meiner App laufen wird und ich eine Benachrichtigung auf meinem Handy haben werde, die mir sagt, dass ich meine Morgentabletten nehmen muss und in genau welcher Dosierung.

Fast ein Jahr Arbeit steckt da drin. Eine App für chronische Krankheiten, samt Krankenakte, Verlaufskurve, Therapieplänen und Dosierungsinfos.

Ich schlucke meine Pillen, öffne Skype und überfliege die Kontaktliste, um zu sehen, ob jemand von meinen Eltern online ist. Neben dem Namen meines Vaters ist ein winziger grüner Punkt und ich klicke auf Anrufen, lausche den lauten Klingelgeräuschen.

Auf dem Monitor erscheint sein Gesicht, er zieht sich die Brille mit dem dicken Gestell über die müden Augen. Er ist noch im Schlafanzug, merke ich, sein grau geschecktes Haar ist verstrubbelt, hinter ihm klumpt ein Kissen. Dad war immer Frühaufsteher. Jeden Morgen vor halb acht aus dem Bett, sogar am Wochenende.

Die Sorge zurrt sich fester um meine Organe.

»Du brauchst eine Rasur«, sage ich beim Anblick der ungewohnten Stoppeln an seinem Kinn. Er war immer glatt rasiert, bis auf die Bartphase, die er in meiner Grundschulzeit einen Winter lang hatte.

Er lacht leise und reibt sich das raue Kinn. »Und du brauchst eine neue Lunge. Mic drop!«

Ich verdrehe die Augen, während er über seinen eigenen Witz lacht. »Wie war der Gig?«

Er zuckt die Schultern. »Was soll ich sagen?«

»Ich bin so froh, dass du wieder auftrittst«, sagte ich überfröhlich, damit ich auch ja gut auf ihn wirke.

»Halsweh besser?«, fragt er und sieht mich besorgt an.

Ich nicke, schlucke wie zur Bestätigung, dass mein Hals tatsächlich nicht mehr ganz so rau ist. »Schon tausendmal besser.« Seine Augen füllen sich mit Erleichterung und ich wechsle rasch das Thema, bevor er noch mit mehr Fragen zu meinem Befinden ankommt. »Wie ist die neue Wohnung?«

Er strahlt mich übertrieben an. »Einfach spitze! Sie hat ein Bett und ein Bad!« Sein Lächeln verblasst etwas und er zuckt die Schultern. »Wenn auch sonst nicht viel. Die Wohnung deiner Mom ist bestimmt viel schöner. Bei ihr konnte man sich immer überall zu Hause fühlen.«

»Vielleicht rufst du sie einfach ...«

Er schüttelt den Kopf und schneidet mir das Wort ab. »Vorbei ist vorbei. Ehrlich, ist schon gut, Schnucki. Die Wohnung ist super und ich habe dich und meine Gitarre. Was will man mehr?«

Mein Magen krampft sich zusammen, doch da klopft es an der Tür und Julie kommt herein, trägt ein dunkelgrünes Tablett, auf dem sich das Essen türmt.

Ihr Anblick heitert Dad auf. »Julie? Wie geht's?«

Julie stellt das Tablett ab und reckt den Bauch in die Kamera. Für jemanden, der die letzten fünf Jahre darauf bestanden hat, niemals Kinder haben zu wollen, wirkt sie gerade lächerlich wild darauf, Kinder zu bekommen.

»Da hat sich einiges getan, sehe ich«, lächelt mein Dad breit.

»Wir sprechen uns später, Dad«, sage ich und bewege den Cursor zum Auflegeknopf. »Hab dich lieb!«

Er salutiert und vorbei ist das Gespräch. Vom Teller dampft Eier-mit-Speck-Duft herüber und daneben steht ein monströser Schokomilchshake.

»Brauchst du noch was? Gesellschaft zum Beispiel?«

Ich schiele auf ihren Babybauch und schüttle den Kopf, weil ich aus völlig heiterem Himmel von einer Welle der Abneigung überrollt werde. Sosehr ich an Julie hänge, so wenig bin ich in der Stimmung, über ihre neue, kleine Familie zu plaudern, wo meine gerade auseinanderbricht. »Poe ruft gleich an.«

Und genau zur rechten Zeit meldet sich mein Laptop und Poes Bild erscheint neben dem grünen Hörersymbol. Julie reibt sich den Bauch, sieht mich etwas befremdet an und lächelt mir zu, schmal und verwirrt. »Okay. Dann viel Spaß, ihr zwei.«

Ich klicke auf Annehmen und langsam wird Poes Gesicht scharf, seine dicken schwarzen Augenbrauen hängen über vertrauten braunen Augen. Seit wir uns zuletzt gesehen haben, hat er sich die Haare schneiden lassen. Kürzer. Propper. Er strahlt bis über beide Ohren und ich versuche, das Grinsen zu erwidern, bringe aber nur eine Grimasse zustande.

Ich kriege den Anblick meines Vaters nicht aus dem Kopf. So traurig und so allein, im Bett, und trotzdem noch mit so vielen Falten, so viel Erschöpfung im Gesicht.

Und ich kann mich nicht mal um ihn kümmern.

»Hey, *mami* Du siehst FERTIG aus«, sagt er, stellt den Milchshake ab und sieht mich prüfend an. »Wieder Komaschokopuddingfressen veranstaltet?«

Ich weiß, dass ich an dieser Stelle lachen sollte, aber meine schauspielerischen Fähigkeiten scheinen für heute erschöpft, dabei haben wir noch nicht mal halb zehn.

Poe runzelt die Stirn. »Auweia. Was gibt's? Wegen Cabo? Du weißt doch eh, dass man mit Sonnenbrand nicht scherzen soll.«

Ich winke ab und präsentiere stattdessen mein Holzfällerfrühstück wie bei einer Preisverleihung. Eier, Speck, Kartoffeln und ein Milchshake. Wie immer bei unseren Frühstücksverabredungen.

Poe sieht mich herausfordernd an, damit auch ja klar ist, dass das Thema nicht vergessen ist, kann aber nicht widerstehen: Auch er hält sein Tablett in die Höhe, um mir die identische Beladung zu präsentieren – bis auf die Eier, die üppigst bestreut sind mit Schnittlauch, Petersilie und … Moment mal! Trüffel, ich glaub's ja nicht.

»Poe! Wo zum Henker hast du die Trüffel her?«

Er hebt die Augenbrauen und grinst »Eigenimport, *mija!*«, sagt er und bewegt die Webcam, um mir einen Wagen zu zeigen, den er zu einem perfekt sortierten Gewürzregal umgebaut hat. Statt Pillendosen stehen da Gewürzgläschen und Sonderzutaten, drängen sich unter einem Schrein für seinen Lieblingsskateboarder, Paul Rodriguez, und das gesamte kolumbianische Fußballteam. Typisch Poe. Essen, Skateboarding und *fútbol*, darüber geht ihm nichts.

Er hat genug Trikots an der Wand hängen, um alle Mukos dieser Station einzukleiden, das schlappste, herzkreislaufschwächelndste B-Team aller Zeiten.

Die Kamera gleitet zurück zu ihm, und ich kann erkennen, wie Gordon Ramsey hinter ihm den Brustkorb herausreckt. »Aber zunächst – ein Gruß aus der Küche.« Er hält eine Handvoll Kreon-Tabletten hoch, die unserem Körper helfen werden, diese Mahlzeit zu verdauen.

»Der Höhepunkt jedes Essens«, sage ich sarkastisch und schütte meine rot-weißen Pillen aus dem Plastikbecherchen neben meinem Tablett.

»Nun«, sagt Poe, nachdem er die letzte geschluckt hat. »Nachdem du mit nichts rausrückst, sprechen wir doch über mich. Ich bin wieder auf dem Markt! Jederzeit bereit, um – «

»Du hast mit Michael Schluss gemacht?«, frage ich entgeistert. »Poe!«

Poe nimmt einen Riesenschluck Milchshake. »Vielleicht hat er mit mir Schluss gemacht.«

»Hat er?«

»Ja. Tja, also, vielleicht waren wir es beide«, sagt er, seufzt und schüttelt dann den Kopf. »Egal. Ich habe mich von ihm getrennt.«

Ich blicke düster. Sie waren doch wie geschaffen für einander. Michael war ebenfalls Skater und er hatte einen unglaublich beliebten Foodblog, den Poe schon drei Jahre vor ihrem Kennenlernen geradezu sklavisch verfolgte. Er war ganz anders als die Leute, mit denen Poe vorher zusammen war. Reifer, irgendwie, obwohl er auch gerade erst achtzehn geworden war. Und vor allem war Poe mit ihm ganz anders. »Du hast ihn aber wirklich gemocht, Poe. Ich dachte, es wäre der und kein anderer.«

Aber ich hätte es besser wissen müssen, Poe könnte das Lehrbuch über Bindungsängste schreiben. Aber das hat ihn nie davon abgehalten, sich immer wieder auf die Suche nach der großen Liebe zu begeben. Vor Michael war es Tim und nächste Woche könnte es David sein. Und, mal ehrlich, ein bisschen beneide ich ihn um seine wildromantischen Affären.

Ich selbst war noch nie verliebt. Tyler Paul zählt definitiv nicht. Aber selbst wenn ich die Möglichkeit hätte, könnte ich mit niemandem etwas anfangen, das Risiko könnte ich einfach nicht eingehen. Ich muss mich konzentrieren. Mich am Leben halten. Mein Spenderorgan kriegen. Elternleid schmälern. In jeder Hinsicht ein Fulltimejob. Und ganz bestimmt kein erotischer.

»Nun, war aber nicht so«, sagt Poe und tut, als sei das kein großes Thema. »Fick ihn halt, hm?«

»Tja, wenigstens bist du so weit gekommen«, sage ich und stochere schulterzuckend in meinen Eiern. Ich sehe noch Wills wissendes Grinsen von gestern vor mir, als ich ihm gesagt habe, ich hätte schon Sex gehabt. Arschloch.

Poe muss beim Trinken loslachen, verschluckt sich und beginnt zu husten. Seine Kreislaufmonitore auf der anderen Seite des Computers piepsen los, als er zu röcheln beginnt.

O Gott. Nein, nein, nein. Ich springe auf. »Poe!«

Ich schiebe den Laptop beiseite und renne panikerfüllt auf den Flur, wo im Stationszimmer schon der Alarm losgegangen ist. Irgendwo schreit jemand: »Zimmer 310! Rapider Blutsauerstoffabfall! Er entsättigt!«

Seine Sauerstoffsättigung sinkt. Er kann nicht atmen, er kann nicht atmen. »Er erstickt! Poe erstickt!«, brülle ich und Tränen schießen mir in die Augen, als ich hinter Julie den

Gang hinunterstolpere und mir dabei den Mundschutz überziehe. Sie prescht vor mir durch die Tür und überprüft den piepsenden Monitor. Ich will gar nicht hinschauen. Ich will nicht sehen, wie Poe leidet. Ich will gar nicht sehen, wie Poe …

Frühstückt.

Da sitzt er in seinem Sessel und kaut, als wäre nichts geschehen.

Erleichterung durchflutet mich und dann bricht mir der kalte Schweiß aus, während sein Blick von mir zu Julie gleitet und er unter verlegenem Grinsen seinen Fingerspitzensensor in die Luft reckt. »Sorry! Ist abgegangen. Ich habe ihn nach der Dusche nicht wieder richtig festgeklebt.«

Ich atme langsam aus, merke, dass ich die ganze Zeit über die Luft angehalten habe. Keine leichte Sache, wenn die Lunge ohnehin schon fast schlappmacht.

Julie lehnt sich gegen die Wand, sie wirkt genauso durch den Wind wie ich. »Poe. Gottchen. Wenn dein Sauerstoff derart abfällt …« Sie schüttelt den Kopf. »Klemm ihn dir einfach drauf.«

»Ich brauch ihn nicht mehr, Jules.« Er blickt zu ihr auf. »Lass ihn mich doch einfach abziehen.«

»Kommt gar nicht in die Tüte. Deine Lungenfunktion ist gerade ein absoluter Murks. Wir müssen ein Auge auf dich haben, also musst du das verdammte Ding anbehalten.« Sie holt tief Luft und hält ihm ein Stück Klebeband unter die Nase, damit er den Clip wieder fixieren kann. »Bitte.«

Er seufzt laut, verbindet jedoch den Fingerspitzensensor wieder mit dem Pulsoxymeter an seinem Handgelenk.

Ich nicke, bin endlich wieder bei Atem. »Finde ich auch, Poe. Lass ihn drauf.«

Ohne mich aus den Augen zu lassen, klebt er sich den Sensor an seinen Mittelfinger, hebt ihn einzeln zu mir hoch und grinst mich an.

Ich verdrehe die Augen und spähe den Flur hinab zum Zimmer des Arschlochs: 315. Trotz des Lärms ist sie noch fest geschlossen, darunter scheint Licht hervor. Der streckt noch nicht mal den Kopf raus, ob alles okay ist? Hier wurde eben quasi die ganze Station zusammengetrommelt, jeder hat seine Tür aufgemacht, um sicherzugehen, dass nichts passiert ist. Ich zapple herum, fahre mir durchs Haar und sehe gerade noch, wie Poe die Augenbrauen hebt.

»Willst du für jemand Bestimmtes gut aussehen?«

»Sei nicht albern!« Julie und er beäugen mich neugierig und ich funkle wütend zurück. Dann weise ich auf sein Essen. »Du verschwendest gerade deine herrlichen Trüffel an einen Haufen kalte Eier«, sage ich und eile wieder zurück über den Flur, damit wir weiter frühstücken können. Je mehr Raum zwischen Zimmer 315 und mir ist, desto besser.

Kapitel 4

WILL

Ich reibe mir die Augen und klicke ein neues Video an, auf dem Tisch neben mir ein halb aufgegessenes Tablett mit jetzt kalten Eiern und Speck. Die ganze Nacht über habe ich ihre Videos angeschaut, eins nach dem anderen. Ein echter Stella-Grant-Marathon, trotz langweiligem Muko-Inhalt.

Ich überfliege die Seitenleiste und klicke aufs nächste.

Das hier ist vom letzten Jahr und lächerlich schlecht ausgeleuchtet, bis auf den Blitz von ihrer Handykamera. Sieht aus wie irgendeine Wohltätigkeitsveranstaltung in einer düsteren Bar. Über der Bühne baumelt ein Riesenplakat: RETTET UNSEREN PLANETEN – MACH MIT BEIM EARTH DAY.

Die Kamera richtet sich auf einen Mann mit Akustikgitarre, der lässig auf einem Holzhocker sitzt, während ein Mädchen mit braunen Locken singt. Ich erkenne beide aus den ganzen Videos, die ich mir reingezogen habe.

Stellas Dad und ihre Schwester Abby.

Der Blick dreht sich wieder zu Stella, die breit lächelt und genauso weiße, gerade Zähne zeigt, wie ich es vermutet habe. Sie ist geschminkt und ich muss husten vor lauter Überraschung, wie anders sie aussieht. Aber nicht wegen der Schminke. Sie ist glücklicher. Ruhiger. Gar nicht wie in echt.

Wenn sie so lächelt, sieht sogar die Nasenkanüle gut aus an ihr.

»Dad und Abby! Der Höhepunkt des Abends! Sollte ich vor meinem Einundzwanzigsten sterben, kann ich wenigstens sagen, ich sei schon mal in einer Bar gewesen.« Sie schwingt die Kamera auf eine ältere Frau mit dem gleichen langen braunen Haar, die neben ihr in der knallroten Nische sitzt. »Sag mal Hallo, Mom!«

Die Frau winkt und grinst in die Kamera.

Die Kellnerin kommt an ihrem Tisch vorbei und Stella winkt. »Ah ja. Ich nehme einen Bourbon, bitte. Pur.«

Ich schnaube und höre ihre Mom schreien: »Nein, tut sie nicht!«

»Netter Versuch, Stella«, lache ich. Ein Licht springt an und leuchtet ihre Gesichter aus.

Das Lied im Hintergrund ist zu Ende und Stella beginnt wie verrückt zu klatschen, hält die Kamera zur Bühne, von der man ihre Schwester Abby lächeln sieht.

»Also, meine kleine Schwester Stella ist heute Abend auch dabei«, sagt sie und deutet auf Stella. »Als würde es nicht schon reichen, dass sie um ihr eigenes Leben kämpft, will sie jetzt auch noch den Planeten retten. Komm rauf und zeig's ihnen, Stella.«

Stellas Stimme dringt aus meinen Lautsprechern, verwirrt und geschockt. »Äh, habt ihr das hier geplant?«

Die Kamera schwingt zurück zu ihrer grinsenden Mutter. Jupp.

»Na los, Süße. Ich filme mit«, sagt ihre Mom, und alles wird unscharf, weil Stella das Smartphone übergibt.

Der ganze Saal jubelt, als sie ihr tragbares Sauerstoffgerät auf die Bühne manövriert. Ihre Schwester Abby hilft ihr die Stufen hinauf und ins Rampenlicht. Nervös richtet sie sich die Nasensonde, ihr Dad reicht ihr ein Mikrofon und dann richtet sie sich an die Zuschauer und sagt: »Das habe ich noch nie gemacht. Jedenfalls nicht vor Publikum. Nicht lachen!«

Und da lachen natürlich alle, Stella eingeschlossen. Aber ihr Lachen klingt äußerst angespannt.

Zweifelnd blickt sie zu ihrer Schwester hinüber. Abby sagt etwas zu ihr, fast am Mikro vorbei.

»Bushel and a peck.«

Was soll das bitte heißen?

Aber es funktioniert, denn wie von Zauberhand löst sich die Anspannung auf Stellas Gesicht.

Ihr Dad spielt ein paar Akkorde, und ich summe schon mit, bevor mein Hirn überhaupt richtig registriert hat, was sie singen. Das ganze Publikum singt mit, Köpfe schwingen nach rechts und links, Füße wippen den Takt.

Now I've heard there was a secret chord …

Wow. Sie können beide singen.

Ihre Schwester hat eine klare, kraftvolle, eindringliche Stimme, während die von Stella hauchig und sanft ist, auf genau die richtige Weise lieblich.

Ich klicke auf Pause, als die Kamera sich auf Stellas Gesicht richtet und ihre Züge unter den Lampen zum Leben erwachen. Sorglos, lächelnd und glücklich darüber, auf der Bühne zu stehen, mit ihrer Schwester und ihrem Dad. Ich frage mich, warum sie gestern so … verkrampft war.

Ich raufe mir die Haare und starre sie an, ihre langen Locken, wie ihr Schlüsselbein einen Schatten wirft, wie ihre braunen Augen beim Lächeln leuchten. Das Adrenalin gibt ihr etwas Farbe, färbt ihr die Wangen hellrosa vor Begeisterung.

Keine Frage. Sie ist hübsch.

So richtig hübsch.

Ich wende den Blick ab und – Moment. Kann nicht sein. Ich highlighte die Zahl mit dem Cursor.

»Hunderttausend Views? Soll das ein Scherz sein?«

Wer ist dieses Mädchen?

***

Kaum eine Stunde später wurde mein erstes Nickerchen nach der schlaflosen Nacht vom plärrenden Alarmtröten weiter unten im Gang unterbrochen, mein zweiter Versuch dann von Mom und Dr. Hamid vereitelt, die mir einen abendlichen Besuch abstatten. Ich unterdrücke ein angeödetes Gähnen und starre hinaus auf den verwaisten Hof, den der eisige Wind und die Schneevorhersage leer gefegt haben.

Schnee. Wenigstens etwas, auf das ich mich freuen kann.

Ich lehne den Kopf gegen die kalte Scheibe, kann es kaum erwarten, die Welt da draußen unter einer weißen Decke zu sehen. Ich habe keinen Schnee mehr berührt, seit meine Mutter mich zuerst als Versuchskaninchen für die Medikamententests gegen B. cepacia in diese Nobelklinik verschickt hat. Die war in Schweden und sie hatten schon seit über fünf Jahren daran rumpoliert.

Aber offensichtlich nicht auf Hochglanz, denn nach knapp zwei Wochen war ich wieder zu Hause.

Von diesem Aufenthalt ist bei mir nicht gerade viel hängen geblieben. Das Einzige, was ich von diesen Krankenhausrundreisen noch im Kopf habe, ist die Farbe Weiß. Weiße Krankenhausbettwäsche, weiße Wände, weiße Kittel, eine einzige weiße Masse. Aber ich erinnere mich an die dicke Schneeschicht, die sich ansammelte, während ich da war, weiß wie alles andere, aber schön, nicht so steril. Echt. Ich hatte davon geträumt, in den Alpen Skifahren zu gehen, scheiß auf die Lungenfunktion. Aber der einzige Schnee, den ich anfassen durfte, lag auf dem Dach des Mercedes, den meine Mutter gemietet hatte.

»Will«, sagt die Stimme meiner Mutter streng, säbelt mitten durch meinen Tagtraum aus frischem Pulverschnee. »Hörst du überhaupt zu?«

Wollen die mich verarschen?

Ich wende mich ihr und Dr. Hamid zu und nicke wie ein Wackeldackel, obwohl ich die ganze Zeit über kein einziges Wort mitbekommen habe. Sie gehen gerade die Testergebnisse der ersten Woche durch und natürlich hat sich nichts getan, wie immer.

»Wir müssen Geduld haben«, sagt Dr. Hamid. »Die erste Phase der klinischen Versuche an Menschen läuft erst seit achtzehn Monaten.« Ich schiele zu meiner Mutter, sehe, wie sie eifrig nickt, wie ihr kurzer blonder Bob bei den Worten des Arztes auf und ab wippt.

Wie viel Vitamin B es wohl diesmal gebraucht hat? Wie viel Geld hat sie diesmal aus dem Fenster geworfen, nur um mich hier reinzubekommen?

»Wir überwachen ihn, aber Will muss auch mithelfen. Er muss die Variablen in seinem Leben auf ein Minimum reduzieren.« Sie fixiert mich, ihr schmales Gesicht ist ernst. »Will. Die Risiken einer Querinfektion sind jetzt sogar noch größer als vorher, also …«

Ich schneide ihr das Wort ab. »Keine anderen Mukos anhusten. Schon kapiert.«

Ihre schwarzen Augenbrauen drücken sich nach unten. »Immer außer Reichweite bleiben. Zu ihrer Sicherheit und zu deiner.«

Ich halte meine Hand hoch, wie zum Schwur, und bete herunter, was mittlerweile als allgemeines Muko-Motto durchgehen dürfte. »Immer zwei Meter Abstand halten.«

Sie nickt. »Genau.«

»Aber da ich B. cepacia habe, ist diese Unterhaltung so unnötig wie nur was.« Und daran wird sich auch so schnell nichts ändern.

»Nichts ist unmöglich«, sagt Dr. Hamid voller Inbrunst. Wasser auf die Mühlen meiner Mutter. »Ich glaube daran. Und du musst auch daran glauben.«

Ich garniere mein übertriebenes Lächeln mit einem doppelten Daumen-Hoch, bevor ich es in ein Daumen-Runter abwandle und den Kopf schüttle, das Lächeln abstreife. Was für ein blödes Geschwätz.

Die Ärztin räuspert sich und sieht zu meiner Mutter. »Schön. Dann übergebe ich mal an Sie.«

»Danke, Dr. Hamid«, sagt Mom und schüttelt ihr eifrig die Hand, als hätte sie es soeben geschafft, einen Vertrag für ihren schwierigsten Klienten an Land zu ziehen.

Mit einem letzten schmallippigen Lächeln verlässt Dr. Hamid den Raum. Meine Mutter wirbelt zu mir herum, mit eisig blauem Blick und stechendem Tonfall. »Es war sehr,

sehr aufwendig, dich bei diesem Projekt unterzubringen, Will.«

Wenn sie mit »aufwendig« das Ausfüllen eines Schecks meint, mit dem man ein kleines Dorf auf die Uni schicken könnte, dann hat sie allerdings ein bisschen was aufgewandt, nur um mich in eine menschliche Petrischale zu verwandeln.

»Was willst du von mir? Meinen Dank, dass du mich schon wieder in ein neues Krankenhaus gestopft hast, damit noch mehr von meiner Zeit vergeudet wird?« Ich stehe auf, baue mich ihr gegenüber auf. »In zwei Wochen bin ich achtzehn. Volljährig. Dann bist du nicht mehr diejenige, die über mich bestimmt.«

Eine Sekunde lang wirkt sie geschockt, dann werden ihre Augen schmal. Sie schnappt sich ihren neuesten Prada-Trenchcoat vom Stuhl neben der Tür, zieht ihn an und wirft noch einen letzten Blick auf mich. »Wir sehen uns an deinem Geburtstag.«

Ich strecke den Kopf aus der Tür, sehe ihr nach, wie sie den Flur hinunterstöckelt. Beim Stationszimmer bleibt sie stehen, wo Barb gerade in Papieren blättert.

»Barb, oder? Ich gebe Ihnen mal meine Mobilnummer«, höre ich sie sagen, während sie ihre Handtasche aufklappt und ihren Geldbeutel herauszieht. »Sollte das mit dem Cevaflomalin nicht funktionieren, könnte Will … anstrengend werden.«

Als Barb nichts erwidert, zieht sie eine Visitenkarte aus dem Portemonnaie. »Er ist schon so oft enttäuscht worden, und er rechnet damit, dass es wieder so kommt. Rufen Sie mich an, wenn er nicht kooperiert?«

Sie schnippt die Visitenkarte auf den Tresen und kippt dann gleich noch einen Hunderter drauf, als wären wir hier in einem Nobelrestaurant und ich der Gast mit den ganz speziellen Ansprüchen. Wow. Einfach super.

Barb starrt auf das Geld und hebt die Augenbrauen.

»Das war unangebracht, oder? Es tut mir leid. Wir waren in so vielen …«

Ihre Stimme erstirbt, und ich sehe zu, wie Barb die Visitenkarte und das Geld vom Tresen sammelt und den Blick meiner Mutter mit derselben Entschiedenheit erwidert, mit der sie mir begegnet, wenn sie mir meine Medikamente reinzwingt. »Keine Sorge. Er ist in guten Händen.« Sie drückt meiner Mutter den Schein in die Hand, steckt die Visitenkarte ein und blickt an meiner Mutter vorbei, mir mitten ins Gesicht.

Ich flüchte zurück in mein Zimmer, schließe die Tür hinter mir und zerre am Kragen meines T-Shirts. Ich tigere zum Fenster hinüber und dann wieder zu meinem Bett und dann zurück zum Fenster, schiebe das Rollo hinauf, weil ich plötzlich glaube, ich ersticke.

Ich muss hier raus. Ich brauche Luft, die nicht nach Desinfektionsmittel riecht.

Ich reiße meinen Schrank auf und zerre mir einen Kapuzenpulli raus, ziehe ihn über und spähe hinaus zum Stationszimmer, ob die Bahn frei ist.

Keine Spur mehr von meiner Mutter oder Barb, aber Julie hängt am Telefon, genau zwischen mir und der Tür, hinter der die einzige Treppe in diesem Laden liegt, die bis zum Dach hochführt.

Leise schließe ich die Tür und schleiche mich den Flur hinunter. Ich versuche, mich tiefer zu bücken als der Tresen des Stationszimmers, doch mit fast eins neunzig kriecht es sich ungefähr so unauffällig wie ein Elefant in der Gartenzwergkolonie. Julie blickt zu mir auf und ich drücke mich gegen die Wand, tue, als wolle ich mit der Umgebung verschmelzen. Ihr Blick wird schmal und sie schiebt das Telefon vom Mund weg. »Und wo glaubst du, dass du hingehst?«

Ich mache Spaziergehbewegungen mit meinen Fingern.

Sie schüttelt den Kopf, denn sie weiß genau, dass ich die Station nicht mehr verlassen darf, seit ich letzte Woche bei den Snackautomaten in Haus 2 eingeschlafen bin und eine krankenhausweite Personensuche ausgelöst habe. Ich lege flehend die Hände zusammen und hoffe, dass die Verzweiflung, die meiner Seele entströmt, ihr das Herz erweicht.

Zuerst geschieht nichts. Sie wirkt völlig unbeirrt. Doch dann verdreht sie die Augen und wirft mir einen Mundschutz zu, bevor sie mich in die Freiheit durchwinkt.

Dem Himmel sei Dank. Ich muss raus aus dieser weißen Hölle, aber so dermaßen.

Ich zwinkere ihr zu. Wenigstens hat sie ein Herz zum Erweichen.

Ich verlasse die Muko-Station, schiebe die schwere Tür zum Treppenaufgang auf und nehme immer zwei Betonstufen auf einmal, obwohl mir schon nach einem Stockwerk die Lunge brennt. Hustend zerre ich mich am Metallgeländer hoch, an der vierten und fünften Ebene vorbei, der sechsten, endlich kommt eine große rote Tür mit einem riesigen Schild dran: NOTAUSGANG. BEI ÖFFNUNG ALARM.

Ich ziehe meinen Geldbeutel aus der Hosentasche und daraus einen klein gefalteten Dollarschein, den ich für solche Gelegenheiten mit mir führe. Ich strecke mich und schiebe den Schein unter den Alarmknopf, damit er nicht auslöst, öffne die Tür einen Spaltbreit und husche aufs Dach.

Dann bücke ich mich, um den Geldbeutel zwischen Tür und Rahmen zu klemmen, damit die Tür nicht hinter mir zuschnappt. Aus Erfahrung wird man klug.

Meine Mutter würde einen Herzkasper kriegen, wenn sie sähe, dass ich die Louis-Vuitton-Börse, die sie mir vor ein paar Monaten geschenkt hat, als Türstopper verwende, aber ein bescheuerteres Geschenk ist wohl kaum denkbar für jemanden, der nirgendwo anders verkehrt als in Krankenhauscafeterien.

Als Türstopper hat sie wenigstens eine Aufgabe.

Ich richte mich auf, hole tief Luft und huste automatisch los, weil die kalte, raue Winterluft meine Lunge verschreckt. Aber es fühlt sich gut an, draußen zu sein. Nicht eingesperrt zwischen farblosen Wänden.

Ich recke mich, sehe in den blassgrauen Himmel, aus dem die prophezeiten Schneeflocken endlich durch die Luft herabrieseln und auf meinen Wangen und Haaren landen. Langsam gehe ich vor bis zur Dachkante und setze mich auf den eisigen Stein, lasse die Beine hinunterbaumeln. Ich atme aus und es fühlt sich an wie Luft, die ich seit meiner Ankunft vor zwei Wochen nicht herausgelassen habe.

Von hier oben aus ist alles schön.

In welchem Krankenhaus ich auch bin, ich suche mir immer einen Weg aufs Dach.

Von dem in Brasilien aus habe ich einen Karnevalsumzug gesehen, die Leute sahen aus wie knallbunte Ameisen, als sie durch die Straßen tanzten, wild und frei. Ich habe Frankreich schlafen gesehen, den erleuchteten Eiffelturm in der Ferne, wie die Lichter in den Wohnungen in den oberen Stockwerken langsam erloschen und der Mond sich träge erhob. Ich habe Strände in Kalifornien gesehen, endloses Wasser, Leute, die sich als erste Tat des Tages in die perfekten Wellen stürzten.

Jeder Ort ist anders. Jeder Ort ist einzigartig. Nur die Krankenhäuser, von denen aus ich sie sehe, die sind immer gleich.

Diese Stadt ist nicht gerade eine Partyhochburg, aber irgendwie fühlt sie sich auf verschlafene Art heimelig an. Sollte mich eigentlich entspannen, aber es macht mich nur noch kribbeliger. Vielleicht, weil ich zum ersten Mal seit acht Monaten nur eine Autofahrt von zu Hause weg bin. Mein *Zuhause.* Wo Hope und Jason sind. Wo meine alten Klassenkameraden sich langsam dem Abschluss entgegenquälen und sich bei eben der Eliteuni bewerben, die ihre Eltern für sie ausgesucht haben. Wo mein Zimmer, eigentlich mein ganzes verdammtes Leben, leer und unbewohnt vor sich hin wartet.

Ich beobachte die Scheinwerfer der Autos, die auf der Straße neben dem Krankenhaus vorbeifahren, die blinkende Weihnachtsbeleuchtung in der Ferne, die lachenden Kinder, die auf dem zugefrorenen Teich neben einem kleinen Park umherschlittern.

Das hat so etwas Schlichtes an sich. Eine Freiheit, bei der mir die Fingerspitzen jucken.

Ich weiß noch, wie Jason und ich das gemacht haben, rumschlittern auf dem See am Ende der Straße, in der er wohnt, wie die Kälte beim Spielen uns immer tiefer in die Knochen kroch. Stunden waren wir dort draußen, veranstalteten Wettkämpfe im Weitrutschen ohne Umfallen, bombardierten einander mit Schneebällen, machten Schneeengel.

Wir haben jede Minute ausgenutzt, bis irgendwann unweigerlich meine Mom auftauchte und mich nach drinnen schleifte.

Im Krankenhaushof geht das Licht an, und als ich hinabblicke, sehe ich ein Mädchen in ihrem Zimmer auf Ebene Drei, das auf einem Laptop vor sich hin tippt, ein Paar Kopfhörer auf den Ohren und auf den Bildschirm konzentriert.

Moment mal.

Ich schaue genauer. Stella.

Der kalte Wind zerrt mir am Haar und ich schiebe die Kapuze hoch, beobachte ihr Gesicht, während sie schreibt.

Woran kann sie bloß arbeiten? Wir haben Samstagabend.

Sie ist so anders als in den Videos, die ich gesehen habe. Ich frage mich, was sich verändert hat. Ist es wegen dem hier? Dem Krankenhauskram? Die Medikamente, die Behandlungen, die kahlen weißen Wände, die einen erdrücken und einem die Luft abschnüren, jeden Tag ein bisschen mehr?

Ich stehe auf, balanciere am Rand des Daches und blicke hinunter auf den Hof, tief unter mir, stelle mir nur einen Moment lang vor, wie federleicht, wie absolut hemmungslos er wäre, der Fall. Ich sehe, wie Stella durch die Scheibe nach oben schaut, und unsere Blicke treffen sich, genau als eine scharfe Windböe mich erwischt. Ich keuche und versuche, wieder einzuatmen, doch meine beschissene Lunge bekommt fast keinen Sauerstoff hinein.

Das bisschen Luft, das reinkommt, bleibt mir im Hals stecken und ich huste los. Heftig.

Meine Rippen brüllen auf, weil jeder Huster immer mehr Luft aus meiner Lunge zieht, meine Augen beginnen zu tränen.

Endlich bekomme ich es ein bisschen in den Griff, aber …

Mir schwirrt der Kopf, mein Blick verschwimmt in Schwärze.

Ich stolpere, plötzlich von Panik erfasst, werfe den Kopf herum und versuche, mich auf die rote Tür zu konzentrieren oder den Boden oder überhaupt *irgendwas*. Ich starre auf meine Hände, will das Schwarz zwingen zu verschwinden, die Welt zurückgewinnen, weiß, dass die freie Luft hinter der Dachkante nur wenige Zentimeter entfernt ist.

Kapitel 5

STELLA

Ich werfe die Tür zur Treppe auf und knöpfe noch an meiner Jacke, während ich schon die Stufen zum Dach hinaufhechte. Mein Herz pocht so laut in meinen Ohren, dass ich fast meine Schritte unter mir nicht höre.

Er muss verrückt sein.

Immer wieder sehe ich ihn vor mir, dort an der Kante des Dachs, kurz davor, mehrere Stockwerke tief in den Tod zu stürzen, mit angstverzerrtem Gesicht. Kein bisschen wie das selbstbewusste Grinsen.

Schnaufend schaffe ich es an Ebene Vier vorbei, bleibe kurz stehen, um wieder zu Atem zu kommen, klammere meine schwitzigen Handflächen um das kühle Metallgeländer. Spähe hinauf in den obersten Stock, mit schwirrendem Kopf und brennendem Hals. Ich hatte nicht mal Zeit, meinen Sauerstoff mitzunehmen. Nur noch zwei Stockwerke. Zwei. Ich zwinge mich weiter, meine Füße gehen auf Kommando, rechts, links, rechts, links, rechts, links.

Endlich sehe ich die Tür. Sie steht einen Spaltbreit offen, genau unter einem grellroten Alarm, der eigentlich hätte anspringen müssen.

Zögernd blicke ich vom Schalter zur Tür und wieder zurück. Warum ist der nicht losgegangen, als Will die Tür geöffnet hat? Ist er kaputt?

Dann sehe ich ihn. Den gefalteten Dollarschein, der den Taster blockiert, damit der Alarm nicht losplärrt und das ganze Krankenhaus darauf hinweist, dass irgendein durchgeknallter Typ mit Muko und selbstzerstörerischen Neigungen sich da draußen auf dem Dach rumtreibt.

Ich schüttle den Kopf. Verrückt oder nicht, das ist ziemlich clever.

Die Tür wird von einem Geldbeutel offen gehalten, und ich quetsche mich so schnell wie möglich raus und passe auf, dass der Dollarschein auch ja nicht verrutscht. Dann bleibe ich wie angewurzelt stehen, hole zum ersten Mal seit achtundvierzig Stufen richtig Luft. Ein Stück von mir entfernt stelle ich erleichtert fest, dass er einen Sicherheitsabstand zwischen sich und den Abgrund gebracht hat und nicht in die Tiefe gestürzt ist. Er dreht sich zu mir und meiner pfeifenden Lunge, Überraschung im Gesicht. Ich wickle mir den roten Schal fester um, gegen die eisige, schneidende Luft, werfe noch einen prüfenden Blick auf den eingeklemmten Geldbeutel und stampfe zu ihm hinüber.

»Möchtest du unbedingt sterben?«, brülle ich und bleibe stehen, gute drei Meter von ihm entfernt. Sicher ist sicher, denn ich will es garantiert nicht.

Seine Wangen und Nase sind rotgefroren und auf seinem lockigen braunen Haar und der Kapuze seines Sweatshirts hat sich eine dünne Schneeschicht gebildet. Wenn er so aussieht, kann ich beinahe so tun, als sei er kein Idiot.

Und dann macht er wieder den Mund auf.

Er zuckt die Schultern, als wäre hier alles normal, und

weist über die Dachkante hinaus. »Meine Lunge ist eh hinüber. Also genieß ich die Aussicht, solange es geht.«

Wie poetisch.

Was habe ich anderes erwartet?

Ich sehe an ihm vorbei zu den fernen Lichtern der Stadt, ganz weit weg, zu den Bäumen dort unten im Park, die plötzlich lebendiger aussehen als je zuvor mit ihrer geradezu flächendeckenden Weihnachtsbeleuchtung. Manche Lichterketten sind sogar von Baum zu Baum gespannt, schaffen eine Art magischen Pfad, unter dem man schreiten kann, mit in den Nacken gelegtem Kopf und offenem Mund.

In all den Jahren bin ich nie auf dem Dach gewesen. Schlotternd vergrabe ich mich in meiner Jacke, wickle die Arme um mich herum und richte die Augen wieder auf ihn.

»Aussicht hin oder her, warum sollte irgendwer es riskieren, so viele Stockwerke hinabzustürzen?«, frage ich, weil ich es einfach nicht begreife, wie jemand mit kaputter Lunge mitten im Winter einen Ausflug aufs Dach unternehmen kann.

Seine blauen Augen leuchten auf und mein Magen schlägt einen Purzelbaum. »Hast du schon mal Paris von einem Dach aus gesehen, Stella? Oder Rom? Oder wenigstens das hier? Das ist die einzige Sache, neben der dieser ganze Behandlungsscheiß verblasst.«

»Behandlungsscheiß?« Ich gehe zwei Schrittchen auf ihn zu. Zwei Meter. Das Limit. »Dieser Behandlungsscheiß hält uns am Leben.«

Er schnaubt und verdreht die Augen. »Dieser Behandlungsscheiß ist es, der uns davon abhält, da unten zu sein und wirklich zu leben.«

Mein Blut beginnt zu kochen. »Weißt du überhaupt, was

für ein Glück du hast, bei diesem Medikamententest mitmachen zu dürfen? Aber für dich ist das natürlich völlig selbstverständlich. Du verwöhnter, privilegierter Bubi!«

»Moment, woher weißt du von dem Test? Hast du dich über mich erkundigt?«

Ich überhöre seine Fragen, rede einfach weiter. »Wenn es dir so egal ist, dann hau doch ab«, schieße ich zurück. »Räum deinen Platz für jemand anderen. Jemanden, der leben möchte.«

Ich blicke zu ihm auf, sehe zu, wie Schnee in den Raum zwischen uns fällt, sich in der dünnen Schicht zu unseren Füßen verliert. Schweigend starren wir einander an und dann zuckt er die Schultern, mit maskenhaftem Gesicht. Er macht einen Schritt zurück, wieder auf die Kante zu. »Du hast recht. Ich meine, sterben tu ich ja eh.«

Mein Blick wird schmal. Das würde er nicht machen. Oder?

Noch ein Rückwärtsschritt. Und noch einer, Knirschen im Schnee. Seine Augen hängen an meinen, fordern mich heraus, etwas zu sagen, ihn aufzuhalten. Eine Kampfansage.

Näher. Fast am Rand.

Ich atme scharf ein, die kalte Luft schabt mir in der Lunge.

Er lässt einen Fuß über die Kante baumeln und beim Anblick des Abgrunds schnürt sich mir der Hals zu. Er kann doch nicht – »Will! Nein! Bleib stehen!«, rufe ich, mache einen Schritt auf ihn zu, höre das Blut in meinen Ohren rauschen.

Er bleibt stehen, das Bein über der Kante. Ein Schritt noch, und er wäre gefallen. Noch ein Schritt, und er wäre …

Wir starren einander schweigend an, seine blauen Augen sind neugierig, forschend. Und dann lacht er los, laut und tief und wild, auf so vertraute Art, dass es sich anfühlt, als drücke man auf einen Bluterguss.

»O Gott. Dein Gesichtsausdruck war unbezahlbar.« Er äfft mich nach. »Will! Nein! Bleib stehen!«

»Willst du mich verarschen? Warum machst du so was? Das ist kein Scherz, sich da runterzustürzen!« Ich schlottere am ganzen Leib. Ich wende mich ab, grabe die Fingernägel in die Handflächen, versuche, das Zittern zu beruhigen.

»Ach, krieg dich ein, Stella!«, ruft er mir hinterher. »War nur ein Witz.«

Ich ziehe die Tür auf, steige über den Geldbeutel, um so weit wie möglich von ihm wegzukommen. Wofür der Aufwand? Was klettere ich hier zu ihm rauf – nur um zu sehen, ob es ihm gut geht? Ich eile die ersten Stufen hinunter, fasse mir ins Gesicht und merke … dass ich keinen Mundschutz aufhatte.

Ich vergesse meinen Mundschutz nie.

Ich werde langsamer und bleibe dann ganz stehen, weil mir eine Idee in den Kopf schießt. Wieder steige ich zur Tür hinauf, ziehe langsam den Schein aus der Alarmanlage, stecke ihn ein und sause hinab zu Ebene Drei zu unserer Station.

An die Backsteinmauer im Treppenhaus gelehnt warte ich, bis ich wieder bei Atem bin, ziehe dann Jacke und Schal aus, öffne die Tür und schlendere zu meinem Zimmer, als käme ich frisch von der Säuglingsstation. Irgendwo in der Ferne geht der Alarm los, als Will die Tür öffnet, um wieder hineinzugehen, weit entfernt, aber trotzdem ohrenbetäubend, da es im Treppenhaus und Flur so herrlich hallt.

Ich lächle in mich hinein.

Julie wirft eine blaue Patientenakte auf den Tisch im Stationszimmer, schüttelt den Kopf und murmelt: »Das Dach, Will? Ernsthaft?«

Gut zu wissen, dass ich nicht die Einzige bin, die hier von Will in den Wahnsinn getrieben wird.

***

Ich starre aus dem Fenster, sehe zu, wie der Schnee im Schein der Hofbeleuchtung hinabrieselt. Im Flur herrscht jetzt endlich Totenstille, nachdem sie Will stundenlang zusammengestaucht haben. Ich werfe einen Blick auf die Uhr. Erst acht, also habe ich vor dem Schlafen noch reichlich Zeit für Punkt Nummer 14 auf meiner To-do-Liste. »App für Beta-Test vorbereiten«, und Nummer 15, »Dosierungstabelle für Diabetes fertigstellen«.

Bevor ich loslege, schaue ich rasch bei Facebook, wo eine rote Einladung zur großen Abschlussreisen-Beachparty diesen Freitag in Cabo auf mich wartet. Ich klicke drauf und sehe, dass sie meinen Text verwendet haben, von damals, als ich noch die Organisatorin war, und frage mich, ob mich das jetzt trösten soll oder nicht. Ich gehe die Liste der Besucher durch, sehe Camilas und Myas Bilder und Masons (jetzt ohne Brooke), gefolgt von Bildern eines halben Dutzends anderer Jahrgangskollegen, die auch bereits zugesagt haben.

Mein Tablet klingelt und ich sehe einen eingehenden FaceTime-Anruf von Camila. Als wüssten sie, dass ich gerade an sie gedacht habe. Ich lächle und wische nach rechts, werde fast schon geblendet, als der grelle Sonnenschein des jeweiligen Traumstrands, an dem sie gerade sitzen, mir aus dem Display entgegenstrahlt.

»Okay, ich bin offiziell neidisch«, sage ich Camila ins sonnenverbrannte Gesicht.

Mya springt herbei, um ihr Gesicht über Camilas Schulter zu recken, ihre Locken hüpfen ins Bild. Sie trägt das gepunktete Teil, das ich ihr ausgesucht habe, aber für Geplänkel fehlt ihr wohl gerade die Muße. »Irgendwelche süßen Typen vor Ort? Und sag jetzt nicht …«

»Nur Poe«, sagen wir wie aus einem Mund.

Camila rückt sich schulterzuckend die Brille zurecht. »Poe zählt. Er ist total süß.«

Mya schnaubt und knufft Camila in die Seite. »Poe ist zu tausend Prozent uninteressiert an dir, Camila.«

Camila boxt spielerisch zurück und erstarrt dann, nimmt mich genau ins Visier. »O Gott. Gibt's etwa tatsächlich einen? Stella, gibt's einen süßen Typen bei dir?«

Ich verdrehe die Augen. »Er ist NICHT süß.«

»Er!!« Die beiden quietschen begeistert auf, und ich kann ihn schon regelrecht spüren, den Wasserfall an Fragen, der sich gleich über mich ergießen wird.

»Muss los! Wir sprechen uns morgen«, rufe ich in ihre Proteste hinein und lege auf. Die Begegnung auf dem Dach ist noch ein bisschen zu frisch und seltsam, um darüber zu reden. Die Seite für die Strandparty ist wieder da. Mein Finger hängt über »Nehme nicht teil«, aber schon draufzuklicken, das schaffe ich einfach nicht, und so schließe ich einfach die Seite und rufe Visual Studio auf.

Ich öffne das Projekt, an dem ich gerade sitze, und beginne, den Programmcode Zeile für Zeile durchzuarbeiten, spüre, wie meine Muskeln sich langsam entkrampfen. In Zeile 27 entdecke ich einen Fehler – ich habe c statt x als Variable eingesetzt – und ein fehlendes Ist-gleich-Zeichen in Zeile 182, aber davon abgesehen sieht die App so aus, als sei sie bereit fürs Beta. Ich kann es fast nicht glauben. Ich werde es später mit einem Pudding feiern.

Ich versuche, die Dosierungstabelle für Diabetiker in meiner Tabelle für die häufigsten chronischen Erkrankungen fertigzustellen, sortiere nach Altersgruppen, Körpergewicht und Medikation. Doch bald ertappe ich mich, wie ich nur auf die leeren Spalten starre, nur auf dem Gehäuse meines Computers herumtippe, mit den Gedanken ganz weit weg.

Konzentration.

Ich greife nach meinem Notizbuch, hake Punkt 14 ab und warte auf die Ruhe, die sich normalerweise nach Erledigung einer Aufgabe einstellt. Doch die will einfach nicht kommen. Ich werde wieder ganz steif, als mein Stift über Punkt 15 hängen bleibt, blicke von den leeren Spalten zu »Dosierungstabelle für Diabetes fertigstellen«.

Von wegen fertiggestellt. Wäh.

Ich schmeiße das Notizbuch auf mein Bett, spüre, wie sich Rastlosigkeit und Unwohlsein in meinem Bauch ausbreiten. Ich stehe auf und gehe hinüber zum Fenster, schiebe das Rollo hoch.

Meine Blick wandert zum Dach, zu der Stelle, wo Will vorhin stand. Ich weiß, dass er ganz der Alte war, als ich dort oben bei ihm stand, aber das Husten, das Taumeln, das hatte ihn kalt erwischt. Genau wie die Angst.

Herr »Wir sind alle dem Tode geweiht« wollte nicht sterben.

Rastlos gehe ich zu meinem Wagen, hoffe, dass es mich beruhigen wird, wenn ich meine »Vor-dem-Schlafen-Medikamente« von der Liste streichen kann. Meine Finger tippen auf dem Metallwagen vor sich hin, während meine Augen über das Fläschchenmeer und dann wieder hinaus zum Dach und zurück zu den Flaschen gleiten.

Lässt er sich überhaupt richtig behandeln?

Die meisten Medikamente kann ihm Barb wahrscheinlich hineinzwingen, aber sie kann nicht bei jeder Dosis danebenstehen. Sie kann ihn zwar in seine Vibrationsweste stopfen, aber sie kann nicht sicherstellen, dass er sie eine ganze halbe Stunde anbehält.

Wahrscheinlich lässt er sich nicht richtig behandeln.

Ich versuche, alle Medikamente in der vorgeschriebenen Reihenfolge zu schlucken, schiebe sie auf dem Wagen herum, die Namen verschwimmen vor meinen Augen. Statt Ruhe wächst in mir der Frust, die Wut, sie klettern mir seitlich am Kopf hinauf.

Der Schleimverdünner will einfach nicht aufgehen, obwohl ich den Deckel mit aller Gewalt hinunterdrücke und versuche, ihn aufzudrehen.

Ich will nicht, dass er stirbt.

Der Gedanke erklimmt den Gipfel meines Frustbergs und stellt dort eine Fahne auf, klar und deutlich und so überraschend, dass ich es noch nicht mal kapiere. Immer wieder sehe ich ihn rückwärts auf die Dachkante zugehen. Und auch wenn er so furchtbar ist wie nur was …

Ich will nicht, dass er stirbt.

Ich drehe den Deckel heftig ab und da fliegt er hinunter, ergießt die Pillen über meinen Wagen. Wütend knalle ich die Flasche mit solcher Wucht hin, dass die Tabletten hüpfen. »Verdammt!«

Kapitel 6

WILL

Ich öffne meine Zimmertür und sehe zu meiner Überraschung Stella gegenüber an der Wand lehnen. Nach der Aktion gestern hätte ich eher damit gerechnet, dass sie mir mindestens eine Woche aus dem Weg geht. Sie trägt rund vier OP-Masken und eine Doppelschicht Handschuhe, mit denen sie das Kunststoffgeländer an der Korridorwand umkrampft. Als sie sich bewegt, weht mir leichter Lavendelduft entgegen.

Das riecht gut. Wahrscheinlich, weil meine Nase sich nach irgendwas abseits von Desinfektionsmittel sehnt.

Ich grinse. »Bist du meine Proktologin?«

Sie bedenkt mich mit etwas, das trotz des Mundschutzes wohl als vernichtender Blick durchgeht, und versucht, über meine Schulter hinweg in mein Zimmer zu spähen. Ich folge ihrem Blick. Die Kunstbücher, die Vibrationsweste auf der Bettkante, wo ich sie ausgezogen habe, kaum dass Barb aus der Tür war, mein aufgeschlagenes Skizzenbuch auf dem Tisch. Das war es dann auch.

»Habe ich's doch gewusst«, sagt sie schließlich, als hätte sie gerade irgendeinen großen Sherlock-Holmes-Fall gelöst. Sie streckt mir die doppelbehandschuhte Hand hin. »Zeig mir mal deine Kurve, die Anweisungen für deine Behandlung.«

»Das ist jetzt ein Scherz, oder?«

Wir liefern uns ein Starrgefecht, ihre braunen Augen durchbohren mich, während ich versuche, zumindest ähnlich einschüchternd zu wirken. Aber weil ich so scheißgelangweilt bin, falle ich schließlich meiner eigenen Neugier zum Opfer. Ich verdrehe die Augen und mache mich daran, mein Zimmer nach einem Bogen Papier zu durchwühlen, der wahrscheinlich längst im Altpapier ist.

Ich schiebe ein paar Zeitschriften beiseite und schaue prüfend unters Bett. Blättere mein Skizzenbuch durch und hebe sogar dramatisch das Kopfkissen hoch, doch das Ding bleibt verschwunden.

Ich richte mich auf und schüttle den Kopf. »Nicht zu finden. Sorry. Man sieht sich!«

Sie weicht jedoch nicht von der Stelle und verschränkt trotzig die Arme vor der Brust. Keine Chance, sie bleibt.

Also suche ich weiter, lasse den Blick durchs Zimmer schweifen, während Stella draußen ungeduldig mit den Hufen scharrt. Das hat doch keinen Sinn. Das Teil ist – ah, Moment!

Ich entdecke mein Taschenskizzenbuch auf der Kommode und hinten ist der Plan reingestopft, mehrfach gefaltet und gerade noch sichtbar aus den kleinen Seiten herausragend.

Meine Mom muss ihn dort versteckt haben, um ihn vor der Mülltonne zu retten.

Ich ziehe ihn heraus, gehe zurück zur Tür und halte ihr das Blatt hin. »Nicht, dass es dich was anginge …«

Sie reißt mir das Papier aus der Hand und drückt sich sofort wieder hinten an die Wand, möglichst weit weg. Ich sehe, wie sie empört auf die Spalten und Zeilen schaut, die ich während des Gesprächs zwischen Mom und Dr. Hamid zu einem ziemlich krank aussehenden Level Donkey Kong umgekritzelt habe. Die Leitern sitzen auf meinen Medikamentendosierungen, um die Namen meiner Behandlungen rollen Fässer herum und links neben meinem Namen kreischt die Jungfrau in Not: »HILFE!« Gar nicht doof, was?

»Was ist – wie kannst du – warum?«

Sie findet's anscheinend doch ziemlich doof.

»Sieht so ein Aneurysma aus? Soll ich Julie rufen?«

Sie schleudert mir das Blatt zurück, auf hundertachtzig.

»Hey!« Ich hebe die Hände. »Ich habe ja kapiert, dass du eine Art Superheldenkomplex am Laufen hast, aber halt mich da bitte raus.«

Sie schüttelt den Kopf. »Will. Diese Behandlungen sind nicht optional. Diese Medikamente sind nicht *optional* !«

»Ach, darum schieben sie sie mir ständig in den Hals!« Aber mal ehrlich, mit etwas Kreativität kann alles optional sein.

Stella schüttelt den Kopf, wirft die Hände in die Luft und stürmt den Gang hinunter. »Du machst mich wahnsinnig!«

Da legen Dr. Hamids Worte einen Überraschungsauftritt in meinem Kopf ein. *Immer außer Reichweite bleiben. Zu ihrer Sicherheit und zu deiner.* Ich schnappe mir einen Mundschutz aus der ungeöffneten Box, die Julie neben meiner Tür deponiert hat, stecke ihn ein und laufe ihr hinterher.

Im Vorbeigehen sehe ich einen kleinen, braunhaarigen Typen mit Adlernase und kantigem Gesicht, der neugierig von Zimmer 310 aus verfolgt, wie ich meinerseits Stella den Flur hinunter zum Aufzug folge. Sie ist zuerst da, tritt hinein und dreht sich zu mir um, während sie schon den Knopf drückt. Ich will zu ihr, doch sie hält die Hand hoch.

»Zwei Meter!«

Shit.

Die Türen schließen, und mir bleibt nur, ungeduldig mit dem Fuß zu scharren und immer wieder auf den Knopf zu drücken, während der Aufzug beharrlich zu Ebene Fünf emporsteigt und dann gemächlich wieder zu mir nach unten sinkt. Mit einem letzten nervösen Blick zum Stationszimmer verdrücke ich mich in den Fahrstuhl und haue auf den Türschließknopf. Aus der Metallverkleidung blickt mir mein verschwommenes Gesicht entgegen und da fällt mir die Maske in meiner Tasche wieder ein. Ich ziehe sie auf und fahre ebenfalls bis Ebene Fünf. Bescheuert, das alles. Was renne ich hier Barb junior hinterher?

Mit einem Ping gleitet die Tür langsam auf und ich gehe in olympischem Tempo den Gang hinunter, über die Brücke bis zum Osteingang der Neonatologie, wobei ich ein paar Ärzten ausweichen muss. Doch die haben alle offensichtlich Besseres zu tun und so stoppt mich niemand. Vorsichtig schiebe ich die Tür auf und finde Stella. Gerade will ich den Mund öffnen und fragen, was der Scheiß eben sollte, doch dann wird mir klar, wie düster sie dreinschaut. Ernst. Ich bleibe in sicherer Entfernung zu ihr stehen und folge ihrem Blick zu dem Baby, das mehr Schläuche und Kabel an seinem Körper hat als Gliedmaßen.

Ich sehe die winzige Brust, wie sie sich mühsam hebt und senkt, sich mit dem Atmen quält. Ich spüre meinen eigenen Herzschlag in der Brust, meine eigene schwache Lunge, die sich mit Luft füllen will, nachdem ich einmal quer durchs Krankenhaus gerast bin.

»Sie kämpft um ihr Leben«, sagt sie schließlich und heftet in der Scheibe ihren Blick an meinen. »Sie weiß nicht, was sie noch vor sich hat oder warum sie kämpft. Das ist einfach nur … Instinkt, Will. Sie hat den Instinkt zu kämpfen. Zu leben.«

Instinkt.

Diesen Instinkt habe ich vor Ewigkeiten verloren. Vielleicht in meinem fünfzigsten Krankenhaus, in Berlin. Vielleicht vor acht Monaten, als ich mir B. cepacia zugezogen habe und sie meinen Namen von der Transplantationsliste gestrichen haben. Es gibt viele Möglichkeiten.

Mein Kiefer verkrampft sich. »Schau, du hast dir das falsche Publikum für deine aufrüttelnde Rede ausgesucht …«

»Bitte!« Sie schneidet mir das Wort ab, dreht sich zu mir, und in ihrem Gesicht liegt so viel Verzweiflung, dass es mich überrascht. »Es ist wichtig für mich, dass du dich an die Behandlungen hältst. Völlig, komplett.«

»Da habe ich mich wohl verhört. Hast du gerade … bitte gesagt?«, albere ich, weil mir dieses Gespräch so langsam viel zu ernst wird. Ihre Miene bleibt jedoch unverändert. Ich trete näher an sie heran, aber nicht zu nahe. Irgendwas ist hier faul.

»Okay. Um was geht es hier wirklich? Ich lache auch nicht.«

Sie holt tief Luft, macht zwei Schritte zurück, um meinen einen wieder wettzumachen. »Ich habe … ein Problem mit Kontrollverlust. Ich muss immer wissen, dass alles seine Ordnung hat.«

»Und? Was hat das mit mir zu tun?«

»Ich weiß, dass du dich nicht richtig behandeln lässt.« Sie lehnt sich gegen das Glas, sieht mich an. »Und das macht mich fertig. Total.«

Ich räuspere mich, sehe an ihr vorbei auf den winzigen, hilflosen Säugling jenseits der Scheibe. Irgendwas sticht in mir, wie Schuldbewusstsein, obwohl das total sinnlos ist.

»Tja, ich würd dir ja gerne helfen. Aber was du da von mir verlangst ...« Achselzuckend schüttle ich den Kopf. »Keine Ahnung, wie.«

»Bullshit, Will«, sagt sie und stampft auf. »Jeder Muko weiß, wie man sich selbst behandelt. Wir sind praktisch Ärzte, wenn wir zwölf sind.«

»Sogar wir verwöhnten, privilegierten Bubis?«, sage ich herausfordernd, reiße meine Maske herunter. Sie findet meinen Kommentar überhaupt nicht lustig und sie schaut immer noch frustriert, verzweifelt. Der Kern des Problems ist mir weiterhin nicht klar, aber eines schon: Es macht sie kaputt. Hier geht es um mehr als nur um Kontrollzwänge. Ich hole tief Luft und höre auf mit dem Mist. »Meinst du das ernst? Ich mache dich fertig?«

Sie antwortet nicht und so stehen wir einfach da und starren einander schweigend an, und zwischen uns geht etwas vor, das fast schon als gegenseitiges Verständnis durchgehen könnte. Schließlich weiche ich einen Schritt zurück, lege wieder den Mundschutz an, als Friedenspfeife quasi, und lehne mich an die Wand. »Okay. Meinetwegen«, sage ich, ohne sie aus den Augen zu lassen. »Wenn ich mitmache, was springt für mich dabei raus?«

Ihr Blick wird schmal und sie zieht ihren blaugrauen Kapuzenpulli enger um sich. Ich schaue zu, sehe, wie ihr das Haar um die Schultern fällt, wie ihre Augen jedes ihrer Gefühle nach außen tragen.

»Ich will dich zeichnen«, platze ich heraus.

»Was?«, sagt sie und schüttelt entschieden den Kopf. »Nein!«

»Warum nicht?«, frage ich. »Du bist schön.«

Shit. Das ist mir so rausgerutscht. Sie starrt mich an, überrascht – und, wenn ich mich nicht täusche, auch etwas erfreut. »Danke, aber kommt nicht infrage.«

Mit einem Schulterzucken wende ich mich zur Tür. »Denke, dann werden wir uns nicht einig.«

»Kannst du dich nicht mal ein bisschen am Riemen reißen? Noch nicht mal, um dein Leben zu retten?«

Ich bleibe stehen, sehe mich zu ihr um. Sie kapiert es einfach nicht. »Mir wird gar nichts das Leben retten, Stella. Genauso wenig wie dir.« Ich gehe weiter den Gang hinunter, rufe ihr über die Schulter hinweg zu: »In dieser Welt leben wir alle von geborgter Luft.«

Gerade will ich mich durch die Tür schieben, als ich hinter mir ihre Stimme höre.

»Na gut, meinetwegen.«

Ich wirble herum, geschockt, und die Tür fällt zu.

»Aber keine Akte«, fügt sie hinzu. Sie hat ihren Mundschutz abgezogen, und ich sehe, wie sich ein Lächeln in ihr Gesicht stiehlt. Das erste, was sie mir je geschenkt hat. Sie hat einen Witz gemacht.

Stella Grant hat einen Witz gemacht.

Ich schüttle lachend den Kopf. »Wusste ich doch, dass du es schaffst, den ganzen Spaß dran zu verderben.«

»Und kein stundenlanges Modellsitzen«, sagt sie und blickt kurz über ihre Schulter zu dem Frühchen, wieder ganz ernst. »Und deine Therapien. Wir machen das nach meiner Methode.«

»Abgemacht«, sage ich im vollen Bewusstsein, dass das, was sie ihre Methode nennt, einfach irre nervig sein wird. »Ich würde ja sagen, schlag ein, aber …«

»Sehr komisch.« Sie sieht mich an und nickt dann Richtung Tür. »Zuallererst einmal beschaffst du dir einen Medikamentenwagen für dein Zimmer.«

Ich salutiere. »Verstanden. Wagen für mein Zimmer.«

Ich schiebe die Tür auf und lächle sie so breit an, dass es für den ganzen Weg zum Aufzug hält. Ich ziehe mein Handy hervor und schicke Jason schnell eine Nachricht:

Zieh dir das rein, Alter: Waffenstillstand mit dem Mädchen, von dem ich dir erzählt habe.

Er ist total wild auf die Geschichten, die ich ihm von ihr berichtet habe. Über die Sache mit der Alarmanlage hat er Tränen gelacht.

Mein Handy vibriert, als der Aufzug gerade auf Ebene Drei einfährt.

Muss an deinem Aussehen liegen. Die gewinnende Persönlichkeit kann's kaum sein.

Ich schiebe es mir in die Tasche zurück und schaue rasch nach, ob das Stationszimmer immer noch leer ist, bevor ich hinaushusche. Da kracht es laut hinter einer offenen Tür und ich zucke zusammen.

»Autsch. Kacke, verdammte«, sagt jemand von drinnen.

Ich spähe hinein und sehe den dunkelhaarigen Typen von vorhin, in Flanellpyjamahose und Food-Network-T-Shirt.

Er sitzt auf dem Boden und reibt sich den Ellbogen, neben sich ein umgedrehtes Skateboard, von dem es ihn offenbar gerade runtergefegt hat.

»Oh, hi!« Er steht auf, samt dem Board. »Du hast die Show leider knapp verpasst.«

»Übst du hier deine Stunts?«

Er zuckt die Schultern. »Wenn man sich hier das Bein bricht, hat man's wenigstens nicht weit. Außerdem ist Barbs Schicht gerade rum.«

Gutes Argument. »Gegen die Logik kommt niemand an«, lache ich und winke ihm kurz zu. »Ich bin Will.«

»Poe«, grinst er mich an.

Wir schnappen uns Stühle aus unseren Zimmern und sitzen in unseren jeweiligen Türrahmen. Nett, sich mal mit jemandem zu unterhalten, der nicht ständig sauer auf einen ist.

»Und, was führt dich nach Saint Grace? Habe dich hier noch nie gesehen. Stell und ich kennen so ziemlich jeden, der hier landet.«

Stell? Also sind sie eng miteinander?

Ich kipple mit meinem Stuhl, lehne ihn gegen den Türrahmen und versuche, die B.-cepacia-Bombe so sachte wie möglich platzen zu lassen.

»Klinische Studie für B. cepacia.«

Normalerweise vermeide ich es, das gegenüber anderen Mukos zu erwähnen, weil sie mich dann meiden wie die Pest.

Seine Augen werden groß, aber er rückt nicht weiter ab. Er rollt einfach mit den Füßen das Skateboard unter sich hin und her. »Burkholderia cepacia? Das ist *hart.* Seit wann hast du die?«

»Seit ungefähr acht Monaten«, sage ich. Ich weiß noch, wie ich eines Morgens aufgewacht bin und noch schlechter atmen konnte als sonst und einfach nicht aufhörte zu husten. Meine Mom, die schon seit meiner Geburt jeden meiner Atemzüge überwacht, schleifte mich gleich zum Checken ins Krankenhaus. Ich höre immer noch ihre Absätze hinter dem fahrbaren

Krankenbett herklackern, wie sie die Leute herumkommandiert, als sei sie der Chef des OPs.

Ich hatte sie schon für besessen gehalten, bevor die Ergebnisse kamen. Bei jedem lauten Huster oder Keuchen hatte sie überreagiert, mich aus der Schule genommen oder mich gezwungen, meine Verabredungen abzusagen, für irgendwelche sinnlosen Arzt- oder Krankenhaustermine.

Ich weiß noch, wie ich in der dritten Klasse bei einem Chorkonzert mitmachen musste und mitten in unsere beschissene Darbietung von »This Little Light of Mine« hineinhustete. Sie hatte das Konzert buchstäblich mitten im Lied unterbrechen lassen und mich von der Bühne gezerrt, damit ich untersucht werden konnte.

Und da war mir nicht mal klar, wie gut ich es noch hatte. Heute ist alles so viel schlimmer als damals. Ein Krankenhaus, eine Medikamentenstudie nach der anderen. Jede Woche ein neuer Ansatz, das Problem zu lösen, das Unheilbare zu heilen. Eine Minute ohne Tropf oder Beratung über den nächsten Schritt ist eine vergeudete Minute.

Aber nichts wird mich auf die Warteliste für ein Spenderorgan zurückbringen. Und mit jeder unnütz verschwendeten Woche wird auch meine Lunge unnützer.

»Es hat sich so schnell ausgebreitet, total irre«, erzähle ich Poe, stelle die vorderen Stuhlbeine zurück auf den Boden. »Eben war ich noch ganz oben auf der Transplantationsliste und einen Halsabstrich später …« Ich räuspere mich, zucke die Schultern, hoffe, dass er mir nicht ansieht, wie furchtbar das war. »Egal.«

Hat ja keinen Sinn, einem Was-wäre-wenn nachzutrauern.

Poe schnaubt. »Tja, genau diese Haltung« – er äfft mein

Schulterzucken und meine wegwerfende Kopfbewegung nach – »ist das, was Stella so fertigmacht.«

»Klingt, als kennt ihr euch gut. Worum geht's da überhaupt? Sie hat gemeint, sie ist einfach ein Kontrollfreak, aber …«

»Nenn es, wie du willst, aber Stella ist auf Kurs.« Er hört auf mit dem Skateboardrollen und strahlt mich an. »Sie hält mich definitiv auf Spur.«

»Sie spielt sich auf wie der Chef.«

»Quatsch, sie ist der Chef«, sagt Poe, und an seinem Gesicht kann ich ablesen, dass er es auch so meint. »Sie ist mit mir durch dick und dünn gegangen.«

Jetzt bin ich neugierig. Ich sehe ihn misstrauisch an. »Habt ihr zwei irgendwann mal …«

»Was miteinander gehabt?«, fragt Poe, legt den Kopf in den Nacken und lacht. »Nein, Alter. Nie im Leben. Nein. Nein. Nein.«

Was soll das? Sie ist hübsch. Und mögen tut er sie offenbar auch sehr. Schwer zu glauben, dass er nicht wenigstens mal einen Versuch gestartet hat.

»Also, erst mal sind wir beide Mukos. Anfassen verboten«, sagt er. Diesmal ist er es, der *mich* forschend ansieht. »Das ist Sex jetzt auch nicht wert, dass es sich dafür zu sterben lohnt. Wenn du mich fragst.«

Ich mache ein wegwerfendes Geräusch. Offenbar hatte hier auf der ganzen Station niemand besseren Sex als solchen, der »okay« war. Aus irgendwelchen Gründen scheint jeder überzeugt, dass man, sobald man ein chronisches Leiden oder eine Störung oder irgendeine Krankheit hat, damit automatisch zum Heiligen wird.

Was absoluter Schwachsinn ist.

Wenn überhaupt, dann hat die Mukoviszidose mein Sexualleben sogar noch gefördert. Und außerdem: Der Vorteil an den ständigen Umzügen ist, dass ich nie lange genug an irgendeinem Ort bleibe, um mich mit Gefühlen anzustecken. Jason scheint ganz glücklich zu sein, seit er mit Hope herumschnulzt, aber ich brauche nicht noch mehr Ernsthaftes in meinem Leben.

»Zweitens ist sie quasi mein ganzes Leben lang schon meine beste Freundin«, sagt er und bringt mich in die Gegenwart zurück. Ich könnte wetten, dass ihm dabei die Tränen in die Augen steigen.

»Ich glaube, du liebst sie«, necke ich ihn.

»Oh ja. Ich bete sie an«, sagt Poe, als stünde das nicht zur Debatte. »Ich würde mich auf glühende Kohlen legen für sie. Ich würde ihr meine Lunge geben, wenn die irgendwas taugen würde.«

Verdammt. Ich versuche, die Eifersucht zu verdrängen, die aus meiner Brust nach oben quillt.

»Dann verstehe ich es nicht. Warum …«

»Sie ist kein *er*«, unterbricht mich Poe.

Der Groschen fällt etwas langsam, doch dann schüttle ich lachend den Kopf. »Note Eins für dramatischen Spannungsaufbau, Alter.«

Keine Ahnung, weshalb ich so erleichtert bin, aber ich bin es. Ich starre auf die Schreibtafel, die genau über seinem Kopf an der Tür hängt, und sehe das daraufgemalte große Herz.

Wenn Stella mich auch am Leben zu erhalten versucht, dann kann sie mich ja nicht komplett verabscheuen, oder?

Kapitel 7

STELLA

»Gib mir einfach zehn Minuten«, sage ich, mache die Tür hinter mir zu und lasse Will und Poe im Flur stehen.

Ich lasse den Blick durch sein Zimmer schweifen, während ich die App auf sein Smartphone runterlade, und entdecke auf dem Bett den Zettel, den ich ihm heute früh unter der Tür durchgeschoben habe.

»Schreib mir, wenn du den Wagen hast. (718) 555 3295. Ich komme nachmittags rüber und mache alles bereit.«

Mir war klar, wie heikel das werden würde, besonders, da es zwischen Will und Barb eindeutig nicht zum Besten steht und sie demnach wohl kaum ein gutes Wort für ihn einlegen würde, aber er hatte es geschafft, sie außen vor zu halten und sich direkt bei Dr. Hamid einzuschleimen. Ich hebe den Zettel hoch und stelle fest, dass er an den unteren Rand einen winzigen Cartoon gezeichnet hat, mit einer zornigen Barb in ihrem bunten Markenzeichen-Kittel, wie sie einen Wagen schiebt und zetert: »WENN DAS MAL KEIN FEHLER WAR!«

Ich spüre, wie sich ein Lächeln auf meine Lippen stiehlt. Ich lege den Zettel wieder zurück und gehe zum richtigen Wagen. Dort schiebe ich ein paar Tablettenfläschchen herum, damit alles genau in der Reihenfolge steht, die ich in die App eingegeben habe, unter Abgleichung mit seinem Donkey-Kong-verzierten Patientenplan.

Noch einmal prüfe ich, ob der Download von dem Link, den ich ihm geschickt habe, schon beendet ist, versuche, in diesem bakterienverseuchten Raum nicht mehr zu atmen als unbedingt nötig.

Zu achtundachtzig Prozent abgeschlossen.

Im Flur wird es lauter, mein Herz macht einen Satz und rasch reiße ich die Hand von der Tastatur weg, aus Angst, dass man uns erwischt hat. *Bitte nicht Barb, bitte nicht Barb.* Eigentlich sollte sie in der Mittagspause sein, aber falls sie schon früher zurückkommt, um schon mal vorzeitig mit ihrem Montagnachmittagsprogramm zu starten, wird sie mich killen.

Wills Schritte sind zu hören, vor und zurück, vor und zurück, immer vor der Tür hin und her, und ich schleiche auf Zehenspitzen zur Tür, drücke fast mein Ohr dagegen. Doch ich höre nur die beiden. Ein Glück.

»Du hast alles abgewischt, oder?«, sagt Poe.

»Natürlich. Sogar zweimal, zur Sicherheit«, schießt Will zurück. »Also echt, als ob das jetzt meine Idee gewesen wäre.«

Ich zupfe mir den Schutzkittel zurecht, den ich über die Einmal-OP-Kleidung gezogen habe, und reiße die Tür auf, um sie durch meine Schutzbrille anzusehen.

Poe macht einen Skateboardschlenker in meine Richtung. »Mann, Stella. Habe ich dir schon gesagt, wie super du heute aussiehst?«

Will und er lachen sich zum dritten Mal schief über meine zusammengeschusterte Schutzausrüstung.

»Immer noch freie Bahn?«

Er stößt sich ab und rollt auf dem Board am Stationszimmer vorbei, um einen Blick hineinzuwerfen.

Dann hebt er den Daumen. »Beeil dich einfach!«

»Fast fertig«, sage ich, husche wieder ins Zimmer und schließe die Tür.

Ich begutachte den Wagen und seufze erleichtert auf angesichts der Ordnung, die darauf herrscht. Doch dann sehe ich den Tisch, auf dem sein Laptop steht und auf dem … herrscht das Gegenteil. Ich schreite hinüber und schnappe mir eine Handvoll Buntstifte, lege sie ordentlich zurück in den Stiftehalter, wo sie hingehören. Ich lege die Zeitschriften und Skizzenblocks ordentlich hin, nach Größe geordnet, und dabei fällt ein Blatt heraus.

Es ist die Zeichnung eines Will-ähnlichen Jungen, der zwei Ballons in den Händen hält und Luft in zwei schlaff aussehende Lungenflügel zu zwingen versucht, mit knallrotem, angestrengtem Gesicht. Bei dem Text darunter muss ich grinsen: »Einfach durchatmen.«

Es ist wirklich gut.

Ich strecke die Hand aus und fahre sanft Wills Lunge nach, wie bei Abbys Zeichnung. Mein behandschuhter Zeigefinger landet auf dem kleinen, witzig gezeichneten Will, mit seinem kantigen Kiefer, seinem wilden Haar, den blauen Augen und eben dem Sweatshirt, das er oben auf dem Dach anhatte.

Nur sein Lächeln fehlt.

Ich blicke zur Wand und sehe, dass er nur einen einzigen Cartoon aufgehängt hat, genau über seinem Bett. Ich nehme mir eine Reißzwecke aus einem kleinen Glas und hänge die Zeichnung darunter.

Der Laptop dingt und ich blinzle, lasse rasch die Hand sinken. Fertig geladen. Ich wirble herum, gehe zu seinem Schreibtisch und stecke das Smartphone aus. Dann räume ich alles zusammen, öffne die Tür und halte dem Original-Will sein Handy entgegen.

Er streckt sich und nimmt es mir ab, während er mit der anderen Hand die Maske sichert.

»Ich habe eine App für chronische Krankheiten entwickelt. Befunde, Therapiepläne«, sage ich achselzuckend. »Die erinnert dich dran, wenn du deine Pillen nehmen musst oder eine Behandlung …«

»Du hast eine App entwickelt? Also im Sinne von *entwickelt* entwickelt?«, unterbricht er mich und sieht überrascht vom Telefon auf, mit großen blauen Augen.

»Topnews des Tages: Mädchen können programmieren!«

Sein Handy zwitschert, und ich sehe, wie auf dem Display ein animiertes Tablettenfläschchen erscheint. »Ivacaftor. Hundertfünfzig Milligramm«, sage ich. Verdammt, mir geht's schon viel besser.

Ich sehe Will erwartungsvoll an und zum ersten Mal wirkt er nicht höhnisch. Er wirkt beeindruckt. Gut. »Meine App ist so simpel, dass selbst Jungs sie kapieren.«

Ich schlendere davon, schwinge selbstbewusst die nicht vorhandenen Hüften, spüre, wie mir die Hitze in die Wangen steigt, als ich schnurstracks die Besuchertoilette auf der anderen Seite der Station anpeile, die nie jemand nutzt.

Das Licht flackert auf, als ich mich einschließe. Ich reiße mir die Handschuhe ab und schnappe mir ein paar Desinfektionstücher aus dem Spender neben der Tür, wische mir dreimal die Hände ab. Atme langsam aus und reiße mir alles vom Leib: die Schuhschoner und die Haube und die Maske und die

Schutzkleidung und den Kittel. Dann stopfe ich alles in den Müll, drücke sie ganz tief hinein und schlage den Deckel zu, bevor ich zum Waschbecken stürze.

Meine Haut juckt, ich kann richtig spüren, wie B. cepacia versucht, irgendwo in mich einzudringen und mich von innen aufzufressen.

Ich drehe das Wasser auf, bis das heiße Wasser herausschießt. Dann greife ich um das glatte Porzellan, sehe mein Spiegelbild vor mir, in BH und Unterhose. Die Narben an Brust und Bauch, von all den Operationen, die Rippen, die beim Atmen hervortreten, das scharfe Schlüsselbein, das in der unschmeichelhaften Beleuchtung noch schärfer aussieht. Um meine Sonde herum ist es noch röter geworden, das wird eindeutig eine Entzündung.

Ich bin zu dünn, zu vernarbt, zu … Ich treffe meinen grünbraunen Blick im Spiegel.

Warum sollte Will mich zeichnen wollen?

In meinem Kopf höre ich seine Stimme, wie er mich schön nennt. *Schön.* Dabei macht mein Herz einen Satz, den es nicht machen sollte.

Der Spiegel hüllt sich in eine Dampfwolke, lässt das Bild verschwimmen. Ich wende den Blick ab, pumpe Seife aus dem Spender, bis sie mir aus der Hand tropft. Ich schrubbe mir Hände und Arme und Gesicht ab, wasche alles weg, den Abfluss hinunter. Dann trage ich noch zur Sicherheit eine Ladung Superdesinfektionsmittel auf.

Ich trockene mich ab, öffne den Deckel des zweiten Mülleimers und ziehe eine Tasche mit Kleidung heraus, die ich dort vor einer Stunde deponiert habe, auf dem Weg zu Wills Zimmer. Wieder bekleidet werfe ich einen letzten Blick in den

Spiegel und schleiche mich dann vorsichtig raus, damit mich auch ja niemand sieht. So gut wie neu.

***

Ich lümmle mich auf meinem Bett und beäuge müde meine montägliche To-do-Liste, ohne jedoch mit Herumsurfen auf meinem Handy aufzuhören. Ich tippe auf Camilas Insta-Story, sehe zum millionsten Mal, wie sie aus einem Kajak herauswinkt und das Handy über den Kopf reckt, um die wild hinter ihr paddelnde Mya zu filmen.

Seit Geheimoperation Schutzanzug vollbracht ist, habe ich die meiste Zeit damit verbracht, Cabo wenigstens indirekt über die Insta-Stories meiner Jahrgangskollegen mitzuerleben. Ich bin mit Melissa in türkisen Wassern geschnorchelt. Mit Jude zum Arco San Lucas gesegelt. Habe mit einer nicht allzu liebeskummergeplagt wirkenden Brooke am Strand gebrutzelt.

Gerade will ich neu laden, als es an meiner Tür klopft und Barb den Kopf hereinstreckt. Sie mustert kurz meinen Wagen, und ich weiß, was jetzt kommt. »Warst du in Wills Zimmer? Der Aufbau dort kommt mir … ziemlich bekannt vor.«

Ich schüttle den Kopf. Nö. Ich doch nicht. Einen Vorteil hat man als Musterkind: Barb wird mir wahrscheinlich glauben.

Ich bin erleichtert, als eine FaceTime-Benachrichtigung aufploppt, samt Poes Gesicht. Ich erstarre kurz und hebe ab, flehe ihn innerlich an, kein Wort über Will zu verlieren, bis ich den Laptop umgedreht habe.

»Schau mal, wer gerade aus der Mittagspause zurück ist!«

Zum Glück wandern seine Augen sofort zu Barb in der Tür und er verkneift sich jeden Kommentar, den er auf der Zunge hatte.

»Oh! Hi, Barb!« Er räuspert sich. Barb lächelt ihm zu, während er über flambierte Birnen zu labern beginnt, mit irgendeiner raffinierten Sauce. Ich sehe, wie sie langsam die Tür zuzieht, mein Puls rauscht in meinen Ohren, und dann macht es klick und die Tür ist zu.

Langsam atme ich aus, unter Poes Argusaugen.

»Hör mal. Ich weiß, was du da tust. Es ist auch nett.« Wie immer kann er mir direkt in die Seele blicken. »Aber diese Sache mit Will. Ist das wirklich schlau? Also, du solltest das doch besser wissen als jeder andere.«

Ich zucke die Schultern, denn er hat ja so recht. Ich sollte es durchaus besser wissen. Aber ich weiß auch besser als jeder andere, wie man sich dabei vorsehen muss. »Nur ein paar Wochen, dann bin ich ja wieder raus. Dann kann er alles hinschmeißen, wenn er will.«

Er hebt die Augenbrauen. »Ablenkungsmanöver der Sonderklasse. Meine Gratulation.«

Er denkt, ich verknalle mich in Will. Verknalle mich in den sarkastischsten, nervigsten und nicht zu vergessen ansteckendsten Jungen, den ich je getroffen habe.

Themawechsel, sofort.

»Gar kein Ablenkungsmanöver!«, sage ich. »Das ist deine Spezialität!«

»Was soll das bitte heißen?«, fragt er mit schmalem Blick, denn er weiß genau, was ich meine.

»Frag doch Michael«, schieße ich zurück.

Er geht nicht darauf ein und kehrt gleich wieder zum

Thema zurück. »Bitte sag mir jetzt nicht, dass der erste Typ, für den du dich je interessierst, ein Muko sein soll!«

»Ich habe ihm einfach mit seinem Wagen geholfen, Poe! Muss man gleich was von jemandem wollen, nur weil man nicht will, dass er stirbt?«, frage ich genervt.

Ich will nichts von Will. Ich bin doch nicht lebensmüde. Und wenn ich was mit einem Arsch anfangen wollte, gäbe es außerhalb der Muko-Riege genug Exemplare zur Auswahl. Das ist doch lächerlich.

Oder?

»Komm schon, ich kenn dich doch, Stella. Medikamentesortieren zählt bei dir quasi als Vorspiel.«

Er sieht mich prüfend an, sucht nach Anzeichen meiner Unaufrichtigkeit. Ich verdrehe die Augen und knalle den Laptop zu, bevor noch einer von uns rausfindet, ob da welche sind.

»Schon mal von Manieren gehört?«, tönt Poes Stimme durch den Flur, gefolgt vom Schlag seiner zuknallenden Tür.

Mein Telefon rattert. Eine Nachricht von Will.

Zwist unter Liebenden?

Wieder dieses Hüpfen im Bauch, doch ich rümpfe nur die Nase und will die Nachricht löschen, gerade als die 16-Uhr-Benachrichtigung für die Vibrationsweste auf dem Display erscheint, samt tanzendem Mini-Pillenfläschchen. Ich beiße mir auf die Lippe, denn Will hat gerade dasselbe bekommen. Aber wird er sich auch dran halten?

Kapitel 8

WILL

Sorgfältig schattiere ich Barbs Haare, lehne mich zurück, um meine Zeichnung von ihr mit der Mistgabel zu begutachten. Gerade nicke ich zufrieden, als sich auf dem Tisch lautstark mein Smartphone meldet. Es ist Stella. Auf FaceTime.

Erstaunt halte ich den Pink-Floyd-Song auf meinem Computer an und wische nach rechts.

»Habe ich's doch gewusst!«, sagt sie, als ihre großen Augen erscheinen. »Wo ist deine Vibrationsweste? Die solltest du noch fünfzehn Minuten anhaben! Und hast du dein Kreon genommen? Wetten, dass das ein Nein ist?«

Ich antworte mit Automatenstimme: »Die Nummer, die Sie gewählt haben, existiert leider nicht. Bitte versuchen …«

»Dir ist nicht zu trauen«, sagt sie mitten in meine grandiose Darstellung hinein. »Also, wir machen das jetzt so. Wir machen unsere Therapien gemeinsam, damit ich weiß, dass du dich nicht drückst.«

Ich stecke mir den Bleistift hinters Ohr, mache einen auf cool. »Dir ist auch jede Ausrede recht, um Zeit mit mir rauszuschinden.«

Sie legt auf, aber eine Sekunde lang hätte ich schwören können, dass sie lächelt. Interessant.

***

Die nächsten zwei Tage über skypen wir fast durchgehend, und überraschenderweise nicht nur, damit sie mir Befehle zubellen kann. Sie zeigt mir ihren Trick, die Pillen mit Schokopudding zu nehmen. Was einfach nur genial ist. Und köstlich. Wir atmen in unsere Inhalationssysteme und hängen uns an den Tropf und haken gemeinsam unsere Anwendungen und Medikamente in ihrer App ab. Aber es stimmt, was Stella vor ein paar Tagen gemeint hat. Aus unerfindlichen Gründen entspannt es sie, wenn ich meine Therapien durchziehe. Langsam, aber sicher wird sie immer lockerer.

Und ich will nicht lügen, nach zwei Tagen fällt es mir deutlich leichter, morgens aus dem Bett zu kommen. Besser atmen kann ich auf jeden Fall.

Am Nachmittag des zweiten Tages will ich gerade meine Vibrationsweste anlegen, als Barb hereingeprescht kommt, bereit für unser gewohntes 16-Uhr-Duell zu diesem Thema. Sie geht stets als Siegerin draus hervor, indem sie mit der Isolierstation droht, aber das hält mich nicht davon ab, mich mit Händen und Füßen zu wehren.

Ich beende den Anruf abrupt mit dem Zuklappen meines Laptops, während Barb und ich uns ein wildwestmäßiges Starrduell liefern. Ihr Blick wandert von der Weste zu mir und ihre stählerne Miene zerschmilzt zu Fassungslosigkeit.

»Ich traue meinen Augen nicht. Du hast freiwillig deine Vibrationsweste an.«

Achselzuckend überprüfe ich den Kompressor, ob auch alles richtig eingestellt ist. Scheint zu stimmen, aber es ist schon eine Weile her, seit ich das getan habe. »Ist doch vier, oder?«

Sie verdreht die Augen, um mich dann mit Blicken zu durchbohren.

»Zieh sie ja nicht vorzeitig aus«, sagt sie und verschwindet nach draußen.

Die Tür ist kaum zu, als ich schon wieder den Laptop öffne und Stella anskype, rücklings auf dem Bett liegend, neben mir die rosa Nierenschale zum Schleimreinspucken.

Sie hebt ab. »Sorry wegen eben. Barb …«, will ich gerade anfangen, verstumme jedoch, als ich ihr niedergeschlagenes Gesicht sehe, ihre hängenden Mundwinkel. Sie starrt auf ihr Telefon. »Alles okay?«

»Ja.« Sie blickt auf und holt tief Luft. »Mein ganzer Jahrgang ist gerade auf Abschlussfahrt.« Sie dreht das Telefon um und zeigt mir ein Instagram-Bild von zahlreichen Badeanzugträgern mit Sonnenbrillen und Hüten, die glücklich an einem Traumstrand posieren.

Sie zuckt die Schultern und lässt das Handy sinken. Durch den Computer kann ich ihre Weste vibrieren hören, das gleiche unablässige Brummen wie bei mir. »Mich nervt nur, dass ich nicht dabei bin.«

»Kann ich verstehen«, sage ich, in Gedanken bei Jason und Hope und all dem, was mir in den letzten Monaten entgangen ist, was ich nur aus zweiter Hand durch ihre Nachrichten und Feeds mitbekommen habe.

»Ich habe die ganze Sache mitgeplant«, sagt sie wenig überraschend. Sie hat wahrscheinlich jeden Schritt, den sie je gemacht hat, vorher geplant.

»Und deine Eltern? Hätten die dich mitfahren lassen?«, frage ich neugierig. Sogar vor B. cepacia hätte meine Mutter das nie erlaubt. Schulferien sind für mich immer nur fürs Krankenhaus reserviert gewesen.

Sie nickt und jetzt scheint sie meine Frage neugierig gemacht zu haben. »Na klar. Wenn es mir gut genug geht. Deine nicht?«

»Ach was, es sei denn natürlich, dort gibt es irgendeine Klinik, die behauptet, irgendeine magische Stammzellenkur gegen B. cepacia entwickelt zu haben.« Ich richte mich auf und huste einen Schleimklumpen in meine Nierenschale. Mit verzerrtem Gesicht lasse ich mich wieder sinken. Jetzt erinnere ich mich, wieso ich die Weste immer ausgezogen habe, bevor es wirklich losging. »Außerdem war ich schon mal dort. Wunderschön.«

»Du warst da? Wie war es?«, fragt sie eifrig und zieht den Laptop näher an sich heran.

Die verschwommenen Erinnerungen werden klarer und ich sehe meinen Dad neben mir am Strand stehen, spüre die Strömung an unseren Füßen ziehen, die Zehen im Sand. »Jupp, ich war mit meinem Dad dort, als ich klein war, bevor er gegangen ist.« Ich bin zu tief in die Erinnerung versunken, um zu merken, was ich sage, doch das Wort »Dad« fühlt sich auf der Zunge ganz seltsam an.

Warum habe ich ihr das erzählt? Das erzähle ich nie irgendwem. Ich glaube, über meinen Vater habe ich schon seit Jahren kein Wort mehr verloren.

Sie scheint schon etwas entgegnen zu wollen, doch ich bringe flugs das Thema wieder auf Cabo und seine landschaftlichen Vorzüge. Hier geht's nicht um ihn. »Traumstrände.

Kristallklares Wasser. Und außerdem sind alle unglaublich freundlich und entspannt.«

Mein ausschweifendes Lob steigert die Niedergeschlagenheit in ihrem Blick, und so zaubere ich noch etwas aus dem Hut, was ich mal in einer Reisesendung gehört habe. »Aber die Strömung dort ist der Hammer. Man kann fast nie richtig schwimmen, höchstens ein, zwei Stunden am Tag. Die meiste Zeit brät man nur am Strand vor sich hin, weil man nicht ins Wasser darf.«

»Echt?«, fragt sie, skeptisch, aber dankbar für meinen Versuch.

Ich nicke eifrig und sehe, wie die Traurigkeit ein wenig von ihr abfällt.

Wir vibrieren vor uns hin, gehüllt in ein angenehmes Schweigen. Abgesehen vom gelegentlichen Hochhusten eines Lungenflügels.

Nachdem wir mit der Weste durch sind, verabschiedet sich Stella, um ihre Mutter anzurufen und sich bei ihren Freundinnen in Mexiko zu melden, schwört jedoch, rechtzeitig für unsere Abendmedikamente wieder zur Stelle sein. Ohne ihr lächelndes Gesicht auf meinem Bildschirm kriechen die Stunden dröge dahin. Ich esse zu Abend und zeichne und schaue YouTube-Videos, schlage die Zeit also genauso tot wie vor Stellas Eingreifen, aber nun kommt es mir noch langweiliger vor als vorher. Was ich auch tue, immer wieder ertappe ich mich dabei, wie ich zum Laptop schaue, auf den Anruf warte, während die Sekunden im Schneckentempo verstreichen.

Neben mir lärmt mein Handy. Nur die Benachrichtigung von ihrer App, die verkündet, es sei jetzt Zeit, die Abendmedikamente zu nehmen und die Sondennahrung vorzubereiten.

Ich blicke hinter mich zu meinem Nachttisch, wo ich schon meinen Schokopudding und die Medikamente bereitgelegt habe.

Pünktlich springt mein Bildschirm an: Stellas lang ersehnter Anruf.

Ich klicke nicht sofort auf Annehmen, sondern lächle noch ein wenig in mich herein und trommle abwartend auf dem Touchpad herum. Dann hebe ich ab und heuchle ein breites Gähnen, blicke gelangweilt auf mein Handy, während ihr Gesicht erscheint.

»Schon Zeit für die Abendladung?«

Sie lächelt mich strahlend an. »Tu nicht so. Ich sehe doch deine Pillen hinter dir auf dem Nachttisch.«

Verlegen will ich mich verteidigen, lasse es aber sein. Den einen Sieg kann ich ihr gönnen.

Gemeinsam schlucken wir unsere Medikamente und holen dann unsere Sondennahrung für die Nacht heraus. Nachdem wir sie eingefüllt haben, hängen wir die Beutel auf, bringen die Schläuche an und stellen die Pumpe entsprechend unserer Schlafdauer ein. Ich fummle an meiner herum und schaue immer wieder zu Stella, ob ich es auch richtig mache. Ist schon etwas her, seit ich das zuletzt gemacht habe. Dann lassen wir die Pumpe ansaugen, damit die Luft rausgeht, und unsere Blicke treffen sich, während wir darauf warten, dass die Nahrung durch den Schlauch hinabwandert.

Beim Warten beginne ich, die Erkennungsmelodie von *Jeopardy!* zu pfeifen, was sie zum Lachen bringt.

»Schau weg!«, sagt sie, als die dicke Flüssigkeit unten angekommen ist. Sie lupft ihr Oberteil gerade hoch genug, um den Schlauch an der Sonde anzubringen.

Ich blicke zur Seite, unterdrücke ein Grinsen und atme scharf ein, spanne die Bauchmuskeln so fest an wie möglich, während ich mein Hemd hebe und den Schlauch an dem Knopf befestige, der mir aus dem Magen herausragt.

Als ich aufblicke, ertappe ich sie, wie sie mir zuschaut.

»Mach ein Foto, dann hast du mehr davon«, sage ich und ziehe mein T-Shirt runter, während sie die Augen verdreht. Ihre Wangen sind ein klein, klein bisschen rosig.

Ich setze mich auf mein Bett, ziehe den Laptop näher.

Sie gähnt, öffnet den Haarknoten, lässt sich das braune Haar sanft auf die Schultern fallen. Ich versuche nicht zu starren, aber sie sieht so gut aus. Mehr wie in ihren Videos. Entspannt. Glücklich.

»Du solltest schlafen«, sage ich, als sie sich müde die Augen reibt. »Die letzten Tage waren ja ziemlich heftig mit der ganzen Rumkommandiererei.«

Sie lacht und nickt.

»Gute Nacht, Will.«

»Nacht, Stella«, sage ich und zögere kurz, bevor ich auf Auflegen drücke und den Laptop zuklappe.

Ich lehne mich zurück, verschränke die Arme hinter dem Kopf und das Zimmer kommt mir unnatürlich still vor, obwohl außer mir ja niemand hier ist. Doch als ich mich zur Seite drehe und das Licht ausknipse, geht mir auf, dass ich mich zum ersten Mal seit langer Zeit nicht alleine fühle.

Kapitel 9

STELLA

Ich hebe mein T-Shirt und Dr. Hamids Blick wird ernst; mit gerunzelter Stirn untersucht sie die entzündete Haut um meine Sonde. Sie betastet die rote gereizte Stelle und ich zucke zusammen, worauf sie sich leise entschuldigt.

Heute Morgen beim Aufwachen habe ich gemerkt, dass es sich noch mehr entzündet hat. Als ich dann noch den Eiter um die Sonde bemerkte, habe ich sofort nach ihr gerufen.

Sie untersucht mich eine Minute lang und richtet sich dann auf, atmet durch. »Lass uns mal Bactroban versuchen und es uns in ein, zwei Tagen wieder anschauen. Vielleicht wird es ja besser, hm?«

Ich ziehe mein Oberteil wieder herunter, sehe sie zweifelnd an. Eine Woche lang bin ich jetzt im Krankenhaus, und während mein Fieber und mein entzündeter Hals verschwunden sind, hat sich das hier nur zugespitzt. Sie drückt mir ermutigend den Arm. Und ich hoffe ja, dass sie recht hat mit ihrer Zuversicht. Denn wenn nicht, heißt das Operation. Und damit das genaue Gegenteil von meinen Bemühungen, Mom und Dad keine Sorgen zu bereiten.

Mein Handy meldet sich. Will, denke ich, doch es ist eine Nachricht von meiner Mutter.

Mittagessen in der Cafeteria? In 15 min dort?

»Fünfzehn« heißt, dass sie schon unterwegs ist. Ich habe sie die ganze Woche abgewimmelt, gesagt, dass alles so routinemäßig ist, dass sie sich nur langweilen würde. Jetzt lässt sie kein Nein mehr zu. Ich sage zu und stehe mit einem Seufzen auf, um mich umzuziehen. »Danke, Dr. Hamid.«

Sie lächelt mir im Fortgehen zu. »Halt mich auf dem Laufenden, Stella. Barb wird auch ein Auge drauf haben.«

Ich ziehe frische Leggins und ein Sweatshirt an, notiere mir rasch, dass ich später Bactroban zu meinem Medikationsplan in der App hinzufügen muss, und gehe zum Aufzug und hinüber nach Haus 2. Meine Mom wartet schon vor der Cafeteria auf mich, sie trägt einen unordentlichen Pferdeschwanz und hat dicke dunkle Ringe unter den Augen.

Sie wirkt noch dünner als ich.

Ich umarme sie fest, versuche nicht zusammenzuzucken, als sie gegen meine Sonde reibt. »Alles klar?«, fragt sie mit einem prüfenden Blick.

Ich nicke. »Super. Die Behandlung läuft super. Kann schon viel besser atmen. Bei dir alles gut?«, frage ich, betrachte eingehend ihr Gesicht.

Sie nickt, lächelt mich breit an, doch ihre Augen lachen nicht mit. »Ja, alles bestens.«

Wir stellen uns in die Schlange und holen uns unser Standardessen, für sie einen Caesar-Salat, für mich einen Burger samt Milchshake und einen Riesenberg Pommes für uns beide.

Wir ergattern einen Tisch in der Ecke bei der großen Fensterwand, in ausreichendem Abstand zu allen anderen.

Beim Essen sehe ich nach draußen, wo es immer noch sanft vor sich hin schneit und die weiße Decke am Boden immer dicker wird. Ich hoffe, Mom geht wieder, bevor es da draußen noch schlimmer wird.

In der Zeit, in der Mom drei Bissen von ihrem Salat geschafft hat, habe ich meinen Burger und drei Viertel der Pommes verspeist. Ich sehe zu, wie sie mit müder Miene in ihrem Essen stochert. Scheint, als hätte sie wieder bis tief in die Nacht gegoogelt, seitenweise Artikel über Lungentransplantationen gelesen.

Mein Dad war der Einzige, der sie beruhigen konnte, sie mit nur einem einzigen Blick aus dem Sorgenkarussell reißen, sie trösten konnte wie kein anderer.

»Die Scheidungsdiät steht dir nicht, Mom.«

Sie blickt überrascht auf. »Was redest du da?«

»Du bist zu dünn. Dad braucht eine Dusche. Ihr zwei klaut mir meinen Look.«

Seht ihr denn nicht, dass ihr einander braucht?, will ich schreien.

Sie lacht auf und schnappt sich meinen Milchshake.

»Nein«, brülle ich, als sie theatralisch einen riesigen Schluck nimmt. Meine Hand jagt über den Tisch, versucht, ihn ihr zu entreißen, doch da fliegt schon der Deckel ab und wir nehmen beide eine Schokoladenmilchdusche. Zum ersten Mal seit Ewigkeiten lachen wir uns völlig schief.

Mom nimmt einen Serviettenstapel und wischt mir sanft die Milch vom Gesicht, mit Tränen in den Augen. Ich greife nach ihrer Hand, plötzlich völlig ernst.

»Mom. Was ist los?«

»Ich sehe dich an und denke … es hieß immer, du würdest …« Sie schüttelt den Kopf und umfasst mein Gesicht, und jetzt weint sie richtig. »Und trotzdem bist du hier. Und erwachsen. Und wunderschön. Immer wieder zeigst du ihnen, dass sie unrecht hatten.«

Sie nimmt sich eine neue Serviette, trocknet sich die Tränen. »Ich weiß nicht, was ich ohne dich tun würde.«

In mir wird es eisig kalt. *Ich weiß nicht, was ich ohne dich tun würde.*

Ich schlucke schwer und drücke ihr beruhigend die Hand, doch in Gedanken bin ich gleich bei meiner Sonde. Den Befunden. Der App. Einem riesigen *35 Prozent*, das mir ständig auf der Brust sitzt. Bis ich das Spenderorgan bekomme, wird diese Zahl nur weiter sinken. Bis dahin bin ich die Einzige, die mich am Leben erhalten kann. Und das muss ich. Ich muss am Leben bleiben.

Weil ich mir ziemlich sicher bin, dass mein Leben das Einzige ist, was meine Eltern am Leben erhält.

***

Nachdem meine Mutter fort ist, gehe ich mit Will direkt zu den Fitnessräumen, um meine schwächliche Lunge zu stärken, so gut es geht. Fast will ich ihm schon sagen, er solle nicht kommen, damit ich in Ruhe über alles nachdenken kann, doch ich weiß, dass er wahrscheinlich seit hundert Jahren keinen Sport mehr gemacht hat.

Außerdem wäre dieser Gedanke in Kombination mit der Sorge um meine Eltern zu viel, als dass ich mich noch auf irgendwas anderes konzentrieren könnte. Will in die Fitnessräume zu lotsen, ist wenigstens ein Problem, das ich auf der Stelle lösen kann.

Ich beginne mit dem Standfahrrad. Mein nachmittägliches Training macht mir nichts mehr aus, seit der Fitnessbereich einer der schönsten Orte der ganzen Klinik geworden ist. Vor drei Jahren wurde er renoviert und ist praktisch dreimal so groß geworden, mit Basketballplatz, einem Salzwasserpool, funkelnagelneuen Kardiogeräten und einer unerschöpflichen Hantelauswahl. Es gibt sogar einen Extraraum für Yoga und Meditation, samt Panoramafenster auf den Hof. Vorher bestand der Fitnessbereich aus einem alten, muffigen Zimmerchen mit vier, fünf zusammengewürfelten Kurzhanteln und vor sich hin rottender Ausrüstung, die noch aus der Zeit kurz nach der Erfindung des Rads zu stammen schien.

Ich blicke hinüber zu Will, der sich auf dem Laufband abquält und in zügigem Schritt vor sich hin hechelt. Das tragbare Sauerstoffgerät hat er sich über die Schulter geschlungen, der klassische, unnachahmliche Trainingslook des Mukos von Welt.

Ich habe ihn quasi an den Haaren hergeschleift und muss gestehen, dass es mir Freude bereitet, wenn er sich zu sehr konzentrieren muss, um fiese Kommentare zu machen. Noch nicht mal seine Standardausrede, er dürfe die Station nicht verlassen, hat gezogen, denn Barb hat heute Nachtschicht und Julie war Feuer und Flamme, dass Will etwas für seine Lungenfunktion und sein Allgemeinbefinden tut.

»Also, wann wird unsere kleine Abmachung endlich auf Gegenseitigkeit beruhen?«, zwingt er sich heraus und blickt quer durch den Raum zu mir herüber, wie ich strample. Er drosselt das Tempo und keucht die Worte heraus. »Ich habe alles getan, was du gesagt hast, und im Gegenzug noch gar nichts bekommen.«

»Gerade bin ich total ekelhaft. Völlig verschwitzt«, sage ich, weil der Schweiß nur so an mir herunterläuft.

Er schlägt auf den Stopp-Schalter am Laufband und bringt die Maschine zum Stehen, dreht sich zu mir um und richtet sich röchelnd die Nasenkanüle. »Und ich habe mir die Haare nicht gewaschen und ich bin zu müde und mein Wagen ist …«

»Du möchtest mich zeichnen, wenn ich verschwitzt bin? Schön, dann schwitze ich gleich noch ein bisschen mehr!« Ich strample weiter, als hinge mein Leben davon ab, vervierfache meine Drehzahl. Meine Lunge beginnt zu brennen und ich huste los, ringe nach Luft, während der Sauerstoff nur so durch die Kanüle zischt. Meine Beine werden langsamer, während ich meinen Hustenanfall hinter mich bringe und endlich wieder zu Atem komme.

Er betrachtet mich kopfschüttelnd. Sofort senke ich den Blick auf die leuchtenden Digitalziffern auf dem Fahrrad, überspiele die Hitze, die mir ins Gesicht steigt.

Danach machen wir uns erschöpft auf in den verlassenen Yogaraum, ich immer zwei Meter voran. Dort setze ich mich an das große Fenster, durch das man die weiße Decke sieht, die sich draußen über alles gelegt hat. Es fühlt sich kalt an.

»Muss ich mich irgendwie speziell hinsetzen?«, frage ich und fasse nach oben, um mir das Haar zu richten. Ich nehme eine dramatische Pose ein, was ihn zum Lachen bringt.

Er zieht seinen Block und einen Kohlestift heraus und überrascht mich, indem er ein paar blaue Latexhandschuhe überstreift. »Nö, einfach nur natürlich sein.«

Ah, alles klar. Nichts einfacher als das.

Ich beobachte ihn, seine tiefblauen Augen, die fest auf das Papier gerichtet sind, die dunklen, vor Konzentration zusammengezogenen Augenbrauen. Er sieht auf, trifft meinen Blick, um mich erneut zu mustern. Schnell schaue ich weg, ziehe mein eigenes Notizbuch heraus und schlage die heutige Seite auf.

»Was ist das?«, fragt er und deutet mit dem Stift auf das Buch.

»Meine To-do-Liste«, erkläre ich und streiche Punkt 12 durch – »Trainieren« – und gehe ganz runter zum Ende der Liste, um dort »Von Will zeichnen lassen« zu ergänzen.

»Eine To-do-Liste?«, fragt er. »Ganz schön altmodisch für jemanden, der Apps programmiert.«

»Na ja, mit der App fällt dieser befriedigende Vorgang hier flach«, sage ich und streiche »Von Will zeichnen lassen« durch.

Er markiert den Enttäuschten. »Also, das tut mir jetzt aber wirklich weh.«

Ich senke rasch den Kopf, aber er bekommt mein Lächeln trotzdem mit.

»Und, was steht sonst noch so auf der Liste?«, fragt er und schaut erst wieder auf die Zeichnung und dann zu mir, bevor er irgendwas zu schattieren beginnt.

»Welche Liste?«, frage ich. »Meine Gesamtliste oder die für heute?«

Er lacht warm, schüttelt den Kopf. »War ja klar, dass du zwei Listen hast.«

»Eine kurz- und eine langfristige! Das hat durchaus seinen Sinn!«, feure ich zurück, was ihm nur ein Feixen entlockt.

»Dann mal raus mit der Masterliste. Da, wo das wirklich Wichtige draufsteht.«

Ich blättere mich durch die Seiten bis zu meiner Hauptliste. Die habe ich schon seit Ewigkeiten nicht mehr angeschaut. Sie ist mit Tinte in allen Farben vollgeschrieben, verschiedene Rottöne, Blautöne, Schwarz und noch ein paar glitzernde Neonfarben von Gelstiften, die ich in der Sechsten hatte.

»Mal schauen.« Mein Finger rutscht nach oben. »›Sich für ein wichtiges politisches Ziel einsetzen.‹ Abgehakt.«

Ich streiche es durch.

»›William Shakespeares Gesamtwerk lesen.‹ Abgehakt.«

»›Alles, was ich über Muko weiß, mit anderen teilen.‹ Ich habe da, ähm, so einen YouTube-Kanal …«

Ich streiche es durch und blicke auf zu Will, der kein bisschen überrascht wirkt. Da hat sich jemand über mich informiert.

»Also ist dein Plan, wirklich, wirklich klug zu sterben, damit du dich im Jenseits dem Debattierklub anschließen kannst?« Er deutet mit dem Stift aus dem Fenster. »Denkst du nie darüber nach, was weiß ich … eine Weltreise zu machen oder so was?«

Ich lese Punkt 27: »Mit Abby die Sixtinische Kapelle besichtigen.« Nicht abgehakt.

Ich räuspere mich, gehe weiter im Text. »›Klavierspielen lernen.‹ Erledigt! ›Flüssig Französisch sprechen‹ …«

Will unterbricht mich. »Jetzt mal ehrlich, machst du auch mal was, was nicht auf der Liste steht? Ohne dich beleidigen zu wollen, aber nichts davon klingt auch nur ansatzweise unterhaltsam.« Ich klappe mein Buch zu und er fährt fort. »Willst du mal meine Liste hören? Eine Malstunde bei Bob Ross. Jede Menge glückliche kleine Bäume und Kadmiumgelb, das eigentlich gar nicht passen sollte, aber dann …«

»Der ist tot«, kläre ich ihn auf.

Er grinst mich schief an. »Tja, dann … bleibt mir wohl nur der Sex im Vatikan.«

Ich verdrehe die Augen. »Ich glaube, da ist dein Treffen mit Bob Ross noch wahrscheinlicher.«

Er zwinkert mir zu, doch seine Miene wird ernst. Ernster, als ich ihn je erlebt habe. »Okay, okay. Ich würde gerne durch die Welt reisen und sie dabei auch wirklich zu sehen kriegen, weißt du? Nicht nur das Innere von Krankenhäusern.« Er senkt den Blick und zeichnet weiter. »Sie sind alle irgendwie gleich. Die gleichen eintönigen Räume. Die gleichen Fliesenböden. Der gleiche sterile Geruch. Ich bin überall gewesen und habe nichts davon gesehen.«

Ich sehe ihn an, so richtig, beobachte, wie ihm das Haar beim Zeichnen in die Augen fällt, wie konzentriert er dabei aussieht, ohne jede Ironie. Ich frage mich, wie es wohl wäre, durch die ganze Welt zu reisen, aber nie einen Fuß vor die Krankenhaustür setzen zu dürfen. Mir macht es nichts aus, in der Klinik zu sein. Ich fühle mich hier sicher. Geborgen. Aber ich bin auch schon praktisch mein ganzes Leben lang immer in derselben. Ich bin hier zu Hause.

Wäre ich diese letzte Woche zwar in Cabo, aber dort in der Klinik gefangen gewesen, dann hätte mich das nicht nur genervt. Das hätte mich völlig fertiggemacht.

»Danke«, sage ich.

»Wofür?«, fragt er und blickt auf, mir in die Augen.

»Dass du was Aufrichtiges gesagt hast.«

Er mustert mich noch eine Sekunde und wuschelt sich durch die Haare. Jetzt ist es mal zur Abwechslung er, der nicht weiß, wohin mit sich. »Deine Augen sind grünbraun«, sagt er und weist ins Sonnenlicht, das sich um mich herum durch die Scheibe ergießt. »Ohne Sonne konnte ich das nicht richtig sehen. Ich dachte, sie sind einfach braun.«

Mein Herz wummert heftig, als er das sagt und mich dabei auf diese Art ansieht.

»Wirklich schöne Augen sind das«, sagt er eine Sekunde später und seine Wangen röten sich ganz leicht. Er kritzelt weiter und räuspert sich. »Also zu zeichnen, meine ich.«

Ich verkneife mir ein Lächeln.

Zum ersten Mal fühle ich jeden Zentimeter, jeden Millimeter des Abstands zwischen uns. Ich hülle mich fester ins Sweatshirt, starre zu dem Yogamattenstapel in der Ecke, versuche, die Tatsache zu ignorieren, dass dieser ganze offene Raum zwischen uns immer da sein wird.

***

Abends gehe ich zum ersten Mal an diesem Tag auf Facebook. Sehe mir die Bilder an, die meine Freunde aus Cabo gepostet haben. Ich schicke ein Herz zu Camilas neuem Profilbild. In ihrem Streifenbikini steht sie auf einem Surfboard, mit einem glückstrunkenen Lächeln im Gesicht und völlig versengten Schultern, all meinen Sonnenschutzpredigten zum Trotz. Aber Mya hat mir bereits vorher ein Video geschickt, das Camilas Surffähigkeiten gnadenlos enthüllt. Sie mag sich vielleicht an die dreieinhalb Sekunden aufrecht halten können, genug, um einmal breit in die Kamera zu grinsen, bevor sie vom Brett plumpst.

Ich lege einen kleinen Siegestanz hin, als ich weiter unten zu einem Foto komme, das Mason gepostet hat und auf dem er einen Arm um Myas Schultern geschlungen hat. Beim Anblick des Bildtexts falle ich beinah vom Hocker: »Süßes aus Cabo.« Mit einem Grinsen like ich es und schließe den Browser, um ihr eine Nachricht zu schicken. Ganze Arbeit, Mya! Mit einem Wochenvorrat an Herz-Emojis.

Ich werfe einen Blick in mein Notizbuch, wo noch meine Stammliste aufgeschlagen liegt. Wieder gleitet mein Blick zu Punkt 27: »Mit Abby die Sixtinische Kapelle besichtigen.« Ich klappe meinen Laptop auf und lasse den Cursor über einem blauen Ordner schweben, der »Abs« heißt.

Eine Sekunde lang zögere ich noch, doch dann klicke ich drauf und ein ganzes Meer aus Fotos, Videos und Zeichnungen von meiner Schwester ergießt sich über den Bildschirm. Ich klicke auf ein Actionkameravideo, das sie mir vor zwei Jahren geschickt hat und in dem sie auf einer hohen, klapprigen Brücke balanciert. Der ganze Bildschirm ist erfüllt von der schwindelerregenden Kluft zwischen ihrem Sitzplatz und dem Fluss tief unter ihr, wo das Wasser so reißend wirkt, als könne es alles zerstören.

»Ganz schön irre, was, Stella?«, sagt sie, als die Kamera zu ihr zurückschwingt und sie noch einmal ihr Anschnallgeschirr überprüft. »Ich dachte, du siehst vielleicht gerne, wie sich das hier anfühlt.«

Sie klickt sich den Helm zu und die Kamera schwingt wieder von der Brückenkante zum endlosen Weg in den Abgrund. »Und ich habe mir einen Sprungkumpanen mitgebracht!« Sie hält meinen Plüschpanda hoch, den, der jetzt neben mir sitzt, und drückt ihn fest an sich.

»Ich halte ihn gut fest, keine Sorge!« Und dann stürzt sie sich einfach mir nichts, dir nichts von der Brücke. Ich fliege mit ihr durch die Luft, höre ihre beglückten Schreie durch die Lautsprecher juchzen.

Dann kommt das Zurückschnellen. Wir fliegen wieder nach oben, das Pandagesicht rückt in die Kamera, Abbys Stimme, atemlos und freudetrunken, wie sie den Panda fest an sich drückt und kreischt: »Alles Gute zum Geburtstag, Stella!«

Ich schlucke schwer und knalle den Laptop zu, werfe dabei eine Coladose auf dem Tischchen um. Die Cola ergießt sich schäumend über den ganzen Tisch und den Boden. Na toll!

Ich greife hinunter, um sie aufzuheben, und pfeffere sie auf dem Weg zum Flur in den Müll. Als ich beim Stationszimmer ankomme, entdecke ich Barb, die in einem Sessel eingenickt ist, mit schlaffem, hängendem Kopf und leicht geöffnetem Mund. Vorsichtig ziehe ich die Tür zum Putzschrank auf, hole mir ein paar Papierhandtücher aus dem Regal mit den Reinigungsmitteln und versuche, sie nicht aufzuwecken.

Sie hört mich aber trotzdem und sieht verschlafen auf.

»Du arbeitest zu viel«, sage ich, als sie mich erblickt.

Sie lächelt und breitet die Arme aus, wie früher, als ich noch klein war und im Krankenhaus einen schlechten Tag hatte.

Ich klettere auf ihren Schoß, wie ein Kind, und schlinge ihr die Arme um den Hals, rieche den vertrauten, sicheren Vanilleduft ihres Parfüms. Ich lege meinen Kopf an ihre Schulter, schließe die Augen und tue als ob.

Kapitel 10

WILL

»Zeit fürs Cevaflomalin«, singt Julie am Morgen darauf und lässt meine Tür aufschwingen, bewaffnet mit einer Tasche voller Medikamente.

Ich nicke. Ich habe bereits die Benachrichtigung von Stellas App bekommen und mich vom Tisch zum Bett begeben, wo der Infusionsständer auf Julies Eintreffen wartet.

Ich sehe zu, wie Julie den Beutel aufhängt, den Infusionsschlauch nimmt und sich mir zuwendet. Ihr Blick wandert zu der Zeichnung, die ich im Yogaraum von Stella gemacht habe, direkt neben der Lungenzeichnung, die Stella über meinem Tisch aufgehängt hat, und ihre Mundwinkel zucken nach oben.

»So sehe ich dich gerne«, sagt sie und sieht mir ins Gesicht.

»Wie denn?«, frage ich und zerre meinen T-Shirt-Kragen runter.

Sie führt den Schlauch in den Zugang in meiner Brust ein. »Hoffnungsvoll.«

Ich muss an Stella denken und schaue zum Infusionsbeutel mit dem Cevaflomalin. Vorsichtig strecke ich die Hand danach aus, berühre ihn vorsichtig, spüre sein Gewicht. Das

Medikament ist so neu. Viel zu neu, um zu sagen, was dabei rauskommt.

Es ist das erste Mal, dass ich überhaupt den Gedanken zulasse … was gefährlich sein könnte. Vielleicht sogar dumm.

Ich weiß nicht. Mir Hoffnungen zu machen, wenn dabei eine Klinik mitspielt, scheint mir sehr schlecht beraten.

»Was, wenn es nicht klappt?«, frage ich.

Ich fühle mich nicht anders. Wenigstens noch nicht.

Ich sehe der Infusion zu, dem beharrlichen Tropf, Tropf, Tropf der Arznei, die sich in meinen Körper vorkämpft. Ich sehe zurück zu Julie und beide sind wir einen Moment lang still.

»Aber was, wenn es klappt?«, fragt sie und berührt mich an der Schulter. Mein Blick folgt ihr zur Tür hinaus.

Aber was, wenn es klappt.

***

Nach der Infusion streife ich mir sorgfältig ein Paar leuchtend blaue Handschuhe über, um sicherzustellen, dass meine B.-cepacia-Keime mit nichts in Kontakt kommen, was Stella berühren wird.

Dann betrachte ich ein letztes Mal meine Zeichnung aus dem Yogaraum, nehme sie beim Abnehmen von der Wand genau unter die Lupe.

Sie mag eine Karikatur sein, aber sie trifft Stella genau. Sie trägt einen Arztkittel, ein Stethoskop um den Hals und die winzigen Hände wütend in die Hüften gestemmt. Wie ich so auf die Zeichnung hinabstiere, geht mir auf, dass etwas Entscheidendes fehlt.

Aha.

Ich schnappe mir rote, orangefarbene und gelbe Stifte und lasse ihr Flammen aus dem Mund lodern. Gleich *viel* lebensnaher! Ich lache in mich hinein, greife zu dem Umschlag, den ich mir im Stationszimmer geklaut habe, schiebe die Zeichnung hinein und kritzle obendrauf: »Hiermit offenbare ich dir mein geheimstes Inneres. Bitte nicht drauf rumtrampeln.«

Ich gehe den Gang hinunter zu ihrem Zimmer, stelle mir vor, wie sie den Umschlag öffnet und darin etwas besonders Wahres und Tiefsinniges erwartet. Nach einem prüfenden Blick in beide Richtungen schiebe ich den Umschlag unter der Tür durch und lehne mich an die Wand, um zu lauschen.

Jenseits der Tür höre ich ihre sachten Schritte, das Geräusch, mit dem sie sich Handschuhe überzieht, wie sie sich nach dem Umschlag bückt. Dann Stille. Und noch mehr Stille. Und schließlich – ein Lachen. Ein echtes, aufrichtiges, warmes Lachen.

Sieg! Ich kehre durch den Gang zurück, lasse mich auf mein Bett fallen und greife nach meinem Handy, als dort FaceTime klingelt, ein Anruf von Stella, genau wie erhofft.

Ich nehme an und ihr Gesicht erscheint, die Mundwinkel ihrer rosa Lippen zeigen nach oben. »Eine Drachenfrau? Sexistischer geht's ja wohl nicht!«

»Hey, du hast Glück, dass du Akte verboten hast.«

Sie lacht wieder, blickt auf die Zeichnung und dann zu mir. »Warum immer Karikaturen?«

»Weil sie subversiv sind. Auf den ersten Blick wirken sie harmlos und lustig, aber sie haben Macht.« Darüber könnte ich den ganzen Tag reden. Wenn es irgendwas gibt, für das ich brenne, dann das. Ich halte ein Buch in die Höhe, in dem einige der besten politischen Cartoons der *New York Times* versammelt sind. »Politik, Religion, Gesellschaft. Ich bin der Meinung, dass eine gut gezeichnete Karikatur mehr aussagt, als Worte das je könnten. Sie kann an Überzeugungen rütteln.«

Sie sieht mich überrascht an, sagt aber nichts.

Ich zucke die Schultern, als ich merke, wie sehr ich gerade meinen inneren Nerd habe heraushängen lassen. »Also, eigentlich bin ich ja nur ein Möchtegern-Karikaturist. Was weiß ich schon.«

Ich deute auf das Bild hinter ihr, eine wunderschöne Darstellung einer Lunge, aus deren Inneren Blumen sprießen, vor einem Sternenhintergrund. »Das da hinten, das ist *richtige* Kunst.« Ich ziehe meinen Laptop näher an mich heran und verstehe, was das Bild sagen will. »Eine gesunde Lunge! Das ist genial. Wer hat das gemalt?«

Sie dreht sich danach um, stockt. »Meine große Schwester. Abby.«

»Ganz schön begabt. Ich würd mir gern mal ihre anderen Sachen ansehen.«

Ihr Gesicht bekommt einen merkwürdigen Ausdruck und ihr Ton wird eisig. »Schau. Wir sind nicht befreundet. Wir schütten einander nicht unser Herz aus. Hier geht's nur um die Behandlung, klar?«

Die Verbindung wird abrupt beendet und plötzlich sehe ich nur noch mein eigenes, verwirrtes Gesicht. Was zum Henker war das eben? Ich springe auf, erzürnt, und reiße meine Zimmertür auf. Ich stürme den Gang hinunter, schnurstracks auf ihre Tür zu, um ihr zu sagen, was ich davon halte. Die kann mich mal am …

»Hey! Will!«, ruft es hinter mir.

Ich wirble herum und sehe zu meiner Überraschung Hope und Jason auf mich zukommen. Ich hatte Jason vor ungefähr einer Stunde geschrieben und trotzdem völlig vergessen, dass sie heute kommen wollten, wie jeden Freitag. Jason hält mir eine Tüte mit Essen entgegen, grinst mich an, als mir der verführerische Duft der Pommes Frites aus meinem Lieblingsladen bei unserer Schule in die Nase steigt.

Ich erstarre, blicke zwischen Stellas Tür und meinem Besuch hin und her.

Und da geht es mir auf.

Ich habe ihre Eltern kommen und gehen sehen, alle beide. Ich habe ihre Freunde kommen sehen, damals am ersten Tag, als sie ankam.

Aber Abby? Sie hat noch nicht mal ein Wort über Abby verloren.

Wo steckt Abby?

Ich gehe Hope und Jason entgegen, schnappe mir die Tüte und lotse sie in mein Zimmer. »Kommt mit!«

Ich klappe hektisch meinen Laptop auf, während die beiden beim Hochfahren hinter mir stehen wie die wandelnden Fragezeichen.

»Freut mich auch, dich zu sehen, Alter«, sagt Jason und späht mir über die Schulter.

»Also, ich habe da ein Mädchen kennengelernt«, sage ich und drehe mich zu ihnen um. Als Hope mich wissend und begeistert anlächelt, schüttle ich den Kopf. Jason kennt die Vorgeschichte mit Stella, aber Hope habe ich noch nicht eingeweiht. Hauptsächlich, weil ich mit genau dieser Reaktion gerechnet habe. »Nein, nicht so! Okay. Vielleicht schon so. Aber so darf es nicht sein. Egal jetzt.«

Ich drehe mich wieder zu einem Computer, rufe Stellas YouTube-Kanal auf und scrolle zu einem Video aus dem vergangenen Jahr, betitelt mit »Polypektomie-Party«. Das klicke ich an, drücke dann jedoch gleich auf Pause und drehe mich zu ihnen, um zu erzählen, was passiert ist.

»Sie hat Muko. Und sie ist ein total durchgeknallter Kontrollfreak. Sie hat mich dazu gebracht, dass ich alle meine Therapien punktgenau durchführe und alles.«

Hopes Augen füllen sich mit Erleichterung und Jason strahlt richtiggehend. »Du hast wieder mit deinen Therapien begonnen? Will! Das ist der Wahnsinn«, jubelt Hope.

Ich winke ab, obwohl ich doch überrascht bin, was für eine Mordsreaktion das hervorruft. Hope hatte mir eine Weile damit im Nacken gesessen, aber als ich ihr sagte, sie sollen es lassen, hatten sie sich nicht groß angestellt deswegen. Irgendwie hatte ich geglaubt, wir wären uns alle einig.

Aber jetzt schauen sie beide so erleichtert drein. Ich runzle die Stirn. Ich will nicht, dass sie sich große Hoffnungen machen.

»Ja ja. Egal jetzt. Hört zu. Sie hat eine Schwester namens Abby.« Ich überspringe die ersten Minuten des Videos und drücke dann auf Play, um es ihnen zu zeigen.

Stella und Abby sitzen in einem Krankenhauszimmer, das mit Bildern gepflastert ist, genau wie ihres jetzt. Dr. Hamid ist da und hat das Stethoskop an Abbys Brust gedrückt, um sie abzuhören. Stellas Beine schlottern vor Angst, während ihr Blick zwischen der Kamera und Dr. Hamid hin- und herspringt.

»Okay, also, ich kriege eine endoskopische Nasal-Poly…«

»Polypektomie«, sagt Dr. Hamid. »Wir entfernen dir Nasenpolypen.«

Stella grinst in die Kamera. »Ich habe versucht, die Ärztin zu überreden, dass sie in einem Aufwasch gleich die Nase richtet, wenn sie eh schon dabei ist.«

Abby umarmt sie fest. »Stella ist aufgeregt. Aber ich bin dabei und singe sie in den Schlaf, wie immer.« Sie singt los, mit weicher, süßer Stimme. »I love you, a bushel and a peck …«

»Hör auf!«, ruft Stella und hält ihrer Schwester den Mund zu. »Du verschreist es noch!«

Ich drücke auf Pause und wende mich wieder an meine Freunde.

Sie blicken beide völlig verwirrt drein, begreifen offensichtlich nicht, welche Erleuchtung ich da gerade hatte. Sie wechseln vielsagende Blicke und dann lächelt Hope mich breit an und beugt sich vor, um die Seitenleiste zu studieren.

»Du hast dir alle ihre Videos reingezogen?«

Das ignoriere ich geflissentlich.

»Tja, vor ungefähr fünf Minuten ist sie völlig ausgerastet, als ich sie gefragt habe, ob ich mir noch mehr von den Bildern ihrer Schwester anschauen kann. Das Video ist von letztem Jahr.«

»Okay, und?«, fragt Jason.

»In keinem der Videos danach kommt Abby noch vor.«

Sie nicken, weil ihnen dämmert, worauf ich hinauswill. Hope zieht ihr Handy hervor und gibt mit gerunzelter Stirn etwas ein. »Ich habe Abby Grants Instagram gefunden. Hauptsächlich Kunst und Bilder von Stella und ihr.« Sie blickt auf und nickt mir zu. »Aber du hast recht. Seit einem Jahr hat sie nichts mehr gepostet.«

Ich lasse meinen Blick zwischen ihnen hin- und herwandern. »Ich glaube, Abby ist was passiert.«

***

Am Nachmittag darauf vibriert mein Handy lautstark und erinnert mich an die Trainingseinheit, die Stella mir in meinen Plan eingetragen hat. Ich habe sie nicht gesehen, seit ich herausgefunden habe, dass etwas mit Abby geschehen sein muss, und der Gedanke, sie bald zu sehen, macht mich seltsam nervös. Den Rest des Besuchs von Hope und Jason konnte ich nicht mehr richtig genießen, obwohl wir Pommes gegessen und bei einer neuen Folge *Westworld* sämtliche Schuldramen seit Thanksgiving durchgekaut haben. Wir warten immer ab, bis wir die neuen Folgen gemeinsam schauen können, selbst wenn ich mich auf einem anderen Kontinent befinde und mit ihnen skypen muss.

Ich hole noch mal tief Luft und mache mich auf zum Fitnessbereich, um Stella zu treffen, vorbei an den Crosstrainern und Laufbändern und Standfahrrädern.

Ich finde sie im Yogaraum, wo sie auf einer grünen Matte meditiert, im Schneidersitz und mit geschlossenen Augen.

Vorsichtig drücke ich die Tür auf, schleiche mich so leise hinein wie möglich, zu einer Matte ihr quer gegenüber.

Mit zwei Metern Abstand.

Ich setze mich und betrachte ihr Gesicht, wie friedlich es ist, ganz weich und ruhig. Doch dann schlägt sie die Augen auf, sieht mich und verkrampft.

»Barb hat dich nicht gesehen, oder?«

»Abby ist tot, oder?«, platze ich heraus, völlig ohne Vorwarnung. Sie starrt mich an, sprachlos.

Schließlich schluckt sie, schüttelt den Kopf. »Ganz fein, Will. Mit dem Feingefühl eines Vorschlaghammers.«

»Wer hat hier Zeit für Feingefühl, Stella? Wir ja wohl bestimmt …«

»Hör auf!«, fährt sie mir dazwischen. »Hör auf, mich dauernd dran zu erinnern, dass ich sterbe. Ich weiß es! Ich *weiß*, dass ich sterbe!«

Wieder schüttelt sie den Kopf. »Aber ich kann nicht, Will. Nicht jetzt. Ich muss es irgendwie hinbekommen.«

Ich kapiere gar nichts. »Ich vers…«

»Ich stehe schon mein ganzes Leben lang mit einem Bein im Grab. Jeden Geburtstag haben wir gefeiert, als wäre es der letzte.« In ihren Augen schwimmen Tränen. »Aber dann war es Abby, die gestorben ist. Das hätte ich sein sollen, Will. Darauf waren alle vorbereitet!«

Sie holt tief Luft, als ruhte die Last der ganzen Welt auf ihren Schultern. »Wenn ich auch noch sterbe, bringt meine Eltern das um.«

Da geht mir endlich ein Licht auf. Die ganze Zeit habe ich völlig falschgelegen.

»Deine Therapien. Die ganze Zeit habe ich gedacht, du hättest Angst vor dem Tod, aber so ist das gar nicht, oder?« Ich lasse sie beim Reden nicht aus den Augen. »Du bist eine Todgeweihte mit Überlebensschuld-Syndrom. Das ist so was von verkorkst! Wie kannst du damit …«

»*Leben* ist die einzige Wahl, die ich noch habe, Will!«, faucht sie mich an, steht auf und funkelt mich an.

Ich stehe auch auf, weigere mich wegzusehen. Möchte näher an sie ran, die Lücke zwischen uns schließen. Möchte sie schütteln, damit sie es kapiert. »Aber Stella! Das ist doch kein Leben!«

Sie wendet sich ab, zieht den Mundschutz hoch und flüchtet zur Tür.

»Stella, warte! Komm schon!« Ich folge ihr ein paar Schritte, wünsche mir so, ich könnte die Hand ausstrecken und ihre halten, damit ich das richten kann. »Geh nicht! Wir sollten doch jetzt trainieren, oder? Ich halt auch die Klappe, okay?«

Die Tür fällt hinter ihr zu. Shit. Das habe ich so was von vergeigt.

Da liegt noch die Matte, auf der sie gerade saß. Die Leere, wo sie eben noch war.

Und mir geht auf, dass ich genau das tue, was ich mir geschworen hatte, nie zu tun. Ich will etwas, das ich nie werde haben können.

Kapitel 11

STELLA

Ich werfe meine Zimmertür hinter mir zu und vor meinen Augen verschwimmen sämtliche von Abbys Bildern zu einem einzigen Brei. All der Schmerz, all die Schuld, die ich immer tiefer in mich hineingefressen habe, kommen jetzt hervorgekrochen und packen mich, rütteln mich, zwingen mich in die Knie. Ich breche auf dem Boden zusammen, kralle in den kalten Linoleumboden und in meinen Ohren hallen die Schreie meiner Mutter, genau wie damals an jenem Morgen.

Eigentlich hätte ich an jenem Wochenende mit ihr in Arizona sein sollen, doch in der Nacht vor unserem Flug hatte ich plötzlich Atemprobleme bekommen und musste zu Hause bleiben. Immer wieder hatte ich mich entschuldigt. Es hatte ihr Geburtstagsgeschenk sein sollen, unsere erste gemeinsame Reise, nur wir beide. Doch Abby hatte abgewinkt, mich fest umarmt und gesagt, sie sei in ein paar Tagen wieder da, mit genug Bildern und Geschichten für uns beide zusammen.

Doch sie kam nie zurück.

Ich weiß noch, wie ich unten das Telefon klingeln hörte. Meine Mom schluchzte, mein Dad klopfte an die Tür und sagte mir, ich solle mich setzen. Es sei etwas passiert.

Ich glaubte ihm nicht.

Ich schüttelte den Kopf und lachte. Das war einer von Abbys Streichen. Musste es sein. Es war unmöglich. Es konnte nicht möglich sein. Ich war diejenige, die sterben sollte, lange vor ihnen allen. Abby war praktisch die Definition von Lebendigkeit.

Es dauerte drei volle Tage, bis die Trauer mich einholte. Erst als unser Flug zurück hätte landen sollen, wurde mir klar, dass Abby wirklich nicht zurückkam. Es traf mich wie ein Keulenschlag. Ich lag zwei volle Wochen im Bett, ignorierte meine Vibrationsweste, meine Therapien, und als ich aufstand, war nicht nur meine Lunge eine Katastrophe. Meine Eltern konnten kein Wort mehr miteinander wechseln. Konnten einander nicht mal mehr ansehen.

Ich hatte es kommen sehen, lange bevor es passierte. Ich hatte Abby darauf vorbereitet, was sie würde tun müssen, um die beiden zusammenzuhalten, wenn es mich nicht mehr gab. Aber nie hatte ich damit gerechnet, dass ich diejenige sein würde, die es tat.

Ich bemühte mich so sehr. Ich organisierte Familienausflüge, ich kochte Essen für sie, wenn sie beide nur noch nutzlos ins Leere starren konnten. Aber es hatte alles keinen Sinn. Kam Abbys Name auf, kam es zum Streit. Fiel er nicht, beherrschte er trotzdem das krampfhafte Schweigen. Binnen drei Monaten hatten sie sich getrennt. Binnen sechs waren sie geschieden. Hatten so viel Abstand zwischen sich gebracht, wie es nur ging, und ich stehe irgendwie genau dazwischen.

Und geholfen hat es auch nichts. Seitdem kommt es mir jeden Tag vor, als lebte ich einen unmöglichen Traum, einen, in dem ich mich am Leben halten muss, damit sie beide nicht untergehen. Ich erstelle To-do-Listen und hake sie ab, versuche, mich auf Trab zu halten, meine Trauer und meinen Schmerz hinunterzuschlucken, damit meine Eltern nicht von ihrem eigenen Leid zerfressen werden.

Und jetzt, als Sahnehäubchen quasi, kommt auch noch Will daher und sagt mir, was ich tun soll. Als hätte er irgendeine Vorstellung davon, was Leben eigentlich bedeutet.

Und das Schlimmste daran ist, dass der einzige Mensch, mit dem ich darüber reden möchte, Abby ist.

Wütend wische ich mir mit dem Handrücken die Tränen ab, ziehe mir das Handy aus der Tasche und schreibe der einzigen anderen Person, von der ich weiß, dass sie das versteht.

Aufenthaltsraum. Jetzt.

***

Ich denke an die ganzen Bilder in meinem Zimmer. Jedes von einem anderen Krankenhausaufenthalt, bei dem Abby an meiner Seite war und mir die Hand hielt. Bis vor drei Aufenthalten. Drei Krankenhausaufenthalte ohne entsprechende Zeichnung dazu.

Ich erinnere mich noch an meinen ersten Tag im Saint Grace. Als hätte ich nicht schon vorher genug Angst gehabt – allein die Größe dieses Ladens hätte jede Sechsjährige überwältigt. Die Riesenfenster, die Apparate, die lauten Geräusche. Ich ging durch den Eingangsbereich, umklammerte Abbys Hand wie ein Schraubstock und versuchte mit aller Kraft, mutig zu sein.

Meine Eltern sprachen mit Barb und Dr. Hamid. Und obwohl sie mich damals noch nicht einmal kannten, taten sie von

Anfang an ihr Allermöglichstes, um mir das Gefühl zu geben, dass das Krankenhaus Saint Grace mein zweites Zuhause war.

Doch Abby war diejenige, die wirklich dafür sorgte. Sie machte mir an jenem Tag drei unbezahlbare Geschenke.

Das erste war der Plüschpanda, den sie sorgsam aus dem Geschenkladen des Krankenhauses aussuchte.

Das zweite war das erste von vielen Bildern, der Sternentornado. Das erste »Stück Tapete«, das ich von ihr bekam.

Und während meine Eltern sich mit Barb über die topmodernen Methoden des Hauses unterhielten, rannte Abby davon und brachte mir das letzte Geschenk des Tages.

Das Beste, was ich in all meinen Jahren im Saint Grace bekommen habe und werde.

»Das ist wirklich eindrucksvoll«, sagte Mom, während ich Abby durch den bunt gestrichenen Flur der Kinderstation davonschlendern und um eine Ecke verschwinden sah.

»Stella wird sich hier wie zu Hause fühlen«, sagte Barb und lächelte mir warm zu. Ich weiß noch, wie ich Flicki umklammert hielt und all meinen Mut zusammenkratzte, um ihr Lächeln zu erwidern.

Da kam Abby wieder um die Ecke gesaust und rannte fast in eine Schwester hinein. Hinter ihr trottete ein sehr kleiner, sehr magerer braunhaariger Junge in einem Trikot der kolumbianischen Nationalmannschaft.

»Sieh mal! Hier gibt's noch andere Kinder!«

Ich winkte dem Jungen zu und sofort stellte sich Barb zwischen uns, bildete mit ihrem bunten Kittel eine Wand zwischen uns beiden.

»Poe, du weißt doch Bescheid!«, schimpfte sie den kleinen Jungen, während Abby meine Hand ergriff.

Doch Abby hatte schon alles eingefädelt. Selbst mit zwei Metern Abstand wurde Poe mein bester Freund. Weshalb er auch der einzige Mensch ist, mit dem ich hierüber reden kann.

Ich tigere vor und zurück, der Aufenthaltsraum liegt wie im Nebel. Ich versuche mich auf das Aquarium oder den Fernseher oder das Brummen des Kühlschranks zu konzentrieren, aber der Streit mit Will tobt immer noch in mir.

»Du hast doch gewusst, dass er kein Gefühl für Grenzen hat«, sagt Poe hinter mir und mustert mich eingehend aus seinem Polstersessel heraus. »Ist zwar egal jetzt, aber er hat es sicher nicht böse gemeint.«

Ich wirble herum, umklammere die Kante der Küchenzeile. »Als er ›Abby‹ und ›tot‹ gesagt hat« – meine Stimme versagt und ich drücke die Fingerspitzen fest in den kühlen Marmor –, »als sei das überhaupt keine große Sache, da habe ich einfach …«

Poe schüttelt traurig den Kopf.

»Ich hätte bei ihr sein sollen, Poe«, quetsche ich heraus, wische mir erneut die Tränen ab. Sie war immer da. Um mir zu helfen, wenn ich sie brauchte. Aber als sie mich am meisten brauchte, da war ich nicht da.

»Nein. Nicht schon wieder. Du kannst nichts dafür. Und sie würde dir auch sagen, dass du nichts dafür kannst.«

»Was, wenn sie Schmerzen hatte? Was, wenn sie Angst hatte?«, röchle ich und ringe nach Luft. Immer wieder sehe ich meine Schwester fallen, wie in dem Actionvideo und all die tausend Mal davor, wie sie sich völlig furchtlos mit dem Bungee-Seil in die Tiefe stürzte, von Klippen sprang.

Doch diesmal gibt es kein wildes Jubelgeheul, keine herrliche Aufregung. Sie bricht durchs Wasser und taucht nie wieder auf.

Sie sollte nicht sterben.

Sie war diejenige, die leben sollte.

»Hey! Hör auf! Sieh mich an!«

Ich starre ihn an, die Tränen strömen mir nur so aus den Augen.

»Du musst damit aufhören.« Er umklammert die Sessellehne so fest, dass seine Knöchel ganz weiß sind. »Du kannst es einfach nicht wissen. Kannst du … einfach nicht. Du machst dich nur verrückt!«

Ich atme tief durch. Er steht auf und geht auf mich zu, stöhnt auf vor Frust. »Diese Krankheit ist so ein beschissenes Gefängnis! Ich will dich umarmen.«

Ich schniefe und nicke. Ja, ja, ja.

»Tu so, als würde ich, okay?«, sagt er. Ich sehe, dass er auch weinen muss. »Und du weißt, dass ich dich liebe. Mehr als Essen. Mehr als die kolumbianische Nationalmannschaft!«

Ich muss lächeln. »Ich liebe dich auch, Poe.« Er tut, als würde er mir einen Kuss zuhauchen, ohne dabei tatsächlich in meine Richtung zu atmen.

Ich lasse mich in den freien mintgrünen Sessel ihm gegenüber fallen, stöhne jedoch sofort auf, sehe doppelt vor Schmerz. Meine Sonde brennt wie die Hölle.

Poe wird kreidebleich. »Stella! Alles okay?«

»Meine Sonde«, sage ich, als der Schmerz nachlässt. Ich richte mich auf und versuche meinen Atem unter Kontrolle zu bringen. »Schon okay. Alles okay.«

Ich hole tief Luft, hebe mein Oberteil an und sehe, dass die Entzündung viel schlimmer geworden ist. Die Haut ist rot und prall, um den Zugang herum ist alles vereitert. Erschrocken reiße ich die Augen auf. Ich bin erst seit acht Tagen hier. Warum habe ich nicht gemerkt, wie schlimm es geworden ist?

Poe scheint schon der Anblick wehzutun. »Wir bringen dich jetzt zurück in dein Zimmer. Sofort.«

***

Fünfzehn Minuten später tastet Dr. Hamid vorsichtig die entzündete Haut rund um meine Magensonde ab, und ich verzerre das Gesicht, weil der Schmerz in den ganzen Oberkörper ausstrahlt. Sie nimmt die Hand weg, zieht sich die Handschuhe aus und wirft sie in den Müll neben der Tür.

»Wir müssen was unternehmen. Das ist zu fortgeschritten. Wir müssen ein Hautdépridement vornehmen, also die infizierte Haut entfernen und die Sonde ersetzen, um die Infektion wegzubekommen.«

Sofort wird mir schwummrig und ganz eisig zumute. Das sind genau die Worte, vor denen ich mich gefürchtet habe, seit die Haut sich gerötet hat. Ich ziehe das Shirt runter, ganz vorsichtig, damit es nicht reibt.

»Aber …«

Sie fällt mir ins Wort. »Kein Aber. Es muss sein. Sonst riskieren wir eine Sepsis und die Keime gelangen in deinen Blutkreislauf.«

Jetzt schweigen wir beide, weil mir genauso klar ist wie ihr, in was für einer Gefahr ich schwebe. Im Fall einer Sepsis bin ich tot. Aber bei der Narkose für die OP kann es sein, dass meine schwache Lunge nicht bis zum Wiederaufwachen durchhält.

Sie setzt sich neben mich, knufft mich sanft in die Schulter und lächelt mir zu. »Es wird klappen.«

»Das können Sie nicht wissen«, sage ich mit einem nervösen Schlucken.

Sie nickt nachdenklich. »Stimmt. Ich weiß es nicht.« Sie atmet durch und sieht mir in die ängstlichen Augen. »Es ist riskant. Das will ich nicht abstreiten. Aber die Sepsis ist gerade das deutlich größere und gefährlichere Monster.«

Angst kriecht mir den Nacken hinauf und wickelt sich mir um den ganzen Leib. Aber Dr. Hamid hat recht.

Sie nimmt den Panda, der neben mir sitzt, und betrachtet ihn mit einem schwachen Lächeln. »Du bist eine Kämpferin, Stella. Das warst du schon immer.«

Sie hält mir den Bären hin und sieht mir in die Augen. »Morgen früh, okay?«

Ich nehme ihr den Panda ab und nicke. »Morgen früh.«

»Ich ruf deine Eltern an und sag ihnen Bescheid«, sagt sie und ich versteinere wieder, überrollt von einer Welle des Grauens.

»Können Sie damit noch ein bisschen warten, damit ich es ihnen selbst beibringen kann? Wenn es von mir kommt, ist es vielleicht schonender.«

Sie nickt und drückt mir sanft die Schulter, bevor sie das Zimmer verlässt. Ich lasse mich aufs Bett sinken, umklammere Flicki, selbst völlig in den Klauen der Angst vor den Anrufen, die ich erledigen muss. Immer wieder höre ich die Stimme meiner Mutter in der Cafeteria, wie sie in meinem Kopf ihre Kreise zieht.

Ich weiß nicht, was ich ohne dich tun würde.

Ich weiß nicht, was ich ohne dich tun würde.

Ich weiß nicht, was ich ohne dich tun würde.

Draußen vor meiner Tür raschelt es und dann rutscht ein Umschlag unter dem Schlitz durch. Ich meine sogar zwei Füße zu sehen, die einen Moment verharren und dann davongehen.

Vorsichtig stehe ich auf und bücke mich nach dem Umschlag. Daraus ziehe ich eine Karikatur in gedämpften, traurigen Farben. Sie zeigt Will mit einem verwelkten Blumenstrauß in der Hand und darunter die Schrift: »Es tut mir leid.«

Ich lasse mich wieder rücklings sinken, halte mir die Zeichnung an die Brust und presse die Augen zu.

Dr. Hamid sagte, ich sei eine Kämpferin.

Aber ich habe wirklich keine Ahnung, ob das noch stimmt.

Kapitel 12

WILL

Ich habe einen Riesenfehler gemacht. Das weiß ich.

Nachdem ich die Zeichnung durchgeschoben habe, schleiche ich mich aus unserer Station, vorbei am Osteingang der Klinik, halte mein Telefon in der Hand und warte. Auf irgendwas. Auf eine Nachricht, einen FaceTime-Anruf, irgendwas, einfach nur irgendwas.

Was soll ich machen? Sie redet noch nicht mal mit mir, schreibe ich Jason mit verkniffenem Gesicht. Ich sehe richtig vor mir, wie begeistert er sein wird, dass ich mich endlich mal genug um jemanden schere, um ihn um Rat zu bitten.

Lass ihr einfach bisschen Zeit, Mann, schreibt er zurück.

Ich seufze laut auf vor Frust. Zeit. Dieses dauernde Warten ist eine Qual.

Ich lasse mich auf eine Bank sinken, sehe den Leuten zu, die durch die elektrische Eingangstür gehen. Kleine Kinder, die sich aufgeregt an ihren Eltern festklammern. Krankenschwestern, die sich unter müdem Augenreiben endlich auf den Heimweg machen. Verwandte, die sich eifrig die Jacken anziehen, weil die Besuchszeit zu Ende ist. Zum ersten Mal seit ein paar Tagen wünsche ich mir, ich sei einer von ihnen.

Mein Magen meldet sich geräuschvoll, und ich beschließe,

zur Cafeteria zu gehen und mich mit Essen abzulenken. Als ich zum Fahrstuhl gehe, erstarre ich plötzlich, als aus einem Raum in der Nähe eine Stimme herausdringt.

»No envíes dinero, no puedes pagarlo«, sagt die Stimme in ernstem, traurigem Ton. *Dinero.* Geld. Ich hatte nur zwei Jahre Spanisch und kann höchstens eine Handvoll Sätze sagen, aber an dieses Wort erinnere ich mich. Ich strecke den Kopf hinein und sehe, dass es sich um eine Kapelle handelt, mit einem großen Buntglasfenster und hölzernen Kirchenbänken. So kirchlich und alt sieht es hier aus, dass es gar nicht zum glatten, modernen Design der restlichen Klinik passt.

Da sehe ich Poe, der in der ersten Reihe sitzt, die Ellbogen auf die Knie gestützt hat und mit jemandem über FaceTime spricht.

»Yo también te extraño«, sagt er. *»Lo sé. Te amo, Mamá.«*

Er legt auf und stützt den Kopf in die Hände. Ich ziehe die schwere Tür noch ein Stück weiter auf, und die Scharniere quietschen, was das Zeug hält.

Überrascht dreht er sich um.

»Die Kapelle?«, frage ich und meine Stimme hallt in dem großen Raum viel zu laut. Ich gehe durch den Mittelgang auf ihn zu.

Er sieht sich müde lächelnd um. »Meine Mutter hat es gerne, wenn sie mich hier sieht. Ich bin katholisch, aber sie ist *katholisch* katholisch.«

Er seufzt und legt den Kopf auf die Bank. »Ich habe sie jetzt seit zwei Jahren nicht mehr gesehen. Sie will, dass ich sie besuche.«

Wie bitte? Ich setze mich auf eine Bank gegenüber, mit

ausreichend Sicherheitsabstand. Das ist eine ganz schön lange Zeit. »Du hast deine Mom seit zwei Jahren nicht gesehen? Was hat sie dir angetan?«

Er schüttelt den Kopf und sein Blick ist tieftraurig. »So ist es nicht. Die haben sie zurück nach Kolumbien deportiert. Aber ich bin hier geboren und sie wollten mich nicht von meinen Ärzten wegbringen. Ich bin ›in staatlicher Obhut‹, bis ich achtzehn werde.«

Shit. Ich kann mir nicht mal vorstellen, wie sich das anfühlt. Wie konnten sie die Eltern eines Jungen deportieren, der Muko hat? Die Eltern von jemandem mit einer tödlichen Krankheit?

»Das ist total krank«, sage ich.

Poe nickt. »Ich vermisse sie so. So schrecklich.«

Ich runzle die Stirn, fahre mir durch die Haare. »Poe, du musst zu ihnen. Du musst sie besuchen.«

Er seufzt und starrt auf das große Holzkreuz hinter der Kanzel, und da fällt mir ein, was er gesagt hat. *Dinero.* »Das ist teuer. Sie will mir Geld schicken, aber sie kann es sich nicht wirklich leisten. Und ich werde ganz bestimmt nicht zulassen, dass sie am Essen spart …«

»Hör mal, wenn es eine Geldfrage ist, dann kann ich helfen. Ernsthaft. Ich will jetzt hier nicht der privilegierte Arsch sein, aber wirklich, es ist kein Problem …« Doch bevor ich überhaupt fertig gesprochen habe, weiß ich schon, dass es nichts bringt.

»Komm schon. Hör auf.« Er dreht sich zu mir um und sieht mich durchdringend an, doch dann wird sein Gesicht weicher. »Ich … mir fällt schon was ein.«

Schweigen senkt sich über uns und die stille, weite Leere

des riesigen Raumes hallt mir in den Ohren. Hier geht es nicht nur um Geld. Außerdem weiß ich besser als jeder andere, dass man mit Geld nicht alles kaufen kann. Vielleicht wird sogar meine Mom das eines Tages kapieren.

»Aber danke«, sagt Poe schließlich. »Und das meine ich auch so.«

Ich nicke und wir schweigen weiter. Was ist das für eine Gerechtigkeit, dass meine Mom ständig über mir kreiselt, während ein anderer seine einfach weggerissen bekommt? Hier sitze ich und zähle die Tage bis zu meinem achtzehnten Geburtstag, während Poe die Zeit aufhalten will, sich nach mehr sehnt.

Mehr Zeit.

Es war so leicht für mich, mich aufzugeben. Es war leicht, mich gegen die Behandlung zu wehren und mich auf die Zeit zu konzentrieren, die mir noch bleibt. Einfach nicht mehr weiterzukämpfen, nur, um noch ein paar Sekunden herauszuschinden. Aber Stella und Poe haben dafür gesorgt, dass ich plötzlich jede zusätzliche Sekunde möchte, die ich kriegen kann.

Und das macht mir größere Angst als irgendwas zuvor.

***

An diesem Abend liege ich im Bett und benutze meinen Vernebler, ganz ohne Stella.

Irgendwas Neues, erkundigt sich Jason, was auch nichts bringt, weil die Antwort ein klares Nein ist.

Immer noch nichts von ihr. Noch nicht mal ein Zettel. Aber ich muss ständig an sie denken. Und je länger sie schweigt, desto schlimmer wird es. Ich muss ständig daran denken, wie es wäre, ihr nahe zu sein, die Hand auszustrecken und sie tatsächlich zu berühren, sie wieder aufzurichten, nachdem ich alles so in den Sand gesetzt habe.

Irgendwas regt sich tief in meiner Brust, in meinen Fingerspitzen und in meiner Magengrube. Regt sich, will über die glatte Haut ihres Arms streichen, das Narbengewebe, das sich mit Sicherheit auf ihrem Körper befindet.

Aber das werde ich nie tun dürfen. Der Abstand zwischen uns wird nie schrumpfen, niemals verschwinden.

Zwei Meter für immer.

Mein Telefon pingt und sofort jagt die Hoffnung in mir hoch, doch es ist nur eine Benachrichtigung von Twitter. Enttäuscht pfeffere ich das Ding aufs Bett.

Was soll das, Stella? Sie kann ja nicht ewig auf mich sauer sein.

Oder?

Ich muss das wiedergutmachen.

Ich schalte den Vernebler aus und schwinge die Beine über die Bettkante, schlüpfe in die Schuhe und halte durch den Türspalt Ausschau nach Hindernissen. Ich sehe Julie samt Infusionsständer in einem Zimmer ganz hinten verschwinden und weiß, dass ich mir Zeit lassen kann. Leise gehe ich den Gang hinunter, am verwaisten Stationszimmer vorbei, und bleibe wie angewurzelt vor ihrer Tür stehen, höre auf der anderen Seite gedämpfte Musik.

Sie ist da.

Ich hole tief Luft und klopfe, höre, wie das Geräusch meiner Knöchel durchs alte Holz hallt.

Ich höre, wie die Musik ausgeht, und dann ihre Schritte,

mit denen sie näher kommt, näher, und dann schließlich zögernd vor ihrer Tür stehen bleibt.

Endlich geht die Tür auf und ihre grünbraunen Augen lassen mir das Herz in der Brust schneller schlagen.

Es tut so gut, sie zu sehen.

»Da bist du ja«, sage ich leise.

»Da bin ich«, sagt sie kühl und lehnt sich gegen den Türrahmen, ganz so, als habe sie mich nicht den ganzen Tag ignoriert. »Ich habe dein Bild gekriegt. Dir sei verziehen. Geh nach hinten.«

Schnell sause ich nach hinten zur Wand, schaffe die frustrierenden zwei Meter Abstand zwischen uns. Wir starren einander an, bis sie blinzelt und den Flur nach Schwestern absucht, um dann den Fliesenboden zu mustern.

»Du hast unsere Therapien ausgelassen.«

Sie wirkt beeindruckt, dass ich es nicht vergessen habe, sagt aber nichts. Mir fällt auf, wie rot ihre Augen sind, als habe sie geweint. Und ich glaube nicht, dass es wegen mir war.

»Was ist los?«

Sie holt tief Luft, und als sie spricht, höre ich ihr die Anspannung richtig an. »Die Haut um meine Sonde herum ist stark infiziert. Dr. Hamid hat Angst vor einer Sepsis. Sie will morgen früh die infizierte Haut entfernen und die Sonde ersetzen.«

Ein Blick in ihre Augen, und ich weiß, dass das mehr als Anspannung ist. Sie hat Angst. Ich will die Hand ausstrecken, ihre Hand nehmen. Ich will ihr sagen, dass alles gut ist dass es keine große Sache sein wird.

»Unter Vollnarkose.«

Was? Vollnarkose? Mit einer Lungenfunktion von 35 Prozent? Ist Dr. Hamid verrückt geworden?

Ich muss mich am Wandgeländer festhalten, um nicht umzukippen. »Shit. Kriegt deine Lunge das hin?« Wir starren einander einen Moment lang an, zwischen uns scheinen Kilometer zu liegen.

Dann sieht sie weg, als hätte ich nie gefragt. »Denk an deine Abendmedikation und vergiss nicht, die Sondennahrung für die Nacht einzustellen, okay?« Und dann ist die Tür zu, ohne dass ich etwas hätte entgegnen können.

Langsam gehe ich darauf zu, strecke meine Hand auf dem Holz aus, weiß, dass sie auf der anderen Seite steht. Ich lehne meinen Kopf an die Tür, spreche so leise, dass es kaum mehr als ein Flüstern ist. »Es wird wieder besser, Stella.«

Meine Finger streifen ein Schild an ihrer Tür. Ich blicke auf. KEINE NAHRUNG ODER GETRÄNKE NACH MITTERNACHT. OPERATION UM 6.

Ich ziehe die Hand weg, bevor mich noch eine der Schwestern erwischt, und gehe zu meinem Zimmer, lasse mich aufs Bett plumpsen. Stella hat sich sonst immer so im Griff. Warum ist sie jetzt so anders? Wegen ihrer Eltern? Wegen ihrer niedrigen Lungenfunktion?

Ich rolle mich auf die Seite und habe plötzlich meine Lungenzeichnung vor der Nase, die mich an die in ihrem Zimmer erinnert.

Abby.

Na klar, deshalb ist sie so außer sich. Das ist ihre erste Operation ohne Abby.

Ich habe immer noch etwas wiedergutzumachen. Eine Idee schießt mir in den Kopf und ich richte mich ruckartig auf. Greife das Handy aus der Tasche und stelle den Wecker auf fünf, vielleicht zum ersten Mal in meinem Leben. Dann hole ich mir mein Zeichenzeug aus dem Regal und beginne mit Pläneschmieden.

Kapitel 13

STELLA

Ich drücke mir Flicki fest an die Brust und blicke von meiner Mom zu meinem Dad, die links und rechts von mir sitzen. Beide lächeln mir schmallippig zu, doch keiner schafft es, den anderen anzusehen. Also schaue ich lieber zu dem Bild von uns an meiner Tür, wünsche mir die Eltern darauf zurück, die, die mir immer gesagt haben, dass alles gut gehen wird.

Ich atme durch und unterdrücke ein Husten, während Dad sich mit Small Talk abquält.

Er greift zu dem rosa Kalender, den die Cafeteria in sämtlichen Zimmern verteilen lässt. »Scheint, als gäbe es heute Abend Brokkolicremesuppe. Dein Lieblingsessen, Stell!«

»Unwahrscheinlich, dass sie nach der OP gleich wieder essen kann, Tom«, giftet meine Mutter ihn an und sein Gesicht wird lang.

Ich ringe mir etwas Begeisterung ab. »Wenn ich mich danach fühle, dann lasse ich mir garantiert welche bringen!«

Es klopft an der Tür und ein Pfleger kommt herein, mit OP-Haube und blauen Latexhandschuhen. Meine Eltern stehen beide auf, mein Vater greift nach meiner Hand.

Es ist so anstrengend, sie ruhig zu halten.

»Wir sehen uns bald, Schätzchen«, sagt meine Mutter und

beide umarmen mich fest und ein bisschen zu lang. Die Reibung an der Sonde tut weh, aber ich klammere trotzdem weiter, will sie nicht loslassen.

Der Transportpfleger stellt auf beiden Seiten meiner Rollliege das Gitter hoch, hakt es mit einem Klicken ein. Im Rausrollen starre ich noch auf Abbys Zeichnung von der gesunden Lunge, spüre ihren Lockruf. Ich wünschte mir so sehr, sie wäre jetzt bei mir, um meine Hand zu halten und das Lied zu singen.

Der Pfleger rollt mich den Flur hinunter, die Gesichter meiner Eltern werden immer kleiner, und schon schiebt er mich in den Aufzug am Ende des Gangs. Als die Türen zugleiten, lächelt er mich an. Ich will ja zurücklächeln, doch mein Mund verweigert den Dienst. Ich umklammere die Decke, verwebe meine Finger mit dem Stoff.

Die Tür plingt auf, die vertrauten Gänge huschen vorbei, alles scheint viel zu grell, zu steril, um Einzelheiten zu erkennen.

Nun passieren wir die schwere Doppeltür zur OP-Schleuse und enden in einem Raum etwas weiter den Gang hinunter. Der Pfleger schiebt die Rollliege an die richtige Stelle. »Brauchst du noch was, bevor ich rausgehe?«, fragt er.

Ich schüttle den Kopf, versuche tief zu atmen, als er verschwindet und im Zimmer plötzlich bis auf die piepsenden Monitore völlige Stille herrscht.

Ich starre an die Decke, versuche die wachsende Panik zu zähmen, die in mir wütet. Ich habe alles richtig gemacht. Ich war vorsichtig, ich habe das Fudicin aufgetragen, ich habe meine Medikamente zur richtigen Zeit genommen und trotzdem liege ich jetzt hier vor dem OP.

All das Rumgestresse, all die zwanghafte Einhaltung von allem für nichts und wieder nichts.

Ich glaube, jetzt kapiere ich es. Wie Will auf dieses Dach steigen konnte. Ich würde jetzt auch alles geben, nur um von dieser Rollliege zu klettern und ganz weit wegzurennen. Nach Cabo. Zur Sixtinischen Kapelle in den Vatikan. Zu all den Dingen, die ich bisher vermieden habe, um ja nicht kränker zu werden, nur, um am Ende doch hier zu liegen und doch wieder in einen OP-Saal geschoben zu werden, aus dem ich vielleicht nicht lebend herauskomme.

Meine Finger wickeln sich um die festgestellten Gitter zu beiden Seiten, klammern sich fest und fester. Ich muss die Kämpferin sein, von der Dr. Hamid gestern gesprochen hat. Wenn ich all diese Orte noch sehen will, dann brauche ich mehr Zeit. Ich muss darum kämpfen.

Die Tür öffnet sich langsam und eine große, dünne Gestalt huscht herein. In seinen grünen OP-Gewändern, dem Mundschutz und den blauen Handschuhen sieht er aus wie die anderen OP-Pfleger, doch unter der durchsichtigen OP-Haube ringeln die braunen Locken hervor.

Unsere Blicke treffen sich. Nein. Unmöglich.

»Was machst du hier?«, flüstere ich. Will schiebt sich einen Stuhl in sicherem Abstand von mir hin und setzt sich.

»Das ist dein erster Eingriff ohne Abby«, erklärt er, und seine Augen haben einen Ausdruck, den ich nicht von ihm kenne. Er ist weder höhnisch noch belustigt, er ist voll und ganz offen. Fast schon ernst.

Ich schlucke schwer und versuche die Gefühle aufzuhalten, die nach oben drängen, die Tränen, die mir den Blick vernebeln. »Woher weißt du das?«

»Ich habe mir all deine Videos angesehen«, sagt er und seine Augen lächeln mit. »Man könnte sagen, ich bin ein Fan.«

Alle? Sogar das peinliche von damals mit zwölf?

»Kann sein, dass ich es total versaue«, sagt er und zieht unter Räuspern ein Blatt aus der Tasche.

Dann singt er leise los.

»I love you, a bushel and a peck …«

»Hör auf. Ich bin blöd«, schluchze ich los, schüttle den Kopf und wische mir die Tränen ab.

»A bushel and a peck and a hug around the neck.«

Abbys Lied. Er singt Abbys Lied. Die Tränen fließen jetzt stärker, als ich sie auffangen könnte, und so sehe ich einfach zu, wie seine tiefblauen Augen jede Zeile von diesem verkrumpelten Zettel ablesen.

Mir kommt es vor, als müsse mein Herz explodieren. Ich fühle so viele Dinge auf einmal. »Meine Oma hat uns das immer vorgesungen. Ich mochte es nie sonderlich, aber Abby total.«

Er lacht und schüttelt den Kopf. »Ich musste es googlen. Mann, das ist vielleicht alt.«

Ich lache mit. »Ich weiß. Was zum Teufel …«

»… bedeutet ›a barrel and a heap‹?«, beenden wir den Satz aus einem Mund und prusten beide los, doch dann treffen sich unsere Blicke und mir tanzt das Herz in der Brust, der Monitor neben ihm piepst schneller und schneller. Er beugt sich ganz leicht vor, nur ein ganz klein wenig hinein in die Gefahrenzone, doch weit genug, um den Schmerz von der Sonde verschwinden zu lassen.

»Alles wird gut gehen, Stella.«

Seine Stimme ist tief. Sanft. Und so lächerlich es klingt, in dem Moment weiß ich, dass ich, falls ich jetzt sterben sollte, es wenigstens nicht tun werde, ohne mich je verliebt zu haben.

»Versprochen?«

Er nickt und streckt den Arm aus, streckt einen behandschuhten kleinen Finger in den Abstand zwischen uns. Ich krümme meinen eigenen kleinen Finger darum: ein Versprechen. Ein winziger Kontakt, aber unsere allererste Berührung.

Und gerade macht mir das überhaupt keine Angst.

Mein Kopf wirbelt in Richtung Tür, draußen nähern sich Schritte. Dr. Hamid erscheint, hinter ihr eine OP-Schwester.

»Bereit zum Abflug?«, fragt sie und reckt den Daumen hoch.

Mein Kopf schießt in die andere Richtung, zu dem Stuhl, wo eben noch Will saß. Panik.

Er ist leer.

Und da sehe ich ihn, hinter dem grauen Vorhang, rücklings gegen die Wand gedrückt. Er hält den Finger an die Lippen und zieht den Mundschutz runter, um mir zuzulächeln.

Ich lächle zurück, und bei seinem Anblick keimt in mir Hoffnung auf, dass er die Wahrheit gesagt hat.

Alles wird gut gehen.

***

Ein paar Minuten später liege ich auf dem OP-Tisch. Das Licht im Raum ist gedämpft, bis auf die grelle Lampe direkt über meinem Kopf.

»Alles klar, Stella, du kennst dich aus«, sagt eine Stimme

und ihr Besitzer hält mir in der blau behandschuhten Hand eine Maske entgegen.

Mein Herz beginnt nervös zu pochen und ich drehe den anderen das Gesicht entgegen, sehe in dunkle Augen, als mir die Maske über Nase und Mund gehalten wird. Wenn ich aufwache, ist alles vorbei.

»Zehn«, sage ich und blicke an dem Anästhesisten vorbei an die Wand des OP-Saals, stutze, als ich einen seltsam vertrauten Umriss erblicke.

Abbys Lungenzeichnung.

Wie kann das sein?

Aber ich weiß es natürlich. Will. Er hat sich in den OP geschlichen. Eine einzige Träne rollt mir aus dem Augen und ich zähle weiter.

»Neun. Acht.« Die Blumen verschwimmen, das Blau und das Rosa und das Weiß, alles dreht und windet und wirbelt ineinander, die Farben springen aus dem Blatt und fliegen mir entgegen.

»Sieben. Sechs. Fünf.« Plötzlich erwacht der Nachthimmel zum Leben, schwimmt an den Blumen vorbei, erfüllt die Luft um mich herum mit Sternen.

Sie funkeln und tanzen über meinem Kopf, so nahe, dass ich sie berühren kann.

Ich höre das Summen einer Stimme, irgendwo weiter weg. »A bushel and a peck.«

»Vier. Drei.«

Der Rand meines Gesichtsfelds wird schwarz, meine Welt dunkler und dunkler. Ich konzentriere mich auf einen einzelnen Stern, einen einzelnen Lichtpunkt, der immer heller wird, immer wärmer, immer überwältigender.

Das Summen verstummt und ich höre eine Stimme, ganz weit weg, verwaschen. Abby. O Gott. Das ist Abbys Stimme.

»… zurück … nicht …«

»Zwei«, flüstere ich, ohne zu wissen, ob ich es laut sage oder nur in meinem Kopf. Und dann sehe ich sie. Ich sehe Abby genau vor mir, zuerst verschwommen und dann ganz deutlich. Die Locken meines Vaters, ihr herrliches Lächeln und die grünbraunen Augen, genau wie meine.

»… mehr … Zeit …«

Sie schiebt mich weg vom Licht.

»Eins.«

Finsternis.

Kapitel 14

WILL

Verstohlen drücke ich die Tür auf, schaue mich in beide Richtungen um, bevor ich mich aus der OP-Vorbereitung schleiche und um ein Haar voll in eine Pflegerin reinrenne. Schnell wende ich den Blick ab und ziehe meine Maske auf, tarne mich, während sie hinein verschwindet.

Ein paar zügige Schritte, und schon bin ich in meinem Versteck an der Wand beim Treppenaufgang, von wo aus ich einen Mann und eine Frau entdecke, die jeweils auf der anderen Seite des Wartezimmers sitzen.

Ich sehe mir beide genauer an.

Die kenne ich doch von irgendwoher.

»Darf ich dich was fragen?«, sagt der Mann und die Frau hebt den Kopf, knirscht fast mit dem Kiefer.

Sie sieht aus wie Stella in älter. Der gleiche Mund, die gleichen dichten Brauen, der gleiche ausdrucksvolle Blick.

Stellas Eltern.

Sie nickt knapp, wirkt misstrauisch. Die Spannung zwischen ihnen ist unerträglich. Ich weiß, dass ich hier nichts zu suchen habe. Ich weiß, dass ich raus auf die Treppe sollte, zurückgehen, bevor ich noch Schwierigkeiten bekomme, doch irgendwas hält mich zurück.

»In meinem Bad sind … äh, lila Fliesen. Was für eine Badezimmermatte neh…«

»Schwarz«, sagt sie, senkt den Kopf und betrachtet ihre Hände, das Haar fällt ihr vors Gesicht.

Ein Moment des Schweigens, die Tür zum Gang geht leise auf und Barb kommt herein. Keiner der beiden bemerkt sie. Stellas Vater räuspert sich. »Und die Handtücher?«

Sie wirft die Hände in die Luft, verliert die Fassung. »Ist doch egal, Tom!«

»Als wir das Büro gestrichen haben, war es aber keineswegs egal. Du hast gesagt, der Teppich …«

»Unsere Tochter wird gerade operiert, und du redest über *Handtücher?*«, schreit sie wutentbrannt. Barb sieht so zornig aus, wie ich sie noch nie erlebt habe. Sie hat die Arme verschränkt und sich aufgerichtet, verfolgt den Schlagabtausch genau.

»Ich will doch einfach nur reden«, sagt der Vater leise. »Über irgendwas.«

»O Gott. Du bringst mich um! Hör …« Sie verstummt, als sie beide Barb erblicken, deren Miene nur noch wütender geworden ist und jetzt schlimmer aussieht als dann, wenn sie uns zusammenstaucht.

Sie holt tief Luft, bis im Zimmer keine mehr übrig ist. »Ich habe keine Vorstellung davon, was Sie durchgemacht haben, als Sie Abby verloren haben«, sagt sie mit todernster Stimme. »Aber *Stella*« – sie weist auf die Tür zum OP-Bereich, wo irgendwo weit weg Stella auf dem Tisch liegt und gleich operiert wird –, »Stella kämpft da drinnen gerade um ihr Leben. Und sie macht es für *Sie.*«

Beide wenden beschämt den Blick ab.

»Können Sie sich denn gar nicht vertragen? Dann verhalten Sie sich wenigstens wie Erwachsene«, bellt Barb sie an und ihre Stimme ist bis zum Anschlag frustriert.

Wow, Barb. Gib's ihnen!

Stellas Mom schüttelt den Kopf. »Ich ertrage ihn einfach nicht mehr. Ein Blick in sein Gesicht, und ich sehe Abby vor mir.«

Ihr Dad hebt den Kopf, sieht sie kaum an, bevor er ihn schon wieder abgewendet hat. »Und ich sehe Stella in dir.«

»Sie *sind* ihre Eltern. Haben sie den Teil der Abmachung vergessen? Haben Sie gewusst, dass sie, als sie von der OP erfahren hat, darauf bestanden hat, Sie persönlich anzurufen, weil sie solche Panik davor hatte, wie Sie beide es aufnehmen würden?«, fragt Barb.

Gott, kein Wunder, dass Stella so krampfhaft am Leben bleiben will. Diese Leute haben ihr Kind verloren, und dann noch einander. Wenn sie stirbt, dann verlieren sie wahrscheinlich den Verstand.

Mein Vater hat sich verzogen, noch bevor ich richtig krank geworden bin, noch bevor mein Körper durch die Muko gezeichnet war. Mit einem kranken Kind konnte er nicht umgehen. Mit einem toten würde er es schon gar nicht können. Aber gleich *zwei?*

Ich sehe, wie ihre Eltern sich endlich ansehen, einander richtig ansehen, und eine tränenerstickte Stille sich über sie senkt.

Stella kümmert sich um uns alle. Ihre Mom, ihren Dad, *mich.* Ich zähle die Tage bis zu meinem Achtzehnten, bis zu dem Tag, an dem ich ein Erwachsener bin und die Zügel selbst in die Hand nehmen kann. Vielleicht ist es an der Zeit, dass ich mich auch so verhalte. Vielleicht ist es an der Zeit, dass ich mich um mich selbst kümmere.

Ich blinzle, blicke zu Barb hinüber, deren Augen plötzlich groß werden – genau zur selben Zeit wie meine.

Oh Mist. Ich bin das Kaninchen vor der Schlange und habe keine Ahnung, ob ich türmen oder mich einfach stellen soll. Ich zögere zu lange und sie kommt herbeigestürmt, packt mich und zieht mich den Flur hinunter, dem Aufzug entgegen. »Ach, verflucht, nein!«

Ich bleibe stumm, während die Aufzugtüren aufgleiten und sie mich hineinzerrt.

Sie drückt den Knopf für unsere Station, wieder und wieder, und schüttelt den Kopf. Ihre Raserei strahlt förmlich von ihr ab.

»Barb, ich weiß, dass du sauer bist, aber sie hatte Angst. Ich musste sie einfach sehen …«

Die Türen schließen und sie wirbelt zu mir herum, mit fuchsteufelswildem Gesicht. »Du könntest sie *umbringen*, Will! Du könntest ihr jede Chance auf eine neue Lunge nehmen!«

»Diese Anästhesie gerade ist eine größere Gefahr als ich!«, blaffe ich zurück.

»Falsch!«, brüllt Barb, als der Aufzug langsamer wird und die Türen aufgehen. Sie stürmt hinaus und ich folge ihr, rufe ihr hinterher: »Was ist eigentlich los, Barb?«

»Trevor Von und Amy Presley. Junge Mukos, genau wie du und Stella«, sagt Barb, dreht sich auf dem Absatz um und sieht mir ins Gesicht. »Amy ist mit B. cepacia hergekommen.«

Ihre Augen sind ernst, also verkneife ich mir jeden Kommentar und höre einfach zu. »Ich war jung, ungefähr in Julies Alter. Noch Anfängerin hier. Anfängerin im Leben.«

Sie starrt an mir vorbei, starrt in eine vergangene Zeit.

»Trevor und Amy verliebten sich. Wir alle kannten die Regeln. Kein Kontakt, immer zwei Meter Abstand. Und ich …« sie deutet auf sich – »habe erlaubt, dass sie die Regeln brechen, weil ich wollte, dass sie glücklich sind.«

»Lass mich raten. Beide sind gestorben?«, frage ich, obwohl ich das Ende schon kenne, lange bevor sie es mir sagt.

»Ja.« Sie sieht mir direkt in die Augen, kämpft gegen die Tränen. »Trevor hat sich bei Amy mit B. cepacia infiziert. Amy hat noch zehn Jahre weitergelebt. Aber Trevor? Den haben sie von der Spitze der Transplantationsliste gestrichen und er hat nur noch zwei Jahre gelebt, nachdem die Bakterien seine Lungenfunktion ruiniert hatten.«

Shit.

Ich schlucke, sehe von ihr zu Stellas Zimmer gleich neben dem Stationszimmer. Die Liste der Dinge, die uns Mukos zustoßen können, der Gruselgeschichten, die man uns erzählt – die ist quasi endlos. Aber wenn ich Barb so über Trevor und Amy reden höre, klingt das kein bisschen nach Gruselgeschichte.

»Es ist direkt vor meiner Nase passiert, Will«, sagt sie. »Und es wird nie wieder vorkommen, das schwöre ich dir.«

Und damit macht sie kehrt und marschiert davon, lässt mich sprachlos zurück.

Ich sehe Poe in seiner Tür stehen, sein Gesicht eine Maske. Er hat alles mitgehört. Er schickt sich an, etwas zu sagen, doch ich halte die Hand hoch, bremse ihn. Dann gehe ich direkt in mein Zimmer, ziehe die Tür geräuschvoll hinter mir zu.

Ich schnappe mir den Laptop vom Nachttisch und setze mich aufs Bett. Meine Finger schweben über der Tastatur und dann gebe ich es ein. Ich such nach *B. cepacia.*

Die Worte springen mir entgegen.

Ansteckung.

Risiko.

Infektion.

Mit nur einem Huster, mit nur einer Berührung könnte ich ihr ganzes Leben zerstören. Ich könnte ihr sämtliche Hoffnungen auf eine neue Lunge zerstören. Ich könnte Stella *schaden.*

Wahrscheinlich habe ich es schon gewusst. Aber bewusst gemacht habe ich es mir nicht.

Beim Gedanken daran schmerzt mir jeder Knochen im Leib. Schlimmer als bei Operationen oder Entzündungen, oder beim Aufwachen an schlechten Morgen, bei denen man kaum atmen kann. Sogar noch schlimmer als der Schmerz, im selben Raum zu sein wie sie und sie nicht berühren zu dürfen.

Der Tod.

Der bin ich. Der bin ich für Stella.

Das Einzige, was noch schlimmer ist, als nicht mit ihr zusammen zu sein, ihr nahe zu sein, wäre, in einer Welt zu leben, in der es sie überhaupt nicht gibt. Besonders, wenn ich daran schuld bin.

Kapitel 15

STELLA

»Aufwachen, Schätzchen«, sagt eine Stimme von ganz weit her.

Es ist die Stimme meiner Mutter, jetzt näher. Direkt neben mir.

Ich atme ein, die Welt wird schärfer, doch mein Kopf ist vernebelt. Ich blinzle und da sehe ich ihr Gesicht, und daneben das meines Vaters.

Ich lebe. Ich habe es geschafft.

»Hallo, Dornröschen«, sagt sie und ich reibe mir müde die Augen. Klar, ich bin eben erst aufgewacht, aber ich bin völlig erschöpft.

»Wie geht es dir?«, fragt mein Dad und ich antworte mit einem schläfrigen Grunzen und lächle sie beide an.

Ein Klopfen an der Tür, und da kommt Julie mit einem Rollstuhl rein, um mich zu meinem Zimmer zu fahren. Und zu meinem Bett. Gott sei Dank.

Ich schwinge die Hand in die Luft, recke einen Anhalterdaumen hoch und rufe: »Nimmst du mich mit?«

Julie lacht und Dad hilft mir aus der Rollliege in den Rollstuhl. Was auch immer das für Schmerzmittel sind, die ich da gerade bekomme – die wirken vielleicht! Ich kann noch nicht mal mein Gesicht spüren, geschweige denn den Schmerz von der Sonde.

»Wir schauen dann später bei dir vorbei, ob alles okay ist«, sagt Dad und wieder recke ich den Daumen hoch – und erstarre.

Moment mal.

Wir!

Wir schauen später vorbei, ob alles okay ist?

»Bin ich in einer Parallelwelt aufgewacht?«, grummle ich, reibe mir wieder die Augen und mustere sie genau.

Mom streichelt mir lächelnd über das Haar und sieht zu Dad. »Du bist *unsere* Tochter, Stella. Das warst du immer und das wirst du immer sein.«

Diese Schmerzstiller sind der Hammer.

Ich klappe den Mund auf, doch vor lauter Überraschung und Erschöpfung kriege ich keinen logischen Satz zusammen. Und so nicke ich einfach, heftiger als geplant.

»Versuch noch ein bisschen zu schlafen, Süße«, sagt Mom und küsst mich auf die Stirn.

Julie rollt mich in den Flur und in den Aufzug. Es ist fast unmöglich, die Augen offen zu halten, meine Lider fühlen sich schwerer an als ein Sack Kartoffeln.

»Puh, Jules, ich bin *alle*«, lalle ich, linse seitlich zu ihr hoch und habe auf einmal ihren runden Babybauch direkt auf Augenhöhe.

Der Lift hält und sie schiebt mich in mein Zimmer, zieht die Bremse vom Rollstuhl fest. »Die Haut und die Sonde sehen viel besser aus. Heute Nachmittag springst du sicher schon wieder umher. Nur bitte keine Sit-ups.«

Ich bin mehr als schwerfällig, als sie mir beim Aufstehen

und Ins-Bett-Steigen hilft, meine Arme und Beine fühlen sich an wie Blei. Sie legt meine Kissen zurecht und deckt mich sanft zu.

»Du darfst bald dein eigenes Baby halten«, sage ich mit einem müden, traurigen Seufzen.

Julie sieht mir in die Augen. Sie setzt sich auf die Bettkante, seufzt tief auf. »Ich werde Hilfe brauchen, Stella. Ich bin ganz allein.« Sie lächelt mich an, mit warmen blauen Augen. »Ich weiß nicht, wem ich mehr vertrauen würde als dir.«

Ich strecke den Arm aus, versuche, so sanft, wie meine erschöpfte Hand es vermag, ihren Bauch zu tätscheln, einmal, zweimal.

Geschafft.

Ich grinse sie breit an. »Ich werde die beste Tante aller Tanten sein!«

Tante Stella. Ich. Eine Tante? Ich lasse mich schläfrig fallen, die Operation und die Medikamente haben gewonnen. Sie küsst mich auf die Stirn und geht, schließt sacht die Tür hinter sich. Ich sinke in mein Kissen, rolle mich zusammen und nehme meinen Panda in den Arm. Mein Blick fällt auf meinen Nachttisch, meine Lider sink… – Moment! Ich richte mich auf, schnappe mir die gefaltete Papierschachtel, die dort steht, umwickelt mit rotem Band.

Ich ziehe das Band auf, und die Schachtel entfaltet sich zu einem bunten Pop-up-Blumenstrauß, als wären die lila Fliederblüten, rosa Hortensien und weißen Wildblumen aus Abbys Bild zu Leben erwacht.

Will.

Ich lächle, lege den Strauß sanft ab und wühle nach meinem Telefon. Da ist es. Mühevoll konzentriere ich mich auf das

Display, suche nach Wills Nummer. Ich drücke auf Wählen, höre es klingeln, schließe die Augen, als die Mailbox anspringt. Beim Piepsen zucke ich zusammen, und als ich spreche, scheine ich doch etwas zu lallen. »Ich bin's. Stella. Ruf mich nicht an, okay? Weil ich bin gerade operiert worden und ich bin so müde, aber ruf mich an, wenn du – das hörst. Aber nein, lass es. Okay? Weil deine Stimme ist so sexy und dann kann ich nicht schlafen. Jupp. Also, ruf mich an, okay?«

Ich fummle am Telefon herum, drücke auf Auflegen. Dann rolle ich mich wieder zusammen, wickle die Decken enger um mich und greife mir wieder den Panda. Ich starre immer noch auf die Blumen, als ich endlich in Schlaf sinke.

***

Mein Telefon tschilpt, reißt mich aus meinem tiefen, postoperativen Schlaf. Ich drehe mich um, hebe die nicht mehr ganz so schweren Lider und sehe, dass es Poe auf FaceTime ist. Endlich finde ich den grünen Knopf und sein Gesicht erscheint.

»Du lebst!«

Ich grinse und richte mich augenreibend auf. Ich bin immer noch müde, aber die Medikamente haben nachgelassen – mein Kopf fühlt sich nicht mehr so nutzlos an.

»Hey. Ich lebe noch«, sage ich. Mein Blick fällt auf den wunderschönen Papierblumenstrauß auf meinem Nachttisch und ich reiße die Augen auf. »Die Sonde sieht gut aus.«

Will. Ganz dunkel weiß ich noch, wie ich den Strauß aufgefaltet habe.

Hastig überprüfe ich meine Nachrichten. Zwei von meiner

Mutter. Drei von Camila. Eine von Mya. Vier von meinem Vater. Alle wollen wissen, wie es mir geht.

Keine von Will.

Mein Herz stürzt ungefähr zwanzig Stockwerke hinunter.

»Hast du was von Will gehört?«, frage ich.

»Nö.« Poe schüttelt den Kopf. Er sieht aus, als wolle er mehr sagen, doch er tut es nicht.

Ich hole tief Luft und beim Husten tut mir die Seite mit der Entzündung weh. Aua. Ich strecke mich. Ja, es tut noch weh. Aber es ist auszuhalten.

Ich habe eine Nachricht auf Instagram, und ich sehe, dass eine Antwort von Michael eingegangen ist, während ich schlief. Er hat mir geschrieben, um nach Poe zu fragen, nach seiner Bronchitis. Und – höchst überraschend – ob er seine Eltern in Kolumbien besuchen würde. Ich hatte noch nicht mal geahnt, dass das zur Debatte steht.

Fast eine Stunde lang ging unser Austausch hin und her, darüber, wie sehr er sich freut, dass ich mit Poe zusammen im Krankenhaus bin, wie toll Poe doch ist.

Darüber, dass er nicht begreift, was schiefgelaufen ist.

Poe ist ihm wirklich wichtig.

»Michael hat sich bei mir gemeldet«, sage ich und kehre wieder zu Poe zurück, um seine Reaktion zu beobachten.

»Was?«, fragt er überrascht. »Warum?«

»Um zu fragen, wie es dir geht.« Poes Miene ist nicht zu deuten, sein dunkler Blick ist ernst. »Er ist süß. Scheint dich wirklich zu lieben.«

Er verdreht die Augen. »Schon wieder mit der Nase in meinen Angelegenheiten. Du hast dich eindeutig schon voll erholt.«

Poe lässt sich die Liebe durch die Lappen gehen. Weil er Angst hat. Angst, den Schritt zu machen. Angst, jemandem den ganzen Mist zuzumuten, mit dem wir leben müssen. Ich weiß, wie es ist, mit dieser Angst zu leben. Aber diese Angst hat auch nicht verhindert, dass das wirklich Furchtbare passiert.

Ich möchte diese Angst einfach nicht mehr haben.

»Ich will ja nur auf eines raus«, sage ich wie nebenbei, obwohl es mir wirklich ernst ist. »Es stört ihn nicht, dass du krank bist.«

Michael stört es nicht, dass Poe Mukoviszidose hat. Michael stört es, dass er nicht für Poe da sein darf.

Wenn man Muko hat, weiß man nicht, wie viel Zeit einem noch bleibt. Aber mal ehrlich, bei den Menschen, die man liebt, weiß man genauso wenig, wie viel Zeit ihnen noch bleibt. Mein Blick wandert zu dem Pop-up-Strauß.

»Und was höre ich da, dass du deine Familie besuchen willst? Du fährst auf jeden Fall, oder?«

»Ruf mich an, wenn du nicht mehr total breit bist«, sagt er, funkelt mich an und legt auf.

Rasch schreibe ich meinen Eltern je eine Nachricht, sage ihnen, sie sollen nach Hause gehen und sich ausruhen, weil es schon später Nachmittag ist und ich noch eine Weile schlafen muss. Sie sind jetzt schon stundenlang hier, und ich möchte nicht, dass sie darauf warten, dass ich aufwache, wenn sie sich eigentlich dringend erst mal um sich selbst kümmern müssten.

Beide weigern sich jedoch, und ein paar Minuten darauf klopfen sie an die Tür, beide zusammen, und schieben die Köpfe zu mir herein.

Ganz vage erinnere ich mich an das »Wir«, als ich zum ersten Mal aufgewacht bin, an die beiden, vereint, zum ersten Mal seit Abbys Tod.

»Wie fühlst du dich?«, fragt Mom, lächelt mich an und küsst meine Stirn.

Ich richte mich auf. »Hört mal, ihr zwei solltet wirklich gehen, ihr seid schon …«

»Wir sind deine Eltern, Stell. Auch wenn wir nicht mehr zusammen sind, sind wir immer noch für dich da«, sagt Dad und drückt mir die Hand. »Du kommst immer an erster Stelle. Und in den letzten Monaten – haben wir dir das ganz bestimmt nicht gezeigt.«

»Die letzten Monate waren für uns alle schwer«, sagt Mom und beide wechseln einen verständnisvollen Blick. »Aber es ist nicht deine Verantwortung, dass es uns besser geht, okay? Wir sind deine Eltern, Liebes. Dein Glück ist uns wichtiger als alles andere, Stella.«

Ich nicke. Das hätte ich nie im Leben erwartet.

»Übrigens«, sagt Dad und lässt sich auf den Stuhl neben meinem Bett plumpsen. »Die Suppe war ein Gedicht. Über die Cafeteria kann man sagen, was man will, aber Brokkoli-Cheddar haben sie drauf.«

Mom und ich sehen einander an, und dann wird aus Lächeln ein lautes Lachen, das ich unterdrücken muss, damit meine neue Sonde nicht wehtut. Die Traurigkeit ist immer noch da, doch die Last auf meinen Schultern löst sich ein klein wenig auf und ich atme durch, atme leichter als seit Langem. Vielleicht war diese Operation doch nicht das Furchtbarste.

***

Nachdem meine Eltern gegangen sind, nicke ich wieder ein, schlafe noch das restliche Benebeltsein weg, und als ich eine Stunde später aufwache, habe ich die Anästhesie-Dösigkeit ganz abgeschüttelt. Ich richte mich langsam auf, rekle mich, spüre den Operationsschmerz an der Brust und an der Seite. Die Schmerzmedikamente lassen auch nach.

Ich hebe mein Hemd und schaue es mir an. Die Haut ist nach dem Eingriff noch immer wund und gereizt, aber das Gebiet rund um die Sonde sieht schon jetzt tausendmal besser aus als vorher.

Mein Blick fällt auf den Pop-up-Strauß und ich muss grinsen vor Aufregung. Ganz vorsichtig stehe ich auf und atme durch. Die Luft tut sich schwer damit, in meine Lunge hinein- und wieder hinauszufinden, und so greife ich zu meinem tragbaren Sauerstoffgerät, schiebe mir die Nasenkanüle ein und drehe auf, um etwas nachzuhelfen.

Ich schreibe Mya und Camila zurück, dass ich wach bin und sie sich keine Sorgen machen sollen. Ich bin so gut wie neu. Oder zumindest wieder auf 35 Prozent.

Ich muss ihnen noch erzählen, was sich bei meinen Eltern getan hat, aber sie steigen gerade auf ein Boot und ich habe auch ein Ziel.

Ich ziehe mich um, ganz langsam und vorsichtig, ziehe eine Leggins und ein Batikshirt über, das Abby mir vom Grand Canyon mitgebracht hat. Im Spiegel sehe ich, dass die Ringe unter meinen Augen dunkel sind wie seit Monaten nicht. Rasch bürste ich mein Haar und mache mir einen ordentlichen Pferdeschwanz, der leider nicht so gut aussieht wie erhofft.

Also mache ich ihn wieder auf, nicke mir zufrieden zu, als das Haar mir sanft über die Schultern fällt. Aus dem Schminktäschchen ganz unten in meiner Schublade hole ich Mascara und Lipgloss. Beim Gedanken, dass Will mich nicht nur lebendig, sondern sogar geschminkt sehen wird, muss ich lächeln. Ich stelle mir vor, wie seine dunkelblauen Augen auf meine gloss-glänzenden Lippen schauen. Würde er mich küssen wollen?

Also nicht, dass wir das je könnten, nie, *niemals*, aber würde er es wollen?

Mein Kopf wird heiß, und ich schicke ihm schnell eine Nachricht, dass er mich in zehn Minuten im Wintergarten treffen soll.

Noch schnell den Riemen der Sauerstoffflasche über die Schulter, und schon bin ich auf dem Weg, und zwar auf dem kürzesten: mit dem Fahrstuhl rauf und dann über die Brücke rüber ins Haus 2, dann wieder die Stufen runter in den Wintergarten, der fast den gesamten hinteren Teil des Gebäudes einnimmt. Ich setze mich auf eine Bank, betrachte die ganzen Bäume und Pflanzen, während hinter mir sanft ein Steinbrunnen gluckert.

Mein Herz schlägt wie wild beim Gedanken, ihn in ein paar kurzen Minuten zu sehen.

Aufgeregt, ängstlich zücke ich mein Handy, schaue auf die Uhr. Schon zehn Minuten, seit ich Will geschrieben habe, und er ist immer noch nicht hier.

Ich schicke noch eine Nachricht hinterher. Bin da. Hast du meine Nachricht gekriegt? Wo bist du?

Wieder verstreichen zehn Minuten. Und dann noch mal.

Vielleicht ist er eingeschlafen? Oder vielleicht sind seine Freunde vorbeigekommen, und er hatte keine Zeit, auf sein Handy zu schauen?

Beim Geräusch der Tür hinter mir fahre ich herum, lächle aufgeregt, denn da ist endlich – Poe. Was hat Poe hier zu suchen?

Er sieht mich mit ernstem Gesicht an. »Will kommt nicht.«

»Was?«, bringe ich heraus. »Warum kommt er nicht?«

»Er will dich nicht sehen. Er kommt nicht.«

Er will mich nicht *sehen*? Was? Poe hält mir ein Päckchen Taschentücher entgegen und ich strecke mich danach, völlig verwirrt.

»Er sagt, ich soll dir ausrichten, diese kleine Sache zwischen euch beiden wäre beendet.«

Der Schock, der Schmerz werden zu Wut, einer tiefen, rasenden, die in mir frisst. Warum singt er mir Abbys Lied vor der Operation vor? Warum schleicht er sich in den OP-Vorbereitungsraum und riskiert, dass man ihn erwischt? Warum bastelt er mir einen Pop-up-Blumenstrauß, wenn diese »kleine Sache« zwischen uns aus und vorbei sein soll?

Eine Träne der Frustration rollt mir die Wange herunter und ich reiße die Taschentuchpackung auf. »Ich hasse ihn so«, sage ich und wische mir zornig die Augen.

»Nein, tust du nicht«, sagt Poe, lehnt sich gegen die Wand und betrachtet mich. Seine Stimme ist weich, aber sachlich.

Ich schnaube. »Er lacht sich wahrscheinlich schief über den Kontrollfreak aus 302, was? Und das wollte er mir nicht ins Gesicht sagen, damit er mir noch ins Gesicht grinsen kann? Passt gar nicht zu ihm.«

Ich schniefe und halte inne, denn obwohl ich eigentlich wütend bin, fühlt sich irgendwas falsch an. Das ergibt alles keinen Sinn. »Geht es ihm gut? Ist was passiert?«

Poe schüttelt den Kopf. »Nein, nichts ist passiert.« Er verstummt, seine Augen wandern hinter mich, zu dem plätschernden Brunnen. »Warte, das stimmt nicht ganz.«

Er sieht mich an. »Barb ist passiert.«

Er erzählt mir, was er im Flur mitbekommen hat, wie Barb Will auf uns angesprochen hat, darüber, wie es uns beide umbringen würde, wenn wir zusammen wären.

Ich lasse ihn nicht mal ausreden. Wie lange soll ich mein Leben noch von Was-wäre-Wenns beherrschen lassen?

Mein Leben dreht sich nur um die zwanghafte Einhaltung von Plänen und um Prozentzahlen, und allein die Tatsache, dass ich trotzdem gerade aus dem OP komme, zeigt doch, dass das Risiko niemals schrumpfen wird. Jeder Augenblick meines Lebens ist ein einziges Was-wäre-Wenn und das wäre auch mit Will nicht anders.

Aber eine Sache weiß ich bestimmt. Ohne ihn wird es anders.

Ich stürme an Poe vorbei, schiebe mich durch die schweren Türen, die Stufen hinauf und über die Brücke zum Fahrstuhl.

»Stella, warte!«, ruft er mir hinterher, aber ich muss Will sehen. Ich muss einfach von ihm selbst hören, dass er es so haben will.

Ich hacke im Stakkato auf den Aufzugknopf, doch der kommt einfach nicht. Stattdessen erscheint Poe, mit verwirrtem Gesichtsausdruck. Ich gehe zur Treppe, huste, umklammere meine Seite, vom Wundschmerz wird mir ganz flau im Kopf. Trotzdem drücke ich die Tür auf und nehme die Treppe.

Ich schaffe es bis zu unserer Station und quäle mich weiter bis zu Zimmer 315, um an die Tür zu hämmern. Ein rascher Blick zum Stationszimmer – zum Glück ist niemand da.

»Will«, keuche ich. »Ich gehe hier nicht weg, bevor du nicht mit mir gesprochen hast.«

Schweigen. Aber ich weiß, dass er da drin ist.

Poes Schritte hallen auf dem Flur, bleiben zwei Meter hinter mir stehen.

»Stella«, schnappt er nach Luft, röchelt genauso wie ich vom Weg hierher.

Ich überhöre ihn und klopfe wieder, diesmal noch lauter. »Will!«

»Geh weg, Stella«, dringt seine Stimme durch die Tür. Eine Pause, dann: »Bitte.«

Bitte. Irgendwas schwingt darin mit, wie er es sagt. Sehnsucht, eine tiefe, starke Sehnsucht.

Ich habe es so satt zu leben, ohne wirklich zu leben. Ich habe es so satt, Dinge zu wollen. Wir können so wenig haben. Aber das hier, das schon.

Ich weiß es.

»Will, mach einfach die Tür auf, damit wir reden können.«

Eine volle Minute verstreicht, doch dann geht die Tür einen Spaltbreit auf, gerade so weit, dass ich seinen Schatten auf dem Fliesenboden sehen kann. Als er nicht herauskommt, weiche ich zurück an die hintere Wand, wie immer.

»Ich bin nach hinten gegangen, okay? Ganz zur Wand. Ich bin weit genug weg.« Wieder treten mir die Tränen in die Augen und ich schlucke, kämpfe sie zurück.

»Ich kann nicht, Stella«, sagt er sanft, und ich sehe durch den Spalt, wie seine Finger den Türrahmen umkrampfen.

»Warum nicht? Will, komm schon …«

Er schneidet mir entschieden das Wort ab. »Du weißt, dass

ich will. Aber ich kann nicht.« Ihm bricht die Stimme und da weiß ich es.

In diesem Moment weiß ich, dass diese »kleine Sache« zwischen uns nicht beendet ist. Sie geht gerade erst los.

Ich mache einen Schritt auf die Tür zu, will sein Gesicht jetzt dringender sehen als den nächsten Atemzug nehmen. »Will …«

Die Tür schlägt mir vor der Nase zu, der Riegel schnappt in Position. Ich starre drauf, völlig leer vor Schock.

»Vielleicht ist es besser so«, sagt eine Stimme hinter mir.

Ich drehe mich um und sehe Poe, der immer noch da steht. Sein Blick ist betrübt, doch seine Stimme ist klar.

»Nein!« Ich schüttle den Kopf. »Nein. Ich find schon einen Weg. Ich … mir muss irgendwas einfallen, Poe. Ich …«

Meine Stimme versagt und ich betrachte meine Füße. Irgendeine Möglichkeit muss es doch geben.

»Wir sind nicht normal, Stell«, sagt Poe sanft. »Wir können solche Risiken nicht einfach eingehen.«

Mein Kopf zuckt hoch und ich funkle ihn an. Von jedem hätte ich Gegenwind erwartet, aber von ihm? »Ach komm schon. Fängst du jetzt auch noch an?«

»Jetzt gesteh dir doch einfach ein, was hier abläuft«, schießt er zurück und wirkt genauso frustriert wie ich. Wir liefern uns ein Blickgefecht, bis er abwinkt. »Will ist ein Rebell. Er ist jemand, der Risiken eingeht, genau wie Abby.«

Ich spüre, wie ich innen zu Eis werde. »Willst du mir etwa vorschreiben, wie ich mein Leben zu leben habe?«, brülle ich zurück. »Wie sieht's denn mit deinem so aus? Du und Tim. Du und Rick. Marcus. *Michael!*«

Sein Kiefer verkrampft sich. »Fang nicht damit an, Stella.«

»Oh, ich kann sogar noch weitermachen!«, rufe ich. »Sie haben alle gewusst, dass du krank bist, und sie haben dich trotzdem geliebt. Aber du warst derjenige, der immer abgehauen ist, Poe. Nicht sie. Du. Jedes Mal.« Ich senke die Stimme, sage herausfordernd: »Wovor hast du denn Angst, Poe?«

»Du hast keine Ahnung, wovon du da redest!«, brüllt er zurück, wutentbrannt, und ich weiß, dass ich ins Schwarze getroffen habe.

Ich rücke näher an ihn heran, um ihm genau in die Augen zu sehen. »Du hast jede Chance auf Liebe weggeworfen, die du je hattest. Also spar dir bitte die klugen Ratschläge!«

Ich drehe mich auf dem Absatz um und stampfe auf mein Zimmer zu, durch die zornflirrende Luft. Ich höre hinter mir seine Tür zuknallen, so laut, dass es durch den ganzen Flur dröhnt, und kaum bin ich in meinem Zimmer, schlage ich meine mit derselben Wucht zu.

Ich starre auf die geschlossene Tür, mein Brustkorb hebt und senkt sich, während ich um Atem ringe. Bis auf das Zischen des Sauerstoffs und mein rasendes Herz ist alles still. Meine Beine machen schlapp und ich rutsche auf den Boden, denn jetzt, nach der Operation, nach Will und nach Poe, kann mein Körper nicht mehr.

Es muss eine Möglichkeit geben. Es gibt eine Möglichkeit. Nur welche, das muss ich erst rausfinden.

***

Die nächsten Tage sind ein einziger Brei. Meine Eltern kommen einzeln zu Besuch, und am Mittwochnachmittag dann beide zusammen, und sie sind zwar nicht wie Freunde, aber immerhin höflich zueinander. Ich spreche mit Mya und Camila, aber immer nur auf die Schnelle zwischen ihren Cabo-Aktivitäten. Ich durchstreife das Krankenhaus, hake halbherzig meine Behandlungen in der App ab und halte mich brav an meinen Therapieplan, ohne irgendwas davon richtig mitzubekommen. Doch es gibt mir kein gutes Gefühl mehr.

Noch nie habe ich mich so einsam gefühlt.

Ich ignoriere Poe. Will ignoriert mich. Und ich zermartere mir das Hirn nach einer Lösung, doch ich komme auf nichts.

Donnerstagabend sitze ich auf meinem Bett und gebe gerade zum tausendsten Mal *Burkholderia cepacia* in die Suchmaschine ein, als an meiner Tür ein sachtes Geräusch zu hören ist. Ich setze mich auf. Was war das? Ich stehe auf und öffne vorsichtig die Tür, um ein Weckglas neben dem Türrahmen stehen zu sehen, mit einem schicken handgeschriebenen Etikett: SCHWARZE WINTERTRÜFFEL. Ich bücke mich danach und ziehe das rosa Post-it vom Deckel ab. »Du hast recht. Dieses eine Mal. ☺«

Poe. Erleichterung durchflutet mich.

Zum ersten Mal seit vier Tagen kommt mein Lächeln von Herzen. Ich schaue den Flur hinunter und sehe, wie seine Tür zufällt. Also greife ich zum Telefon und rufe ihn an.

Er hebt nach einem halben Klingeln ab.

»Darf ich dir eine Runde Donuts ausgeben?«, frage ich.

Wir treffen uns im Aufenthaltsraum und ich ziehe ihm eine Packung mit seinen Lieblings-Schoko-Minidonuts aus dem Automaten, die ich ihm in seinem Sessel zuwerfe.

Er fängt sie und lässt mich nicht aus den Augen, während ich mir selbst eine Ladung ziehe. »Danke.«

»Gerne«, sage ich und setze mich ihm gegenüber, mitten in seinen Giftblick.

»Miststück!«, ruft er herüber.

»Arsch.«

Wir grinsen einander an, unser Streit ist hiermit offiziell beendet.

Er reißt die Packung auf, zieht einen Donut raus und beißt ab. »Ich habe wirklich Angst«, sagt er, ohne mir auszuweichen. »Weißt du, was man dafür kriegt, wenn man mich liebt? Erst darf man die Rechnung für meine Therapien mitbezahlen und mir dann noch beim Sterben zugucken. Das kann man niemandem zumuten.«

Ich höre zu. Ich weiß, was er meint. Ich glaube, damit quälen sich die meisten Leute mit tödlichen Krankheiten herum. Mit dem Gefühl, eine Last zu sein. Ich weiß, dass ich es bei meinen Eltern schon zahlreiche Male so empfunden habe, besonders in den letzten Monaten.

»Die Selbstbeteiligung. Die Medikamente. Die Krankenhausaufenthalte. Die Operationen. Sobald ich achtzehn bin, fällt die Versicherung weg.«

Er holt tief Luft und es hört sich an wie ein Schluchzen. »Soll das etwa Michael am Hals haben? Oder meine Familie? Das ist meine Krankheit, Stella. Das ist *mein* Problem.«

Eine Träne rollt ihm die Wange herunter und er wischt sie hastig ab. Ich beuge mich vor, will ihn trösten, doch er ist wie immer zwei Meter entfernt.

»Hey«, sage ich mit einem breiten Grinsen. »Vielleicht kannst du Will so weit kriegen, dass er dich heiratet. Er hat Geld wie Heu.«

Poe schnaubt und lächelt zurück. »Wählerisch kann er ja nicht sein. Wenn er dich mag.«

Ich werfe einen Donut nach ihm – voll in die Brust.

Er lacht, doch dann wird sein Blick wieder ernst. »Tut mir leid. Das mit Will und dir.«

»Mir auch.«

Ich schlucke und fixiere das Schwarze Brett genau über seinem Kopf, das über und über mit Zetteln und Nachrichten bedeckt ist und mit … einer Hygieneerklärung. Sie besteht aus lauter winzigen, detailreichen Comiczeichnungen, die den Leuten zeigen, wie man sich anständig die Hände wäscht oder in der Öffentlichkeit richtig hustet.

Ich springe auf, denn da kommt mir eine Idee.

Meine To-do-Liste ist gerade um einen Punkt länger geworden.

Kapitel 16

WILL

Ich lasse die Beine vom Dach baumeln und spiele in einem fort ihre Nachricht auf meiner Mailbox ab, nur, um ihre Stimme zu hören. Ihr Zimmer ist dunkel, bis auf ihre Schreibtischlampe, und ich sehe sie wie wild auf ihren Computer einhacken, die langen Haare zu einem unordentlichen Knoten aufgesteckt.

Was macht sie da bloß noch so spät?

Denkt sie noch an mich?

Ich blicke auf, sehe, wie der Schnee sanft zu rieseln beginnt, auf meinen Wangen, meinen Augenlidern landet, auf meiner Stirn.

Im Laufe der Jahre war ich schon auf Dutzenden von Klinikdächern. Ich habe die Welt unter mir betrachtet und auf jedem einzelnen Dach das gleiche Gefühl gehabt. Die Sehnsucht, durch die Straßen zu schlendern oder im Meer zu schwimmen oder das Leben so zu leben, wie ich es nie konnte.

Etwas gewollt, was ich nicht haben konnte.

Aber jetzt ist das, was ich will, nicht da draußen. Es ist hier drinnen, zum Greifen nah. Aber ich kann nicht. Ich habe nicht gewusst, dass es möglich ist, etwas so sehr zu wollen, dass man es in den Armen und den Beinen und mit jedem Atemzug spürt.

Mein Handy meldet sich, und ich sehe, dass es ihre App ist, mit einer winzigen, tanzenden Pillenflasche.

Die Nachtmedikamente.

Ich kann noch nicht mal erklären, weshalb ich mich immer noch dran halte. Aber nach einem letzten ausgiebigen Blick auf sie stehe ich auf, gehe rüber zur Tür zum Treppenaufgang und nehme meinen Geldbeutel mit, bevor sie zuschlägt. Langsam steige ich die Stufen hinunter bis Ebene Drei, checke, dass die Bahn frei ist, bevor ich den Flur entlang zu meinem Zimmer schleiche.

Von meinem Wagen nehme ich mir meine Nachttabletten und den Schokopudding, genau wie sie es mir gezeigt hat. Ich starre auf die Zeichnung, die ich vorhin gemacht habe: Ich als Gevatter Tod und auf meiner Sense steht »LIEBE«.

WEITER ALLES OK?, schreibt mir Hope.

Seufzend ziehe ich den Kapuzenpulli aus und schreibe ihr zurück, wenn auch mit leichten kosmetischen Eingriffen.

JUPP, ALLES BESTENS.

Ich stelle meine Ernährungssonde ein und steige ins Bett. Dort greife ich mir den Laptop vom Nachttisch und gehe auf YouTube, klicke ehrfürchtig auf das mir vorgeschlagene Video von Stella, das ich schon kenne, weil ich eben schon so tief gesunken bin.

Hope und Jason würden mich nicht wiedererkennen.

Ich stelle den Ton aus und sehe zu, wie sie sich das Haar hinter die Ohren streicht, wenn sie sich konzentriert, und wie sie ihren Kopf in den Nacken wirft, wenn sie lacht, und wie sie die Arme vor der Brust verschränkt, wenn sie nervös oder aufgebracht ist. Ich sehe zu, wie sie Abby anschaut und ihre Eltern, und sogar wie sie mit ihren Freunden herumwitzelt – aber am meisten schaue ich mir an, wie die Leute sie lieben. Das erkenne ich nicht nur bei ihrer Familie. Ich erkenne es in Barbs Augen und Poes Augen, und Julies Augen. Ich erkenne es bei jedem Arzt und bei jedem Pfleger und überhaupt jedem, wirklich jedem, dem sie begegnet.

Verdammt, noch nicht mal die Kommentare sind die Horrorshow, die sonst die meisten YouTube-Videos abbekommen.

Bald halte ich es nicht mehr aus. Ich schließe den Laptop und lösche das Licht, und dann liege ich einfach in der Dunkelheit da, spüre mein Herz pochen, spüre jeden Schlag in meiner Brust, laut und entschlossen.

***

Am Tag darauf starre ich aus dem Fenster, sehe der Wintersonne zu, wie sie langsam auf den Horizont niedersinkt, während die Vibrationsweste beharrlich gegen meine Brust trommelt. Auf meinem Handy erscheint eine Nachricht, überraschenderweise von meiner Mutter, die sich zum ersten Mal seit ihrem Besuch vor fast zwei Wochen direkt bei mir meldet statt bei meinen Ärzten: Habe gehört, du machst deine Therapien. Schön, dass du zur Vernunft gekommen bist.

Genervt schmeiße ich das Handy aufs Bett, huste einen Schleimbatzen in die Nierenschale in meiner Hand. Da sehe ich aus dem Augenwinkel einen Umschlag unter der Tür durchrutschen. Ich erkenne meinen Namen drauf.

Ich weiß, dass ich nicht so aufgeregt sein sollte, aber trotzdem hake ich die Vibrationsweste ab und springe auf die Füße, um ihn aufzuheben. Dann reiße ich den Umschlag auf und ziehe ein sorgsam gefaltetes Blatt heraus. Ich falte es auf und sehe einen Cartoon, ganz in Buntstift gezeichnet.

Ein hochgewachsener Junge mit Locken steht einem kürzeren Mädchen gegenüber und in schwarzem Buntstift steht da: Will und Stella. Beim Anblick der winzigen rosa Herzchen um ihre Köpfe muss ich lächeln, dann leise lachen über den riesigen Pfeil zwischen ihnen, auf dem steht: IMMER EINEINHALB METER, in fetten feuerroten Buchstaben.

Das Künstlergen hat offensichtlich nur ihre Schwester geerbt, aber süß ist es trotzdem. Was genau will sie mir damit sagen? Und eineinhalb Meter? Das sollten zwei sein, und das weiß sie genau.

Hinter mir meldet sich mein Laptop und ich rase hinüber und sehe eine neue Nachricht. Von Stella.

Sie enthält nur einen Link zu einem YouTube-Video.

Als ich draufklicke, erscheint dort Stellas neuestes Video, vor genau drei Minuten gepostet.

»B. cepacia – eine Hypothese.«

Bei dem Titel lächle ich etwas verspannt, doch dann sehe ich Stella, mit demselben wilden Haarknoten, mit dem ich sie gestern vom Dach aus beobachtet habe, und einigen Gegenständen, die sie vor sich auf dem Bett ausgebreitet hat.

»Hallo zusammen! Also, heute will ich mit euch mal über was anderes reden. Burkholderia cepacia. Die Risiken, die Einschränkungen, die Verhaltensregeln und wie man es fehlerlos zehnmal hintereinander sagt! Denn bitte, wie kompliziert kann ein Name sein?«

Verwirrt schaue ich weiter. »Also, B. cepacia ist ein hartnäckiges Bakterium. Es ist so anpassungsfähig, dass es sich tatsächlich von Penicillin ernährt, statt sich davon angreifen zu lassen. Also ist unsere erste Verteidigung …« Sie hält inne, um nach einer kleinen Flasche mit einer Flüssigkeit drin zu greifen und sie in die Kamera zu halten. »Cal Stat! Ganz was anderes als unser Wald-und-Wiesen-Purell. Das hier ist ein Desinfektionsmittel auf Krankenhauslevel. Immer wieder auftragen, und zwar großzügig.«

Sie streift sich ein paar blaue Latexhandschuhe über und wackelt mit den Fingern, bis sie richtig sitzen. »Als Nächstes kommen die guten alten Latexhandschuhe. Vertraut und bewährt, und bieten Schutz bei allen …«, sie senkt den Blick und betrachtet die Gegenstände auf ihrem Bett, »… allen möglichen Aktivitäten.«

Allen möglichen Aktivitäten? Ich schüttle den Kopf und merke, dass ich lächle. Was hat sie vor?

Dann sehe ich, wie sie ein paar Mundschutzmasken hervorzieht und sich eine um den Hals hängt. »B. cepacia fühlt sich in Spucke und Schleim am wohlsten. Ein Huster sprüht bis zu zwei Meter weit. Ein Nieser kann eine Geschwindigkeit von über 300 km/h erreichen, also bitte nie in Anwesenheit von anderen!«

Dreihundert Kilometer die Stunde. Wow. Zum Glück leide ich nicht an Allergien, sonst wären wir alle erledigt.

»Keine Spucke bedeutet auch keine Küsse.« Sie holt tief Luft und sieht mich durch die Kamera direkt an. »Nie.«

Ich atme aus, nicke ernst. Das ist so was von gemein. Allein der Gedanke, Stella zu küssen … Ich schüttle den Kopf!

Mein Puls geht gleich dreimal so schnell, wenn ich nur daran denke.

»Unsere beste Verteidigung ist das Abstandhalten. Immer zwei Meter weit weg, das ist die goldene Regel«, sagt sie und beugt sich nach unten, um neben ihrem Bett ein Billardqueue aufzuheben. »Das hier sind eineinhalb Meter. Eineinhalb – Meter.«

Ich werfe einen raschen Blick auf die Zeichnung von uns beiden, mit den roten Ballonbuchstaben, die mir entgegenschreien: »IMMER EINEINHALB METER.«

Wo zum Henker hat sie das Billardqueue her?

Sie streckt ihn vor, betrachtet ihn mit erstaunlicher Intensität. »Über den zusätzlichen halben Meter habe ich lange nachgedacht. Und ganz ehrlich, das hat mich so wütend gemacht.«

Sie blickt in die Kamera. »Als Mukos wird uns so viel genommen. Wir leben jeden Tag so, wie es der Therapieplan und die Tabletten uns vorschreiben.«

Ich gehe im Zimmer hin und her, höre ihr zu.

»Die meisten von uns können keine Kinder bekommen, viele leben noch nicht mal lange genug, um es überhaupt zu versuchen. Nur andere Mukos wissen, wie sich das anfühlt, aber in die dürfen wir uns dann nicht verlieben.« Sie steht entschlossen auf. »Also, nach allem, was Muko mir bereits genommen hat – uns genommen hat –, stehle ich mir jetzt etwas zurück.«

Wehrhaft reckt sie das Queue in die Luft, kämpft für jeden Einzelnen von uns. »Ich stehle mir fünfhundert verdammte Millimeter, fünfzig Zentimeter, einen verdammten halben Meter Strecke, Abstand, Länge.«

Von Bewunderung erfüllt starre ich auf das Video.

»Von der Mukoviszidose lasse ich mir nichts mehr stehlen. Von jetzt an bin ich die Diebin!«

Ich schwöre, dass ich irgendwo ein Jubeln höre, Beifall und Zustimmung für sie. Sie hält inne, schaut direkt in die Kamera. Direkt zu mir. Da stehe ich, völlig geplättet, und erschrecke, als es dreimal an meiner Tür klopft.

Ich reiße die Tür auf und da steht sie. Live.

Stella.

Sie streckt das Queue aus, die Spitze berührt meine Brust, ihre vollen Augenbrauen heben sich herausfordernd. »Eineinhalb Meter Abstand. Abgemacht?«

Ich atme aus, schüttle den Kopf, denn nach ihrer Rede im Video will ich umso dringender den Abstand zwischen uns überwinden und sie küssen. »Das wird schwer für mich, ganz ehrlich.«

Sie sieht mich eindringlich an. »Sag es mir einfach, Will. Bist du dabei?«

Ich zögere noch nicht mal. »So was von dabei.«

»Dann sehen wir uns im Wintergarten. Um neun.«

Und damit senkt sie den Billardstock, dreht sich um und geht zurück in ihr Zimmer. Ich sehe sie gehen, spüre, wie die Aufregung die Zweifel tief in meiner Magengrube niederringt.

Ich lache bei dem Anblick, wie sie das Queue triumphierend in die Höhe reckt, wie in *The Breakfast Club*, und mir noch einmal zulächelt, bevor sie in Zimmer 302 verschwindet.

Ich atme tief durch und nicke.

Von der Mukoviszidose lasse ich mir nichts mehr stehlen.

Kapitel 17

STELLA

»Warum habe ich nichts Schönes eingepackt?«, jammere ich Poe entgegen, der unterstützungshalber in der Tür lehnt. Ich zerre meine Pyjamas und Jogginghosen und ausgeleierten T-Shirts aus den Schubladen, auf der verzweifelten Suche nach irgendwelchen abendtauglichen Klamotten.

Er schnaubt. »Klar. Nicht wie sonst, wo du stets für den Fall einer heißen Krankenhausaffäre gerüstet bist.«

Ich ziehe eine winzige seidige Boxershorts heraus und beäuge sie. Nein, oder? Also, entweder die oder die sackartige Flanelljogginghose, die mir Abby weitervererbt hat.

»Meine Beine sind okay, oder?«

»Denk noch nicht mal dran, du Schlampe!«, sagt er und sieht mich vielsagend an, bevor wir beide losprusten.

Ich muss an meine Freunde an ihrem Abschiedsabend in Mexiko denken, und zum ersten Mal wünsche ich mir nicht, ich wäre dabei. Ich wünsche mir vielmehr, sie wären hier und würden mir bei der Vorbereitung helfen. Ich bin sogar froh, jetzt nicht ewig weit weg von hier zu sein.

Ich sehe auf die Uhr auf meinem Nachttisch. Fünf Uhr nachmittags. Noch vier Stunden, um mir was auszudenken …

***

Ich betrete den Wintergarten, entdecke eine Vase mit weißen Rosen. Eine davon klaue ich mir, breche den Stängel ab und stecke sie mir hinters Ohr. Aus dem Türglas lächelt mir mein Spiegelbild nervös entgegen und ich mustere mich rasch. Mein Haar ist offen, nur die Seiten mit dem Band von Wills Pop-up-Strauß zusammengebunden, und ich trage das Fähnchen von einer Seidenhose und ein Tanktop, Poes Gespött zum Trotz.

Ich sehe ziemlich gut aus, wenn man bedenkt, dass ich das aus der übelsten Abendgarderobenauswahl der Menschheitsgeschichte zusammengestoppelt habe.

Zum Glück mag mich Will mit Gewissheit so, wie ich bin. Schließlich hat er mich bisher ausschließlich in Schlafklamotten oder Operationshemden gesehen, also geht es ihm definitiv nicht um mein gutes Aussehen oder meine geschmackssichere Garderobe aus der aktuellen Krankenhaus-Modekollektion.

Ich ziehe mir die blauen Latexhandschuhe über und überprüfe, ob das Cal Stat auch noch am Riemen meines tragbaren Sauerstoffs hängt.

Dann setze ich mich auf eine Bank und spähe durch die Tür, die zum Spielzimmer führt, spüre, wie Nostalgie mich überrollt. Dort habe ich mich früher immer hingeschlichen, um mit den Nicht-Mukos zu spielen. Tja, und mit Poe. Der Wintergarten hat sich im Laufe der Jahre nicht groß verändert. Dieselben hohen Bäume, dieselben bunten Blumen, dasselbe Aquarium mit tropischen Fischen neben der Tür, wo Poe und ich einst Ärger mit Barb bekamen, weil wir die Fische mit Donutbröseln gefüttert hatten.

Der Wintergarten mag sich nicht groß geändert haben, seit ich das erste Mal ins Saint-Grace-Krankenhaus gekommen bin, aber ich ganz bestimmt. Ich habe hier so viele Meilensteine absolviert, dass ich sie kaum mehr zählen kann.

Meine erste Operation. Mein erster bester Freund. Mein erster Schokomilchshake.

Und jetzt mein erstes richtiges Date.

Ich höre, wie die Tür sich langsam öffnet, recke den Kopf um die Ecke und sehe Will.

»Hier«, flüstere ich und stehe auf, um ihm den Billardqueue entgegenzuhalten.

Ein riesiges Lächeln breitet sich auf seinem Gesicht aus und er schließt das andere Ende des Stabs in seine behandschuhten Finger. Aus seiner vorderen Hosentasche ragt ein kleines Fläschchen Cal Stat.

»Wow«, sagt er und betrachtet mich mit leuchtenden Augen und mein Herz schlägt Purzelbäume. Er trägt ein blau kariertes Flanellhemd, das eng an seinem schmalen Körper liegt und seine Augen noch blauer wirken lässt. Sein Haar ist ordentlicher. Gekämmt, aber immer noch chaotisch, unglaublich heiß.

»Schöne Rose«, sagt er, doch seine Augen hängen immer noch an meinen entblößten Beinen, dem Ausschnitt meines Tops.

Errötend deute ich auf die Rose hinter meinem Ohr. »Ach, diese Rose? Die da? Hier ganz oben?«

Er reißt sich los und sieht mich auf eine Weise an, auf die mich noch nie ein Junge angesehen hat. »Ja, genau die«, nickt er.

Ich ziehe am Queue, und wir gehen durch den Wintergarten auf den Haupteingang zu. Er bemerkt die Rosenvase auf dem Tisch und beim Lächeln kräuseln sich seine Augenwinkel. »Klaust du etwa Rosen, Stella? Erst einen halben Meter und jetzt das?«

Ich lache und berühre die Rose hinter meinem Ohr. »Ertappt. Ja, die ist gestohlen.«

Er zieht an seinem Billardstockende und schüttelt den Kopf. »Ach was, du hast ihr ein besseres Zuhause geschenkt.«

Kapitel 18

WILL

Ich kann mich nicht an ihr sattsehen.

Das rote Band in ihren Haaren. Die Rose hinter ihrem Ohr. Die Art, wie sie mich ansieht.

Das kann doch alles nicht die Wirklichkeit sein. So habe ich noch nie für irgendwen empfunden, vor allem, weil meine vorherigen Beziehungen sich immer darum gedreht haben, schnell zu leben, jung zu sterben und mit dem Fuß schon wieder in der nächsten Klinik zu sein. Nirgendwo, bei niemandem bin ich je lange genug geblieben, um mich wirklich zu verlieben.

Aber wie auch. Keine von ihnen war Stella.

Wir bleiben vor einem großen Aquarium stehen, und es ist eine gewaltige Anstrengung, den Blick von ihr loszureißen und mich auf die tropischen bunten Fische hinter der Scheibe zu konzentrieren. Ich beobachte einen orange-weißen Fisch, der immer wieder um eine Koralle am Boden des Beckens herumschwimmt.

»Als ich noch ganz klein war, habe ich immer diese Fische angestarrt und mich gefragt, wie es wäre, lange genug den Atem anhalten zu können und so zu schwimmen wie sie«, sagt sie, als sie meinen Blick bemerkt.

Ach so? Ich habe gewusst, dass sie schon seit Längerem ins Saint Grace kommt, aber dass sie schon als kleines Kind hier war, war mir nicht klar.

»Wie klein?«

Sie sieht zu, wie der Fisch nach oben schwimmt und dann wieder nach unten taucht. »Dr. Hamid und Barb kümmern sich schon um mich, seit ich sechs war.«

Sechs. Wow. Ich kann mir noch nicht mal vorstellen, so lange an einem Ort zu sein.

Wir gehen durch die Türen in die Haupteingangshalle und bleiben vor der riesigen Treppe stehen. Sie dreht sich zu mir um, zieht am Queue und sagt: »Komm, nehmen wir die Treppe.«

Die Treppe? Ist sie völlig durchgeknallt? Meine Lunge brennt allein beim Gedanken an meine Erschöpfung nach meinen Dachausflügen. Nicht unbedingt sexy. Wenn diese Verabredung länger als eine Stunde gehen soll, dann scheiden diese Stufen völlig aus.

Sie beginnt zu grinsen. »Scherz.«

Wir streifen durch das fast verwaiste Krankenhaus, die Stunden ziehen vorbei, während wir dahinschlendern, über unsere Familien und unsere Freunde sprechen und über alles andere, den Billardstock zwischen uns schwingend. Wir gehen hinauf zur Brücke zwischen Haus 1 und 2 und überqueren sie gemächlich, recken die Hälse, um durch die Glasdecke in den stürmischen grauen Nachthimmel zu blicken, aus dem der Schnee unentwegt auf das Glas um uns niederfällt.

»Was ist mit deinem Dad?«, fragt sie schließlich und ich zucke nur die Schultern.

»Der hat alle Brücken hinter sich abgebrochen und ist abgehauen, als ich klein war. Ein krankes Kind war nicht sein Ding.«

Sie mustert mich, versucht zu lesen, wie ich dazu stehe. »Das ist schon so ewig her. Manchmal fühlt es sich an, als würde ich die Geschichte von jemand anderem erzählen. Ein fremdes Leben, das ich mir eingeprägt habe.«

Wenn du keine Zeit für mich hast, dann habe ich keine Zeit für dich. So einfach.

Sie versteht und lässt es auf sich beruhen. »Und deine Mom?«

Ich versuche, ihr die Tür aufzuhalten, was sich als äußerst schwierig erweist, wenn man gleichzeitig ein Billardqueue trägt und immer eineinhalb Meter Abstand halten muss, aber ich bin eben ein Gentleman, also muss es gehen.

Ich seufze und gebe ihr die verkürzte Standardantwort. »Wunderschön. Klug. Ehrgeizig. Und völlig auf mich konzentriert.«

Sie sieht mich auf eine Weise an, die keinen Zweifel daran lässt, dass sie sich damit nicht zufriedengibt.

»Nachdem er weg war, scheint sie sich irgendwie entschlossen zu haben, sich gleich doppelt für mich einzusetzen. Manchmal kommt es mir vor, als würde sie mich gar nicht sehen. Mich nicht kennen. Sie sieht nur die Muko und jetzt B. cepacia.«

»Hast du da mal mit ihr darüber gesprochen?«, fragt sie.

Ich schüttle den Kopf, will das Thema wechseln. »Sie ist ja gar nicht genug da, um sich irgendwas anzuhören. Immer diktiert sie nur was und verschwindet dann gleich wieder. Aber in zwei Tagen, wenn ich achtzehn bin, kann ich für mich selbst entscheiden.«

Sie bleibt abrupt stehen und ich werde an meinem Stabende zurückgerissen.

»Moment. Du hast in zwei Tagen Geburtstag?«

Ich lächle sie an, doch sie erwidert es nicht. »Jupp! Endlich achtzehn!«

»Will!« Sie stampft aufgebracht mit dem Fuß auf. »Ich habe kein Geschenk für dich.«

Könnte sie ernsthaft noch süßer sein?

Ich stupse sie mit dem Stab ans Bein, aber diesmal meine ich es ernst. Es gibt was, was ich wirklich will. »Wie wäre es dann, wenn du mir was versprichst? Dass du beim nächsten auch dabei bist?«

Sie wirkt erstaunt, doch dann nickt sie. »Versprochen.«

Sie lotst mich zum Fitnessbereich, und der Bewegungsmelder lässt über uns die Lichter anspringen, während sie mich am anderen Ende des Queues an den Geräten vorbei zu einer Tür ganz hinten zieht, die ich bisher links liegen gelassen habe.

Sie sieht sich in beide Richtungen um und klappt dann den Deckel eines Keypads hoch, in das sie eine Nummer eingibt.

»Du hast den Laden unter Kontrolle, was?«, frage ich, als die Tür aufklickt und durch das Keypad grünes Licht sickert.

Mit einem Grinsen klappt sie den Deckel wieder zu. »Einer der Vorteile, wenn man Lehrers Liebling ist.«

Ich lache. Punkt für sie.

Die Wärme der Poolanlage schlägt mir schon in der Tür entgegen und ich höre mein Lachen widerhallen. Der Raum ist düster, bis auf die Lichter im Pool, die hell unter der Wasseroberfläche leuchten. Wir ziehen die Schuhe aus und setzen uns an den Rand. Erst ist das Wasser kühl, trotz der Hitze im Raum, doch als wir unsere Füße bewegen, wird es langsam wärmer.

Eine behagliche Stille senkt sich über uns und ich blicke zu ihr hinüber, aus einer Billardqueuelänge Distanz.

»Also, was glaubst du, was passiert, wenn wir sterben?«

Sie verzieht das Gesicht und schüttelt den Kopf. »Sexy Gesprächsthema für ein erstes Date.«

Ich lache. »Komm schon, Stella. Wir sind todkrank. Du musst schon mal drüber nachgedacht haben.«

»Tja, auf meiner To-do-Liste steht's zumindest drauf.«

Das war ja klar.

Sie sieht aufs Wasser hinab, zieht mit den Füßen Kreise. »Es gibt eine Theorie, die mir gefällt, und die besagt, wenn wir den Tod begreifen wollen, müssen wir uns die Geburt anschauen.«

Beim Reden fingert sie an ihrem roten Haarband herum.

»Also, während wir im Bauch sind, ist genau das unser Dasein, okay? Wir haben keine Ahnung, dass unser nächstes Dasein quasi nur ein paar Zentimeter weit entfernt liegt.«

Sie sieht mich an. »Vielleicht ist es mit dem Tod genauso. Vielleicht ist er einfach die nächste Daseinsform. Nur ein paar Zentimeter weit entfernt.«

Das nächste Leben nur ein paar Zentimeter weit entfernt. Ich runzle die Stirn und denke darüber nach.

»Aber wenn der Anfang wie der Tod ist und der Tod gleichzeitig das Ende, wo fängt es dann richtig an?«

Sie hebt die Augenbrauen. Mein kleines Rätsel scheint ihr nicht zu gefallen. »Na schön, Dr. Seuss. Warum sagst du mir nicht, was du dazu denkst.«

Ich lasse mich nach hinten sinken. »Der große Schlaf. Mach's gut. Einmal blinzeln, Augen zu und Sense.«

Sie schüttelt den Kopf. »Nie und nimmer. Ich glaub nie im Leben, dass Abby einmal geblinzelt hat und Sense. Ich weigere mich, das zu glauben.«

Ich bleibe stumm, beobachte sie, spüre die brennende Frage auf der Zunge, die ich ihr stellen möchte, seit ich das mit Abby herausgefunden habe. »Was ist mit ihr passiert?«, frage ich. »Mit Abby?«

Ihre Beine hören auf im Pool zu kreisen, das Wasser wirbelt ihr weiter um die Unterschenkel, doch sie gibt mir die Antwort. »Sie war Klippenspringen in Arizona und ist falsch aufs Wasser aufgeschlagen. Hat sich das Genick gebrochen und ist ertrunken. Sie sagen, sie hätte nichts gespürt.« Unsere Augen treffen sich, sie wirkt aufgewühlt. »Aber wie wollen die das wissen, Will? Woher sollen sie wissen, ob sie gelitten hat? Sie war immer für mich da, wenn ich gelitten habe, und als es bei ihr so war, war ich es nicht.«

Ich muss gegen sämtliche meiner Instinkte ankämpfen, die mich drängen, die Hand auszustrecken und ihre Hand zu nehmen. Keine Ahnung, was ich sagen soll. Man weiß es ja tatsächlich einfach nicht. Sie sieht aufs Wasser, wie weggetreten, mit den Gedanken auf einer Klippe in Arizona.

»Ich hätte bei ihr sein sollen. Aber ich bin krank geworden, wie immer.« Sie atmet langsam aus, zuckt mit keiner Wimper, starrt auf einen Punkt am Beckenboden. »Ich stelle es mir immer wieder vor, ständig, weil ich wissen will, wie sie sich gefühlt hat, was sie gedacht hat. Und weil ich es nie erfahren werde, hört sie für mich nie auf zu sterben. Ich habe es wieder und immer wieder vor Augen.«

Ich berühre ihr Bein mit dem Billardqueue. Jetzt blinzelt sie und sieht zu mir herüber, ihr Blick wird klarer. »Stella, selbst wenn du dabei gewesen wärst, wüsstest du es nicht.«

»Aber sie ist alleine gestorben, Will«, sagt sie, was ich nicht abstreiten kann.

»Aber letztlich sterben wir doch alle alleine. Die Leute, die uns lieben, können nicht mit uns gehen.« Ich denke an Hope und Jason. Dann an meine Mutter. Ich frage mich, was schlimmer für sie wäre: mich zu verlieren oder von meiner Krankheit geschlagen zu werden.

Stella rührt wieder mit den Beinen im Wasser. »Glaubst du, es tut weh zu ertrinken? Glaubst du, man hat dabei Angst?«

»Genau so werden wir doch sterben, oder? Wir ertrinken. Nur ohne das Wasser. Unsere eigenen Körperflüssigkeiten machen die Drecksarbeit.«

Aus dem Augenwinkel sehe ich, wie sie erschauert, und wende mich ihr zu. »Ich dachte, du hättest keine Angst vor dem Tod.«

Sie seufzt geräuschvoll und sieht mich aufgebracht an. »Ich habe keine Angst davor, tot zu sein. Aber vor dem Teil mit dem Sterben schon. Wie es sich anfühlt, weißt du?« Und als ich stumm bleibe, redet sie weiter. »Hast du denn gar keine Angst davor?«

Ich verkneife mir meinen automatischen Sarkasmus. Ich will aufrichtig zu ihr sein. »Ich denke an diesen allerletzten Atemzug. Wie ich nach Luft ringe. Wie ich sauge und sauge und nichts kommt. Ich denke daran, wie meine Brustmuskeln reißen und brennen und absolut nichts bringen. Keine Luft. Einfach nichts. Nur Schwarz.« Ich sehe auf das Wasser, wie es sich um meine Beine kräuselt, und das vertraute, detaillierte Bild in meinem Kopf sinkt mir bis tief in die Magengrube. Ich schüttle mich und lächle ihr zu. »Aber, tja. So geht's mir immer nur montags. Ansonsten mache ich mir keine Gedanken darum.«

Sie streckt den Arm aus, und ich weiß, dass sie meine Hand nehmen möchte. Das weiß ich, weil es mir genauso geht. Mein Herz droht mir ganz kurz stehen bleiben zu wollen, und ich sehe, wie auch sie auf halber Strecke erstarrt, die Finger in die Handfläche klappt und den Arm senkt.

Ihre Augen finden meine und sie sind voller Verständnis. Sie kennt diese Angst so gut wie ich. Aber dann lächelt sie mir ganz leicht zu, und ich verstehe, dass wir trotz allem jetzt hier sind.

Dank ihr.

Ich mühe mich mit einem tiefen Atemzug, sehe, wie das Licht aus dem Becken um ihr Schlüsselbein spielt, um ihren Hals, um ihre Schultern.

»Gott, du bist so schön. Und mutig«, sage ich. »Es ist ein Verbrechen, dass ich dich nicht berühren darf.«

Ich hebe das Queue und wünsche mir mehr als alles andere, es wären meine Fingerspitzen auf ihrer Haut. Sanft fahre ich damit über ihren Arm, über die scharfe Form ihrer Schulter, langsam hinauf bis zu ihrem Hals. Sie zittert unter meiner »Berührung«, ihr Blick hängt an meinem und mit dem kletternden Queue steigt in ihre Wangen ein zartes Rosa.

»Dein Haar«, sage ich und berühre es dort, wo es ihr über die Schultern fällt.

»Dein Hals«, sage ich und die Poolbeleuchtung schimmert auf ihrer Haut.

»Deine Lippen«, sage ich und spüre den gefährlichen Sog zwischen uns, der mich lockt, sie zu küssen.

Sie schaut weg, plötzlich verlegen. »Als wir uns zum ersten Mal gesehen haben, da habe ich gelogen. Ich habe noch nie Sex gehabt.« Sie atmet scharf ein, berührt sich an der Seite. »Ich will nicht, dass mich jemand sieht. Die Narben. Die Sonde. Das ist so unsex…«

»Alles an dir ist sexy«, unterbreche ich sie. Sie sieht mich an, und ich will, dass sie es in meinem Gesicht liest. Ich meine, man muss sie sich ja nur ansehen. »Du bist perfekt«, sage ich.

Ich beobachte, wie sie das Queue wegschiebt und sich zitternd erhebt. Dann greift sie ihr Tanktop, sieht mir fest in die Augen und zieht es sich langsam über den Kopf. Darunter trägt sie einen schwarzen Spitzen-BH. Sie lässt das Top auf den Boden neben den Pool fallen und meine Kinnlade sinkt gleich mit nach unten.

Dann zieht sie sich die Shorts runter, steigt vorsichtig raus und richtet sich auf. Lädt mich ein, sie anzusehen.

Ich bin völlig überwältigt. Ich versuche, alles in mich aufzusaugen, blicke hungrig an ihrem Körper auf und ab, starre auf ihre Beine, ihre Brust, ihre Hüften. Das Licht tanzt auf den gewölbten Kampfnarben auf ihrer Brust, ihrem Bauch.

»Gütiger Gott«, bringe ich heraus. Nie hätte ich gedacht, dass ich je auf ein Billardqueue eifersüchtig sein könnte, aber ich will ihre Haut auf meiner spüren.

Sie lächelt mich scheu an, bevor sie in den Pool steigt, völlig unter die Oberfläche sinkt. Sie starrt zu mir hinauf, ihr langes Haar fächert sich um sie wie bei einer Meerjungfrau. Ich klammere mich fester ans Queue und warte, bis sie keuchend auftaucht.

Sie grinst. »Wie lang war das? Fünf Sekunden? Zehn?«

Ich klappe den Mund zu und räuspere mich. Und wenn es ein Jahr gewesen wäre, würde es mich auch nicht wundern. »Ich habe nicht mitgezählt, nur gestarrt.«

»Also, ich habe dir meins gezeigt«, sagt sie herausfordernd.

Und ich nehme jede Herausforderung an.

Ich stehe auf und knöpfe mir das Hemd auf. Jetzt ist sie diejenige, die starrt. Und sie sagt kein Wort, doch ihr Mund ist leicht geöffnet und ihr Blick weder ernst noch mitleidig.

Ich gehe zur Leiter, steige aus meiner Hose und stehe einen Moment lang nur in meinen Boxershorts da, spüre, wie das Wasser und Stella mich rufen. Langsam steige ich ins Becken, ohne je den Blick von ihr zu nehmen, und wir beide ringen nach Luft.

Und ausnahmsweise liegt das nicht an unserer Krankheit.

Ich sinke unter Wasser und sie tut es mir nach, kleine Bläschen steigen nach oben, und unten schauen wir uns an in dieser verschwommenen Welt, umschwebt von unseren Haaren, und an unseren mageren Körpern brechen sich die Lichter zu Schatten.

Wir lächeln uns zu, und obwohl Tausende von Gründen dagegen sprechen, kann ich bei ihrem Anblick nur noch eines fühlen: Ich verliebe mich, ich kann nicht anders.

Kapitel 19

STELLA

Wir verlassen das Becken, und während unsere Haare langsam trocknen, geht die Nacht in den Morgen über. Wir streifen vorbei an Dingen, die ich in meinen Jahren im Saint Grace schon unendlich oft gesehen habe. Dösende Wachmänner, Chirurgen, die wütend am kaputten Snackautomaten in der Eingangshalle rütteln, die vertrauten weißen Fliesenböden und dieselben spärlich beleuchteten Flure, aber mit Will an meiner Seite sieht alles anders aus. Es ist, als sähe ich alles zum ersten Mal. Nie hätte ich gedacht, dass durch einen Menschen allein alles Alte neu werden kann.

Wir lassen die Cafeteria hinter uns und stehen vor der riesigen Scheibe daneben, abseits derer, die vorbeiziehen, sehen, wie der Himmel langsam heller wird. Jenseits der Scheibe ist alles still. Meine Augen finden die Lichter des Parks dort draußen.

Ich hole tief Luft und zeige hin. »Siehst du die Lichter da?«

Will nickt, blickt zu mir, das feuchte Haar zurückgestrichen. »Ja. Die schaue ich mir immer vom Dach aus an.«

Ich spüre seine Augen auf mir, als ich mich wieder zur Scheibe drehe. »Jedes Jahr sind Abby und ich dorthin. Sie hat sie die Sterne genannt, weil es so viele sind.« Ich muss lächeln. »In meiner Familie war ich immer ›das Sternchen‹«.

Ich höre Abbys Stimme, wie sie meinen Spitznamen sagt. Es tut weh, aber nicht mehr so stechend. »Sie hat dort immer einen Wunsch deponiert, aber mir nie verraten, welcher es war. Sie hat immer gelacht und gemeint, wenn sie es laut sagt, dann wird er nicht wahr.« Die winzigen Stecknadellichter funkeln in der Ferne, rufen mich herbei, als sei Abby jetzt dort draußen. »Aber ich habe es eh gewusst. Sie hat sich eine neue Lunge für mich gewünscht.«

Ich atme ein und aus, spüre den vertrauten Widerstand, mit dem sich meine Lungenflügel dehnen und senken, und frage mich, wie es wohl wäre mit einer neuen Lunge. Mit einer Lunge, die für einen kurzen Zeitraum mein Leben völlig verändern würde. Eine Lunge, die tatsächlich funktioniert. Eine Lunge, die mich atmen lassen, mich rennen lassen würde, und mit der mir mehr Zeit bliebe, um wirklich zu leben.

»Ich hoffe, ihr Wunsch erfüllt sich«, sagt Will und ich drücke die Stirn an das kalte Glas, sehe aus den Augenwinkeln zu ihm hinüber.

»Ich hoffe, mein Leben war nicht umsonst«, sage ich, mein eigener Wunsch an die funkelnden Lichter.

Er sieht mich lange an. »Dein Leben ist alles, Stella. Du berührst Leute mehr, als du glaubst.« Er berührt seine Brust, legt sich die Hand aufs Herz. »Ich spreche aus Erfahrung.«

Mein Atem beschlägt die Scheibe und ich hebe die Hand, male ein großes Herz. Unsere Blicke treffen sich in der spiegelnden Scheibe, und ich spüre seine Anziehungskraft, die mich über den leeren Raum zu ihm hinlockt. Sie zerrt überall an mir, an meiner Brust, an meinen Armen, an meinen Fingerspitzen. Der Drang, ihn zu küssen, ist stärker als alles andere.

Stattdessen lehne ich mich vor und küsse sein Spiegelbild.

Er hebt langsam die Hand, berührt mit den Fingerspitzen seine Lippen, als habe er es gespürt, und dann wenden wir uns einander zu. Ich versinke in seinem Anblick, als die Sonne langsam am Horizont hinaufsteigt und sein Gesicht in warmes Licht taucht, in seinen Augen etwas aufleuchten lässt, das völlig neu ist und doch seltsam vertraut.

Meine Haut beginnt zu prickeln.

Er macht einen kleinen Schritt auf mich zu, seine latexumhüllte Hand gleitet langsam das Queue hinauf, sein Blick ist zurückhaltend, doch mein Herz beginnt zu rasen. Ich rücke etwas näher heran, stehle mir noch ein paar Zentimeter, nur um ihm etwas näher zu sein.

Doch da springt mein Telefon an, will gar nicht mehr aufhören zu piepsen, und die Magie des Augenblicks schwebt davon wie ein Ballon. Ich ziehe das Handy aus der Hosentasche und sehe Nachrichten von Poe, fühle eine Mischung aus Trauer und Erleichterung, als Will und ich auseinanderrücken.

SOS.

Barb sucht euch beide!!

LEUTE WO SEID IHR?

O Gott! Panik packt mich am ganzen Leib und ich sehe entsetzt zu Will hoch. Wenn sie uns zusammen findet, war das unser letztes Treffen. »Barb sucht nach uns!«

Was jetzt? Weiter entfernt von unserer Station könnten wir gar nicht sein.

Für den Bruchteil einer Sekunde sieht er auch panisch aus,

doch dann reißt er sich zusammen und schaltet voll in den Schadensbegrenzungsmodus. »Stella, wo sucht sie zuerst nach dir?«

Ich kann kaum einen klaren Gedanken fassen. »In der Neonatologie.«

Der Westeingang. Barb kommt also von der anderen Seite. Wenn ich schnell mache, schaffe ich es vielleicht noch rechtzeitig dorthin.

Mein Kopf wirbelt herum zum Fahrstuhl, wo gerade die Türen zufahren. Mit einer Grimasse lehne ich den Billardstock an die Wand und haste zur Treppe, während Will in die Gegenrichtung abzischt, zurück auf die Station.

Ich keuche die Stufen hinauf, immer einen Schritt nach dem anderen, und als ich mich auf die fünfte Ebene hinaufgeschleppt habe, brennt einfach alles in mir. Ich rupfe mir den Sauerstoff höher die Schulter hinauf und eile den leeren Gang entlang. Meine Schritte knallen auf den Boden, mein Atem ist ein gehetztes Keuchen.

Das ist so was von übel. Barb wird mich umbringen. Also, zuerst natürlich Will, aber mich bestimmt gleich danach.

Meine Lunge scheint Feuer gefangen zu haben, als ich mich gegen die schwere Tür mit der fetten roten Fünf drücke und der Westeingang zur Säuglingsstation in Sichtweite schwimmt. Ich sauge so viel Luft, wie nur irgendwie geht, klappe unter verzweifeltem Husten das Keypad auf und scheitere prompt an der Zifferneingabe, weil meine Hand zu arg zittert.

Sie wird mich erwischen. Ich war nicht schnell genug.

Ich fixiere meine rechte Hand mit der linken, stabilisiere sie gerade genug, um 6428 – *NICU* – einzutippen. Neonatologische Intensivstation. Die Tür klickt auf und ich werfe mich auf eine freie Couch, klappe mit schwirrendem Kopf die Augen zu und heuchle Tiefschlaf.

Keine Sekunde später fliegt die Tür am Osteingang auf und ich höre Schritte, rieche Barbs Parfüm, und schon steht sie neben mir. Meine Brust brennt, und ich unterdrücke mit aller Macht mein Keuchen, im verzweifelten Versuch, möglichst friedlich zu wirken, während mein Körper um Sauerstoff ringt.

Ich spüre, wie sie eine Decke über mich ausbreitet und dann langsam fortgeht, die Osteingangstür auf- und hinter ihr wieder zugeht.

Sofort fahre ich hoch, huste und meine Augen füllen sich mit Tränen, weil ein stechender Schmerz sich von der Brust aus durch meinen ganzen Körper bohrt. Doch dann ebbt er langsam ab, meine Sicht kehrt zurück und mein Körper holt sich endlich die Luft, die er braucht. Das Ausmaß meiner Erleichterung lässt sich nur mit der Macht des Adrenalineinschusses in meinem Körper vergleichen.

Ich ziehe mein Handy hervor und schicke Will einen erhobenen Daumen. Keine halbe Sekunde darauf kommt seine Antwort: Ich fasse es nicht, dass sie uns nicht erwischt hat.

Lachend lasse ich mich auf die warme Couch sinken, der Wirbelwind dieser Nacht lässt mein Herz meilenweit über der Klinik schweben.

***

Ein Klopfen an meiner Tür reißt mich aus meinem unbequemen Nickerchen im grünen Gruselsessel neben dem Fenster.

Schläfrig reibe ich mir die Augen und blinzle auf mein Handydisplay.

Fast schon dreizehn Uhr. Was die Menge an Nachfragen von Camila, Mya und Poe zum gestrigen Abend erklären dürfte.

Gestern Nacht.

Allein beim Gedanken muss ich schon lächeln, eine Welle aus Glücksgefühlen überrollt mich. Ich stehe auf und trotte zur Tür, ziehe sie auf und sehe – niemanden. Seltsam. Da bemerke ich zu meinen Füßen einen Milchshake auf dem Boden, darunter einen Zettel.

Ich hebe ihn auf. »Poe sagt, du magst Schokolade. Vanille ist eindeutig überlegen, aber meinetwegen, weil ich dich mag …«

Er hat sich sogar die Zeit genommen, ein Siegertreppchen zu zeichnen, auf dem ein Vanilleeis in der Waffel gegen ein Schokoeis und ein Erdbeereis die Goldmedaille errungen hat.

Ich lache und sehe den Flur hinab, wo Will in Mundschutz und Handschuhen vor seiner Tür steht. Er zieht den Mundschutz hinunter und schneidet eine Grimasse, als Barb um die Ecke kommt. Mit einem Abschiedszwinkern verdrückt er sich rasch in sein Zimmer, bevor Barb ihn bemerkt.

Ich verstecke Milchshake und Zettel hinter meinem Rücken und setze ein breites Lächeln auf. »Guten Morgen, Barb!«

Sie blickt von ihrer Krankenakte auf und beäugt mich misstrauisch. »Wir haben Nachmittag.«

Ich nicke und weiche langsam zurück. »Klar, stimmt. Nachmittag.« Ich deute mit meiner freien Hand nach draußen. »Bei dem Schnee kann man irgendwie … nicht so richtig sehen, wie spät es ist.«

Autsch. Rasch schließe ich die Tür, bevor ich noch mehr Stuss verzapfe.

Den Rest des Tages halten wir den Ball flach, damit Barb nicht noch misstrauischer wird. Wir riskieren es noch nicht mal, zu skypen oder Textnachrichten zu schreiben. Ich stocke mit großer Geste meinen Wagen auf und schiebe dabei jedes Mal, wenn ich mir Nachschub hole, heimlich einen Zettel unter Wills Tür durch.

Will hingegen sucht ungefähr ein Dutzend Mal den Snackautomaten auf und mit jeder frischen Tüte Chips oder neuem Schokoriegel schreibt er mir heimlich zurück.

»Wann findet das zweite Date statt?«, schreibt er und ich lächle, überfliege in meinem Notizbuch rasch das, woran ich in Wahrheit den ganzen Tag gearbeitet habe.

Meinen Plan für seinen Geburtstag morgen.

Kapitel 20

WILL

Müde verfolge ich von meiner Bettkante aus, wie meine Mutter sich mit Dr. Hamid streitet. Als ob Schreien irgendwas an den Testergebnissen ändern würde. Das Cevaflomalin hat bisher keine Resultate gezeigt.

Nicht unbedingt das beste Geburtstagsgeschenk.

»Vielleicht gibt es irgendwelche Wechselwirkungen mit anderen Medikamenten? Irgendwas, was das neue Medikament daran hindert, seine Wirkung zu entfalten?«, giftet sie mit wildem Blick.

Dr. Hamid atmet tief durch und schüttelt den Kopf. »Die Bakterien haben Wills Lunge großräumig kolonisiert. Jedes Antibiotikum benötigt Zeit, um das Lungengewebe so tief zu durchdringen.« Sie deutet auf meine tägliche Cevaflomalin-Infusion. »Das ist bei diesem Medikament nicht anders.«

Meine Mom atmet ebenfalls tief durch, klammert sich an meinem Bettgestell fest. »Aber wenn es nicht wirkt …«

Nicht schon wieder. Ich gehe hier nicht weg. Ich stehe auf und schneide ihr das Wort ab. »Es reicht! Es ist vorbei, Mom. Ich bin jetzt achtzehn, schon vergessen? Ich gehe nicht mehr in weitere Krankenhäuser.«

Sie wirbelt zu mir herum, und ich sehe, dass sie auf diesen Augenblick nur gewartet hat, ihre Augen funkeln schon kampflustig. »Verzeihung, dass ich dir den Spaß verderbe, nur weil ich dich am Leben halten möchte, Will. Großer Preis für die Rabenmutter des Jahres, was?«

Ein klares Aufbruchsignal für Dr. Hamid, die sich langsam zur Tür zurückzieht. Meine Augen heften sich wieder an meine Mutter, ich bin auf hundertachtzig. »Du weißt schon, dass ich ein hoffnungsloser Fall bin, oder? Du machst es nur noch schlimmer. Keine Behandlungsmethode der Welt wird mich retten.«

»Na schön«, schlägt sie zurück. »Dann hören wir doch einfach mit allem auf! Hören wir auf mit dem Geldausgeben. Hören wir auf, es zu versuchen. Und was dann, Will?« Sie starrt mich aufgebracht an. »Dann legst du dich an einen tropischen Strand und lässt dich von der Flut wegtragen? Irgendwas Poetisch-Beknacktes?«

Sie stemmt die Hände in die Hüften. »Tut mir leid, aber wir sind hier nicht in einem Märchen. Ich glaube an die Realität und da löst man einfach seine …«

Ihre Stimme bricht ab und ich mache einen Schritt auf sie zu, fordere sie heraus, ihren Satz zu beenden. »Probleme. Sag es nur, Mom. Raus damit.«

Dieses Wort fasst genau zusammen, was ich für Mom immer gewesen bin.

Sie atmet langsam aus und zum ersten Mal seit Ewigkeiten wird ihr Blick weicher. »Du bist kein Problem, Will. Du bist mein Sohn.«

»Dann sei meine Mutter!«, brülle ich und sehe rot. »Wann bist du das denn das letzte Mal gewesen?«

»Will«, sagt sie und kommt auf mich zu. »Ich versuche ja nur, dir zu helfen. Ich will nur …«

»Weißt du überhaupt, wer ich bin? Hast du dir auch nur ein Mal eine meiner Zeichnungen angesehen? Weißt du, dass es ein Mädchen gibt, das ich mag? Wetten, nicht!« Der Zorn explodiert aus mir heraus. »Wie könntest du auch? Alles, was du in mir siehst, ist meine Scheißkrankheit!«

Ich weise auf all die Bildbände und Zeitschriften, die sich auf meinem Schreibtisch stapeln. »Wer ist mein Lieblingskünstler, Mom? Du hast keine Ahnung, oder? Willst du ein Problem zum Lösen? Dann gewöhn dir mal eine neue Art an, mich zu sehen.«

Wir starren einander an. Sie schluckt, sammelt sich und greift dann nach ihrer Handtasche auf dem Bett und sagt mit sanfter, sicherer Stimme: »Ich sehe dich sehr gut, Will.«

Sie geht, zieht die Tür leise hinter sich zu. Natürlich geht sie. Ich setze mich frustriert auf mein Bett und entdecke ein aufwendig verpacktes Geschenk, umwickelt mit einer säuberlichen roten Schleife. Fast will ich es ihr hinterherschmeißen, doch stattdessen nehme ich es hoch, einfach nur um zu sehen, was ich mir ihrer Meinung nach wünschen könnte. Ich rupfe das Band und das Papier ab und halte einen Rahmen in der Hand.

Ich begreife nicht, was ich sehe. Nicht, weil ich es nicht erkenne. Sondern weil ich es tue.

Es ist eine politische Karikatur aus den 1940er-Jahren. Ein Original der Fotokopie, die ich über meinem Bett aufgehängt habe.

Signiert und datiert und alles. So selten, dass ich nicht geglaubt hätte, dass es wirklich noch welche gibt.

Shit.

Ich lasse mich aufs Bett sinken, greife nach meinem Kissen und lege es mir aufs Gesicht, spüre, wie der ganze Frust sich von ihr auf meine Person überträgt.

Ich habe ihre Art, mich zu betrachten, immer so verabscheut, dass ich gar nicht wahrgenommen habe, dass ich es genauso tue.

Weiß ich denn, wo sie jetzt hingeht? Weiß ich, was sie gerne tut? Ich habe mich so darauf konzentriert, wie ich mein eigenes Leben führen möchte, dass ich völlig vergessen habe, dass sie ja auch ein eigenes hat.

Und das bin ich.

Ohne mich ist meine Mom allein. Die ganze Zeit über habe ich geglaubt, sie sähe in mir nur meine Krankheit. Ein Problem, das man lösen kann. Aber stattdessen hat sie genau mich gesehen und versucht, mich dazu zu bringen, an ihrer Seite zu kämpfen, während ich nur mit aller Macht gegen sie angekämpft habe. Alles, was sie wollte, war, dass ich bleibe und kämpfe, während ich bereits mit einem halben Fuß draußen war.

Ich setze mich auf, nehme die Fotokopie ab und ersetze sie durch das gerahmte Einzelstück, das Original.

Sie will dasselbe wie Stella. Mehr Zeit.

Sie will mehr Zeit mit mir.

***

Ich stoße mich von meinem Tisch ab, ziehe dabei die Ohrhörer raus. Die letzten zwei Stunden habe ich nur mit Zeichnen verbracht und versucht, den Streit mit meiner Mutter zu verdrängen.

Ich weiß, dass ich was sagen sollte. Mich melden, mit einem Anruf oder einer Nachricht, aber ich kann den letzten Rest Wut einfach nicht abschütteln. Schließlich gehören ja immer zwei dazu und sie hat umgekehrt bestimmt auch nicht alles perfekt gemacht. Wenn sie mir nur ein Mal gezeigt hätte, dass sie mir zuhört, und sei es auch nur ein bisschen …

Seufzend nehme ich den Schokopudding und die Nachmittagsmedikamente vom Wagen und schlucke sie folgsam. Dann greife ich zum Handy, setze mich auf die Bettkante und scrolle ziellos durch meine Insta-Nachrichten, wo jede Menge Glückwünsche von meinen alten Klassenkameraden warten.

Aber noch nichts von Stella. Schon seit gestern Abend nichts, nicht, seit ich nach einem zweiten Date gefragt habe.

Ich rufe sie auf FaceTime an und grinse, als sie rangeht. »Ich bin frei!«

»Was …«, fängt sie an und reißt die Augen auf. »Ach ja, alles Gute zum Geburtstag! O Gott, ich habe völlig …«

Ich winke ab. Kein Thema. »Hast du grad zu tun? Gehen wir spazieren? Barb ist nicht da.«

Sie hält das Handy über einen Stapel Bücher vor ihr. »Kann gerade nicht. Ich muss lernen.«

Mein Herz wird schwer. Im Ernst? »Klar, okay. Ich dachte nur, vielleicht …«

»Vielleicht später?«, fragt sie und richtet das Handy wieder auf sich.

»Da kommen meine Freunde«, sage ich traurig. »Egal. Wir finden schon was.« Ich sehe sie verlegen an. »Ich hatte nur …, also, du hast mir einfach gefehlt.«

Sie lächelt mich an, mit warmen Augen und glücklichem Gesicht.

»Genau das wollte ich sehen. Dieses Lächeln.« Ich fahre mir mit den Fingern durchs Haar. »Alles klar. Dann will ich dich mal nicht weiter von deinen Büchern fernhalten.«

Ich lege auf, lasse mich aufs Bett fallen und werfe das Handy aufs Kissen.

Keine Sekunde darauf klingelt es. Ich hebe ab, ohne überhaupt nach dem Anrufer zu schauen. »Ich wusste, du würdest deine …«

»Hey, Will!«, ruft eine Stimme am anderen Ende. Es ist Jason.

»Jason! Hey!«, sage ich, und obwohl mir Stella lieber gewesen wäre, freue ich mich, von ihm zu hören. Das mit Stella hat sich so schnell entwickelt, dass ich ihn gar nicht auf dem Laufenden halten konnte.

»Mir ist was dazwischengekommen«, sagt er mit einer ganz merkwürdigen Stimme. »Tut mir leid, Alter. Wir schaffen es heute nicht zu dir.«

Das darf jetzt nicht wahr sein, oder? Erst Stella und jetzt Jason und Hope? Ist ja nicht so, dass ich noch tonnenweise Geburtstage haben werde. Aber ich versuche, es nicht an mich ranzulassen. »Oh, klar. Okay. Ja, verstehe ich total.« Er stürzt sich in Entschuldigungen, doch die will ich nicht hören. »Echt, Alter. Kein Problem. Macht gar nichts.«

Ich lege auf, seufze vernehmlich, und als ich mich aufsetze, fällt mein Blick auf den Vernebler. Ich schnappe mir das Albuterol, schüttle den Kopf und sage: »Einen tollen Geburtstag wünsche ich dir.«

***

Mein Telefon reißt mich aus meinem Frühabendschläfchen. Jemand schreibt mir. Ich richte mich auf, schaue aufs Display, wische nach rechts und sehe eine Nachricht von Stella.

Wir spielen Verstecken. Du bist. XOXO S.

Ich rolle mich aus dem Bett, völlig verwirrt, aber gespannt. Ich schlüpfe in meine weißen Vans und reiße die Tür auf, wo mir fast ein Ballon ins Gesicht schlägt, der mit einer langen Schnur an den Knauf geknotet ist. Bei genauerem Hinsehen fällt mir auf, dass ganz unten im Ballon etwas steckt.

Ein Zettel?

Ich sehe mich nach möglichen Zeugen um und trete dann auf den Ballon, um ihn zum Platzen zu bringen. Ein Junge, der gerade mit einer offenen Chipstüte zu seinem Zimmer zurückschlendert, springt bei dem Knall vor Schreck in die Höhe und verteilt seine Chips über den Boden. Schnell greife ich nach dem zusammengerollten Post-it in den Ballonüberresten und falte es auseinander. In Stellas sauberer Handschrift steht da:

Fang an bei unserem ersten Treffen.

Die Neonatologie-Intensivstation! Ich schleiche mich den Gang hinunter, vorbei an dem Jungen, der mit feindseliger Miene seine Chips einsammelt, und nehme den Aufzug zu Ebene Fünf. Dann sprinte ich über die Brücke zu Haus 2, vorbei an Pflegern, Patienten und Ärzten, und dann durch die Doppeltür des Osteingangs zur Neonatologie. Dort recke ich den Hals in jede Richtung, suche nach einem – ha! An einem leeren Bettchen hinter der Scheibe schwebt noch ein Ballon. Vorsichtig stehle ich mich hinein, mühe mich mit dem Knoten ab, um das Ding loszukriegen.

Herrgott, Stella. Lange zur See gefahren?

Endlich habe ich ihn auf und schleiche mich zurück auf den Flur, halte kurz Ausschau und – PENG.

Ich entrolle den nächsten Hinweis.

Rosen sind rot. Oder?

Ich starre auf den Zettel. Oder? … Ach ja! Wieder habe ich sie vor mir, gestern Abend, mit der weißen Rose hinter ihrem Ohr. Die Vase. Ich gehe direkt Richtung Wintergarten, eile die Stufen zum Haupteingang hinunter, in den verglasten Raum. Schon beim Öffnen der Tür sehe ich den Ballon schweben, festgebunden an der Vase.

Ich winke dem Sicherheitsdienst zu, der misstrauisch beobachtet, wie ich den Ballon von der Vase losreiße und dabei mühsam versuche, meinen Atem wieder unter Kontrolle zu bringen, der bei all dem Gerenne nicht mehr mitkommt. Ich lasse den Ballon lautstark platzen und grinse ihn erklärungshalber verlegen an. »Ich habe heute Geburtstag.«

Auf dem Zettel steht:

Wenn ich nur auch so lang die Luft anhalten könnte …

Ich habe kaum fertig gelesen, als ich schon auf das Aquarium zupresche, wo ich unter den Blicken der grellorangenen und gelben Fische das Umfeld nach einem Ballon absuche.

Habe ich das falsch verstanden?

Noch mal nachdenken. Das Schwimmbecken.

Hastig verlasse ich den Raum, auf zu den Fitnessräumen in Haus 1, die Nachricht in der Hand. Ich schiebe die Tür auf, haste an sämtlichen Fitnessgeräten vorbei bis zur Pooltür, die vielversprechenderweise von einem Stuhl offen gehalten wird. Ich trete ein und seufze erleichtert auf, als ich auf der Wasseroberfläche einen Ballon treiben sehe, etwas über einen Meter vom Rand entfernt.

Am Rand sehe ich das Queue vom Freitag.

Ich tunke den Stab unter den Ballon, schnappe mir die Schnur und ziehe den Ballon aus dem Wasser, spüre einen Widerstand. Unten ist etwas festgebunden, um das Ding zu beschweren.

Beim Rausziehen muss ich lachen – es ist die Flasche Cal Stat aus Stellas Video.

Mithilfe des Queues opfere ich den Ballon und durchgrabe die feuchten Überreste nach dem Zettel.

Genau achtundvierzig Stunden nach unserem ersten Date …

Ich drehe den Zettel um, aber mehr steht da nicht. Ich schaue auf die Uhr. Acht Uhr neunundfünfzig. Noch eine Minute, dann sind es achtundvierzig Stunden seit … Mein Handy piepst.

Ich wische und sehe ein Bild von Stella, die unfassbar hübsch aussieht unter ihrer Kochhaube und strahlend einen Ballon in der Hand hält. Darunter steht … beginnt unser zweites Date!

Ratlos starre ich auf das Bild, zoome heran, um zu erraten, wo sie wohl ist. Diese Metalltüren gibt's hier überall. Aber Moment! Ich zoome auf die rechte Fotoseite und erkenne die Ecke des Milchshakeautomaten in der Cafeteria. Schon bin ich unterwegs zum Aufzug, fahre zurück auf Ebene Fünf, wieder den Flur hinunter und über die Brücke zu Haus 2. Dort nehme ich den nächsten Aufzug und lande wieder auf Ebene Drei, wo sich die Cafeteria befindet, ringe nach Atem und zähme mein Haar vor der spiegelnden Stahlwand, immer noch das Billardqueue in der Hand.

Lässig biege ich um die Ecke und entdecke Stella, die an der Cafeteriatür lehnt und mich anstrahlt, als sie mich sieht. Sie ist geschminkt, ihr langes Haar mit einem Band zurückgeschoben.

Sie sieht wunderschön aus.

»Ich hatte schon fast alle Hoffnung aufgegeben.«

Ich strecke das Queue aus und sie ergreift das andere Ende, schiebt die Tür auf und führt mich in die dunkle Cafeteria.

»Ich weiß, es ist schon spät, aber wir mussten warten, bis die Cafeteria schließt.«

Verwirrt sehe ich mich um. »Wir?«

Sie dreht sich zu mir um und bleibt vor einer Milchglastür stehen, neben der sie mit rätselhafter Miene einen Code ins Keypad tippt. Mit einem Klick geht die Tür auf und ein Chor aus Stimmen brüllt: »Überraschung!«

Mir klappt die Kinnlade runter. Hope und Jason, aber auch Stellas Freundinnen, Mya und Camila, frisch aus Cabo zurückgekehrt, sitzen an einem perfekt gedeckten Tisch, mit einem Krankenhauslaken als Tischdecke und weißen Kerzen an beiden Enden, die warmes Licht auf einen Brotkorb und perfekt geschnittenen Salat werfen. Vor drei Sitzplätzen warten sogar Pillenbecher mit rot-weißen Kreontabletten.

Ich bin völlig geplättet.

Ich blicke vom Tisch zu Stella, sprachlos.

»Herzlichen Glückwunsch zum Geburtstag, Will«, sagt sie und tippt mich sanft mit dem Queue in die Seite.

»Es gibt ihn wirklich!«, ruft Camila (oder ist es Mya?), und ich muss lachen, als Hope auf mich zustürzt und mich fest umarmt.

»Es war grässlich, dich so hängen zu lassen«, sagt sie.

Jason umarmt mich auch. Klopft mir auf den Rücken. »Aber deine Freundin da drüben hat uns über deine Facebookseite aufgetan und uns überredet, dich zu überraschen.«

Bei dieser Wortwahl klatschen sich Mya und Camila begeistert ab, worauf Stella sie böse anfunkelt und zu mir schielt. Unsere Blicke treffen sich. Freundin. Das hört sich verdammt gut an.

»Die Überraschung ist gelungen«, sage ich, sehe sie alle an, bin allen so dankbar.

Poe erscheint, mit Mundschutz, OP-Kappe und Handschuhen, und wedelt mit einer Grillzange. »Hallo! Es wird gleich serviert!«

Wir setzen uns hin, mit Sicherheitsabstand zwischen allen Mukos. Stella an einem Ende, ich am anderen, und Poe in der Mitte, mit Hope und Jason rechts und links von ihm. Mya und Camila sitzen am anderen Ende, damit zwischen Stella und mir auch genug Raum liegt. Lächelnd sehe ich mich am Tisch um, während wir den Salat und das Brot in uns reinschaufeln. Mein Herz ist dem Platzen so nahe, dass es schon ekelhaft ist.

Ich strahle Stella über den Tisch an und sage stumm »Danke.« Sie nickt, wird rot und senkt den Blick.

Freundin.

***

Poe serviert das glamouröseste Hummernudelgericht, das ich je gesehen habe, garniert mit Basilikum und frischem Parmesan und sogar Trüffeln! Alle starren nur ehrfürchtig drauf.

»Wo kommt das alles her?«, frage ich ihn über mein lautes Magenknurren hinweg.

»Von hier!«, sagt Poe und weist hinter sich in die Küche. »Jedes Krankenhaus hat eine VIP-Küche, wo sie das gute Zeug für Promis und Politiker aufbewahren.« Er zuckt die Schultern. »Du weißt schon, für die wichtigen Leute.«

Er schnappt sich ein Glas und hält es hoch. »Und heute, liebes Geburtstagskind, ist es für dich. *Salud!*«

Alle heben die Gläser. *»Salud!«*

Über den Tisch hinweg zwinkere ich Stella zu. »Nur ein bisschen schade halt mit meiner Schalentierallergie, Poe.«

Poe hält mitten im Servieren inne und sieht mich langsam an. Ich grinse los. »Kleiner Scherz.«

»Ich hätte dir beinahe einen Hummer an den Kopf geschmissen«, lacht Poe.

Alles stimmt ein und dann hauen wir rein. Das ist konkurrenzlos die beste Pasta meines Lebens und ich war in Italien. »Poe«, sage ich und halte eine Gabel hoch. »Das ist der Wahnsinn.«

»Du wirst eines Tages der beste Koch der Welt sein«, gibt Stella mir recht und Poe strahlt sie an, gibt ihr einen Luftkuss.

Bald schon tauschen wir wilde Anekdoten aus. Jason berichtet, wie wir unsere ganze Schule dazu überredeten, vor zwei Jahren am letzten Schultag vor den Sommerferien nur in Unterwäsche aufzukreuzen. Was besonders eindrucksvoll war angesichts der Tatsache, dass wir schon nachsitzen müssen, wenn nur die Krawatte schief hängt.

Das ist das Einzige, was mir an der Schule nicht fehlt. Die Uniform.

Stella erzählt von ihren und Poes Schandtaten im Krankenhaus, wie sie den Milchshakeautomaten aus der Cafeteria klauen wollten oder auf der Kinderstation Rollstuhlrennen veranstalteten.

Klingt, als sei ich nicht der Einzige, dem Barb regelmäßig beinahe den Hals umgedreht hätte.

»Oh, ich weiß noch was«, sagt Poe und sieht Stella an. »Das eine Halloween?«

Sie lacht sich schon schief und schüttelt mit leuchtenden Augen den Kopf.

»Wie alt waren wir, Stell? Zehn?«

Stella nickt und erzählt weiter. »Also, wir haben uns Bettlaken übergezogen und …«, Poe macht geisterhafte Spukgeräusche, streckt die Arme aus und schwebt durch den Raum, »Wir haben uns auf die Demenz-Station geschlichen.«

Das kann nicht ihr Ernst sein.

Ich muss husten, so sehr muss ich lachen. Ich schiebe den Stuhl nach hinten, wedle mit der Hand, damit sie fortfahren können, während ich wieder zu Atem komme.

»Nein«, sagt Jason. »Nein, habt ihr nicht.«

»O Mann.« Poe wischt sich eine Träne ab. »Das war das absolute Chaos, aber das beste Halloween aller Zeiten. Wir haben solchen Ärger gekriegt.«

»Es war ja noch nicht mal unsere Idee«, fängt Stella an. »Abby …«

Sie verstummt, und ich sehe, wie sie um Worte ringt, während ich etwas Cal Stat aus meinem Fläschchen auf mir verteile. Sie sieht mich über den Tisch hinweg an, und ich sehe, wie schwer es für sie ist.

»Ich vermisse sie so«, sagt Camila. Mya nickt, mit tränenfeuchten Augen.

»Abby war wild. Der totale Freigeist«, nickt Poe. »Sie hat immer gemeint, sie würde alles ausleben weil Stell es nicht kann.«

»Und das hat sie auch«, sagt Stella. »Bis es sie umgebracht hat.«

Über den Raum senkt sich völlige Stille. Ich sehe, wie sie Poes Blick fängt, und beide tauschen ein trauriges Lächeln, einen Moment der Erinnerung.

Ich wünschte, ich hätte sie kennengelernt.

»Aber sie hat aus dem Vollen geschöpft. Viel mehr als wir«, sagt Poe und grinst. »So eine verbotene Party wäre genau ihr Ding gewesen.«

»Ja«, sagt Stella schließlich. »Das wäre es.«

Ich halte mein Glas hoch. »Auf Abby«, sage ich.

»Auf Abby!«, stimmen alle ein und heben die Gläser. Stella sieht zu mir herüber, und der Blick in ihren Augen ist das beste Geburtstagsgeschenk, das ich je bekommen könnte.

Kapitel 21

STELLA

Ich lehne gegen die Küchentheke, während Poe einen frisch gebackenen Kuchen aus dem Ofen zieht, völlig in seinem Element. Er blickt zu mir auf, mit erhobenen Augenbrauen.

»Ich wollte nur einmal dem Meister in die Kochtöpfe sehen.«

Er zwinkert mir zu, zieht die Ofenhandschuhe aus und wirbelt vor mir gekonnt mit seinem Küchenmesser, teilt den Kuchen geschmeidig in acht Stücke auf.

Unter meinem Beifall schnappt er sich eine frische Erdbeere und betrachtet sie prüfend. Dann beugt er sich darüber, schneidet da, schnippelt dort, in völliger Konzentration. Ein paar Sekunden darauf hält er sie in seiner Latexhand hoch und strahlt. Aus der Erdbeere ist eine zierliche, wunderschöne Rosette geworden, die er mitten auf dem Kuchen platziert.

Mir klappt der Mund auf. »Poe! Das ist ja der Hammer.«

Er wiegelt ab. »Das habe ich für nächsten Monat geübt, wenn Michael und ich meine Mutter besuchen«, sagt er und sieht mich auf eine Weise an, die besagen soll, dass darüber wohl keine großen Worte verloren werden müssen.

Weshalb ich natürlich extra laut kreische vor Begeisterung. Endlich!

»Jupp«, sagt er und grinst von einem Ohr zum anderen. »Du hast ja recht, Stella. Er liebt mich. Und die letzten Wochen ohne ihn waren viel schwerer, als ich es mir ausgemalt hatte. Ich liebe ihn auch.« Das Glück strahlt ihm aus jeder Pore. »Morgen kommt er zum Mittag. Wir packen es an.«

Fast will ich ihn schon umarmen, kriege mich aber gerade noch ein, ehe ich ihm zu nahe rücke. Ich schnappe mir einen Küchenhandschuh von der Arbeitsfläche und ziehe ihn über, damit ich den Arm ausstrecken und seine Hand nehmen kann.

Tränen steigen mir in die Augen und ich schniefe. »Poe. Ich bin so …«

Er reißt mir den Handschuh ab und haut ihn mir über den Kopf, ebenfalls mit tränennassen Augen. »*Dios mio!* Jetzt rührselige hier nicht rum, Stella! Du weißt, dass ich ein Mädchen nicht alleine flennen lassen kann.«

»Freudentränen, Poe!«, sage ich, als wir beide schniefend dastehen. »Ich bin so glücklich!« Aus dem anderen Zimmer dringt Gelächter und er wischt sich die Augen.

»Komm schon. Wir verpassen den ganzen Spaß.«

Vorsichtig trägt Poe sein Meisterwerk hinaus, bedeckt von einer Armee aus Kerzen, und wir singen alle los. Ich sehe, wie Will im Kerzenschein lächelt und uns alle am Tisch ansieht.

»Happy birthday to you. Happy birthday to you. Happy birthday, dear Will. Happy birthday to you.«

Und noch viele weitere, formen meine Lippen in seine Richtung. Noch nie waren diese Worte so gefühlsbeladen wie jetzt.

»Verzeihung, dass es nur ein Kuchen ist«, grinst Poe. »So gut ich auch bin, eine Torte innerhalb einer Stunde übersteigt selbst meine Fähigkeiten.«

»Das ist der Wahnsinn, Poe. Vielen, vielen Dank.« Will erwidert sein Lächeln und betrachtet dann etwas zögerlich die Kerzen. »Wenn ich die auspuste, könnt ihr zwei den nicht essen.«

Seine Augen wandern zwischen mir und Poe hin und her und wir nicken ernst.

Hope beugt sich vor und pustet die Kerzen aus. Dann wuschelt sie Will durchs Haar. »Ich habe mir sogar was für dich gewünscht.«

Er zwinkert grinsend zurück. »Ich hoffe, da war auch das Detail enthalten, dass Stella im Bikini aus der Torte gesprungen kommt.«

Alles lacht und Mya zieht ihr Handy samt Selfiestick heraus und streckt den Arm aus für ein Gruppenfoto. Wir drängen uns zusammen, so weit das mit Muko-Sicherheitsabstand eben möglich ist. In dem Augenblick, als der Auslöser klickt – BUMM.

Die Milchglastür fliegt auf und wir alle schrecken zusammen, wirbeln herum und sehen – Barb. Auweia. Sie starrt uns an und wir starren zurück. Allen hat es vor Schreck die Sprache verschlagen.

Poe räuspert sich. »Hi, Barb. Wir dachten, du hättest heute Abend frei. Möchtest du auch einen Teller? Stella wollte gerade mit dem Unterhaltungsprogramm loslegen.«

Barb muss heute Doppelschicht haben. Ich bin mir sicher, sie hat das nicht von ungefähr nicht erwähnt. Sie kennt mich. Und sie wusste, dass heute Wills Geburtstag ist. Verdammt.

Sie starrt uns an, sprachlos, ganz offensichtlich fuchsteufelswild. Sie deutet nacheinander auf uns drei und mein Herz dreht durch.

»Aufstehen. Sofort.«

Wir erheben uns langsam, gehen zu ihr hinüber. Sie schüttelt den Kopf, sieht uns an, weiß immer noch nicht, wo sie anfangen soll.

»Kommt mit.« Sie geht durch die Schwingtür und durch die Cafeteria.

Wir winken Hope, Jason, Camila und Mya noch rasch zum Abschied zu und trotten ihr nach. Das ist übel. Ich habe Barb schon häufig wütend oder aufgeregt erlebt. Aber so nicht. Das ist eine erschreckend neue Dimension von sauer.

Wir folgen ihr den Flur hinunter. Ich werfe Will einen ängstlichen Blick zu und er sagt stumm: »Wird schon!« Doch sein Lächeln wirkt nicht ganz echt.

»Ihr verlasst eure Zimmer nicht, bis wir einen Lungenabstrich gemacht haben«, sagt sie und dreht sich zu Will. »Und du. Du wirst morgen früh verlegt.«

»Nein!«, rufe ich und sofort liegt ihr Blick auf mir. »Nein, Barb, es war nicht Wills Schuld, dass …«

Sie schneidet mir das Wort ab. »Ihr mögt vielleicht gewillt sein, eure Leben aufs Spiel zu setzen, aber ich bin es nicht.«

Ein donnerndes Schweigen und dann lacht Poe auf. Wir schauen zu ihm, doch er wirkt völlig unbeeindruckt. Er grinst mich an. »Genau wie früher, als wir Kinder …«

»Ihr seid aber keine Kinder mehr, Poe!«, brüllt Barb ihm ins Wort.

»Wir haben aufgepasst, Barb!« Er schüttelt den Kopf, sein Ton ist ernst. »Wir waren vorsichtig, alles war sicher. Wie *du* es uns beigebracht hast.« Er weist auf den Sicherheitsabstand zwischen uns, den wir sogar jetzt noch einhalten.

Er hustet. Ein schnelles, kurzes Husten, bevor er hinzufügt: »Tut mir leid, Barb. Aber es hat Spaß gemacht.«

Sie scheint etwas entgegnen zu wollen, doch stattdessen dreht sie sich um und bringt uns zu unserer Station. Den ganzen restlichen Weg über sagt keiner ein Wort. Ich sehe zu Will hinüber. Ich will näher an ihn heran, aber genau das hat uns ja überhaupt erst diesen Ärger hier eingebrockt.

Jeder verschwindet in seinem Zimmer, und Poe zwinkert mir und Will noch einmal zu, bevor er verschwindet. Barb bedenkt mich mit einem letzten enttäuschten Blick und dann ist meine Tür zu.

***

Während die Uhr auf Mitternacht zutickt, betrachte ich Will, der auf der anderen Seite meines Bildschirms schläft, das Gesicht ruhig, friedlich. Ich reibe mir die Augen, erschöpft von einem ganzen Tag voller Partyvorbereitungen und vom Erwischtwerden. Wir legen nicht auf, weil wir wissen, dass er bald auf der Isolierstation sein wird. Keine Mitternachtsspaziergänge mehr. Kein Fitnessraum. Keine Zettel mehr unter der Tür. Nichts.

Meine Lider sinken langsam hinunter, als plötzlich ein Alarm durch die Lautsprecher schallt und mich aufschreckt.

»Code Blau. Sämtliches verfügbares Personal …«

Ich springe auf, renne zur Tür, damit ich die verschwommene Durchsage hören kann. O Gott. Code Blau. Bei irgendwem hat das Herz ausgesetzt. Und gerade sind nicht besonders viele von uns auf dieser Station.

Als ich auf den Gang trete, wird die Durchsage wiederholt, diesmal deutlicher zu hören.

»Code Blau. Sämtliches verfügbares Personal zu Zimmer 310. Code Blau.«

Zimmer 310.

Poe. Bitte sag mir, dass er einfach den Monitor wieder nicht eingestöpselt hat.

Ich kralle mich gegen die Wand, der Raum dreht sich, während ein Rettungsteam mit dem Wagen an mir vorbeisaust. Ich sehe, wie Julie ihnen in Poes Zimmer hinterherhastet, ihre Schicht hat eben begonnen. Barbs Stimme, irgendwo ganz weit weg. »Er atmet nicht! Es gibt keinen Puls. Wir müssen schnell machen!«

Das kann nicht passieren.

Ich renne, stolpere zu seinem Zimmer. Ich sehe seine Beine auf dem Boden, seine Füße, die in verschiedene Richtungen fallen. Nein. Nein, nein, nein.

Barb beugt sich über seinen Körper, schiebt ihm mit einem Beatmungsbeutel Luft in die Lunge. Er atmet nicht. Poe atmet nicht.

»Komm schon, Liebling, tu mir das nicht an!«, brüllt sie und eine andere Stimme ruft: »Defibrillator ansetzen!«

Eine Gestalt kniet sich über ihn, schneidet sein geliebtes Kolumbientrikot auf, das seine Mom ihm zum Geburtstag geschickt hat, klatscht ihm zwei Pads auf den Brustkorb. Endlich sehe ich sein Gesicht, seine Augen sind verdreht, die Haut blau.

Meine Arme und Beine werden taub.

»Poe«, schreie ich, will zu ihm, will, dass er okay ist.

Barbs Blick trifft meinen und sie brüllt: »Nein! Schafft sie hier weg!«

»Starker Spannungspneumothorax. Seine Lunge kollabiert. Wir müssen sofort intubieren!«, ruft eine Stimme, und ich starre auf seine bewegungslose Brust, versuche, eine Wölbung herbeizuzwingen.

Atmen. Er muss atmen.

Überall um mich herum sind Körper und ich will doch nur durch. Ich muss zu Poe. Ich kämpfe gegen Arme und Schultern, will sie beiseiteschubsen.

»Tür zu!«, ruft Barb, als fremde Hände mich nach hinten zerren, zurück in den Flur. Noch einmal höre ich ihre Stimme, wie sie zu Poe sagt: »Kämpf, mein Schatz! Kämpf doch, verdammt!«

Ich sehe Julie, ihr Blick ist dunkel.

Dann schlägt sie mir die Tür vor der Nase zu.

Ich stolpere zurück, sehe Will hinter mir stehen. Sein Gesicht ist so fahl wie das von Poe. Er streckt die Hand nach mir aus und ballt sie dann zur Faust, verzieht das Gesicht vor Frust. Mir ist, als müsse ich mich übergeben. Ich taste nach der Wand, rutsche daran zu Boden, mein Atem geht hektisch. Will setzt sich zu mir, eineinhalb Meter entfernt. Ich wickle mir die Arme um die Beine, lege den Kopf auf die Knie, drücke die Augen fest zu. Ich sehe immer nur Poe da liegen.

Ringelsocken.

Gelbes Fußballtrikot.

Das kann nicht echt sein.

Er wird zu sich kommen. Er muss zu sich kommen. Er wird sich aufsetzen und irgendeinen Witz darüber reißen, dass er sich an den Nudeln überfressen oder Anderson Cooper zu heftig angeschmachtet hat, und dann fragt er mich, ob wir noch einen nächtlichen Milchshake trinken sollen. Genau die Milchshakes, die wir schon seit zehn Jahren trinken.

Die Milchshakes, die wir noch in den nächsten zehn Jahren trinken müssen.

Ich höre Schritte und hebe den Kopf und sehe Dr. Hamid den Gang entlangeilen.

»Dr. Hamid«, quäke ich.

»Nicht jetzt, Stella«, sagt sie knapp und strebt zur Tür. Die schwingt weit auf und ich sehe ihn dort liegen. Sein Gesicht zeigt zu mir und die Augen sind geschlossen.

Er bewegt sich immer noch nicht.

Doch noch schlimmer ist Barb. Barb hat den Kopf in die Hände gestützt. Sie hat aufgegeben. Nein.

Sie ziehen ihm alles ab. Die Kabel. Die Schläuche.

»Nein«, höre ich meine Stimme schreien und mein ganzer Körper schreit mit. »Nein, nein, nein, nein!«

Ich greife nach oben, ziehe mich auf die Beine und renne zurück zu meinem Zimmer. Er ist fort.

Poe ist tot.

Ich stolpere den Flur entlang, sehe seine Augen, damals, als wir uns kennengelernt haben, sehe, wie er mir von seiner Tür aus zulächelt, sehe, wie seine Hand in dem Ofenhandschuh in meiner liegt, erst vor ein paar Stunden. Meine Finger finden die Klinke, alles verschwimmt hinter dem Tränenvorhang.

Mein Kopf fährt herum, und da steht Will. Er ist mir gefolgt und ich mache einen Schritt auf ihn zu, von Schluchzern geschüttelt. Meine Rippen schmerzen und ich kann nicht mehr atmen. »Er ist fort, Will, er ist fort! Michael, seine Eltern, o Gott!« Ich umklammere meinen Brustkorb. »Will. Er wollte … Sie werden ihn nie wiedersehen!«

Die Erkenntnis trifft mich mit voller Wucht. »Sie werden ihn nie wiedersehen.«

Jetzt laufe ich durchs Zimmer, die Hände zu Fäusten geballt. »Ich habe ihn kein einziges Mal umarmt. Niemals. Nicht anfassen! Nicht zu nahe kommen! Nicht, nicht, nicht!«, kreische ich, völlig außer mir, hustend, schwindelig. »Er war mein bester Freund und ich habe ihn noch nicht mal umarmt.«

Und das werde ich auch nie. Ich kenne dieses Gefühl so schrecklich gut, ich halte das einfach nicht mehr aus. »Ich verliere alle«, keuche ich. »Abby. Poe. Alle fort.«

»Mich verlierst du nicht«, sagt Will und seine Stimme ist sanft, aber entschieden. Er kommt auf mich zu, streckt die Arme aus, fast liegen sie schon um mich.

»Nein!« Ich schubse ihn weg, weiche zurück, ganz nach hinten, ganz weit weg, viel weiter als die eineinhalb Meter. Ich drücke meinen Rücken an die Wand. »Was tust du da?«

Da geht es ihm auf und er taumelt zur Tür, mit entgeistertem Blick. »Oh nein, Stella. Ich habe nicht nachgedacht, ich wollte einfach …«

»Hau ab«, rufe ich, aber er ist schon auf dem Flur, rennt schon in sein Zimmer. Ich knalle die Tür zu, mein Kopf wummert vor Zorn. Vor Angst. Ich sehe mich im Zimmer um und überall sehe ich nur Verlust, alles wird immer enger, schrumpft, quetscht mich ein.

Das ist kein Zimmer.

Ich renne zur Wand, hake die Finger um den Rand eines Bildes. Es gibt nach, reißt von der Krankenhauswand.

Ich rupfe die Laken ab, schleudere die Kissen durch den Raum. Ich schnappe mir Flicki und schmettere ihn gegen die Tür. Ich fege sämtliche Bücher und Blätter und To-do-Listen von meinem Tisch, alles landet laut auf dem Boden. Blind greife ich nach meinem Nachttisch, schnappe mir das Nächstbeste, was mir in die Finger kommt, und werfe es mit voller Wucht an die Wand.

Das Glas zerbricht, ein schwarzer Trüffelhagel verteilt sich auf dem Boden.

Ich erstarre, sehe sie überallhin rollen.

Poes Trüffel.

Alles wird still, bis auf meine Brust, die sich nach oben, nach unten quält, rein, wieder raus. Ich sinke auf die Knie, Schluchzer schütteln meinen ganzen Körper, während ich verzweifelt versuche, die Trüffel einzusammeln, einen nach dem anderen. Ich sehe Flicki, der auf der Seite liegt, alt, zerschunden, ganz allein auf dem Boden neben einer einsamen Trüffel, die an seinem Bein lehnt.

Seine traurigen braunen Augen starren zu mir hoch und ich strecke mich nach ihm, hebe ihn auf. Ich drücke ihn mir an die Brust, mein Blick wandert zu Abbys Zeichnung und dann zu dem Foto von uns beiden.

Dann stehe ich schwankend auf und breche auf meinem Bett zusammen, rolle mich zu einem winzigen Ball auf der nackten Gummimatratze, und tränenüberströmt liege ich da, allein.

***

Der Schlaf kommt und geht, immer wieder reißt mich mein eigenes Schluchzen zurück in eine Wirklichkeit, die zu sehr wehtut, um daran zu glauben. Ich wälze mich, werfe mich, und meine Träume sind durchsetzt mit Bildern von Poe und Abby, deren Lächeln zu gequälten Grimassen umschmelzen und dann ins Nichts. Sowohl Barb als auch Julie kommen zu mir, doch ich kneife die Augen zu, bis sie wieder verschwinden.

Bald liege ich wach, starre an die Decke, während das Licht durch mein Zimmer wandert und alles in Taubheit übergeht, wie der Morgen in den Nachmittag.

Mein Telefon wütet am Boden, doch ich beachte es nicht, will mit niemandem reden. Will. Meine Eltern. Camila und Mya. Wozu? Entweder ich sterbe oder sie und dieser Kreislauf aus Tod und Trauer hört niemals auf.

Wenn ich in diesem Jahr eines gelernt habe, dann, dass Trauer einen Menschen kaputt machen kann. Meine Eltern hat sie kaputt gemacht. Poes Eltern wird sie auch kaputt machen. Michael.

Und mich.

All diese Jahre hatte ich mich mit dem Sterben so abgefunden. Ich wusste, dass es passieren würde. Es war das Unabwendbare, mit dem ich schon immer gelebt habe, dieses Bewusstsein, dass ich lange vor Abby und meinen Eltern sterben würde.

Aber nie, niemals war ich bereit dafür, um jemanden zu trauern.

Ich höre Stimmen auf dem Flur und richte mich auf, schiebe mich durch die Trümmer meines Zimmers zur Tür, hebe dabei das Handy auf, spüre es in der Hand vibrieren. Ich treibe hinaus auf den Gang, auf Poes Zimmer zu, sehe, wie jemand mit einer Kiste darin verschwindet. Ich folge, ohne so recht zu wissen, warum. Als ich hineinschaue, erwarte ich irgendwie, Poe dort sitzen zu sehen, wie er mich im Vorbeigehen anschaut, als sei das alles nur ein schrecklicher Albtraum gewesen.

Ich kann ihn meinen Namen sagen hören. Stella. So, wie er

ihn immer gesagt hat, mit dieser Wärme, diesem Lächeln um die Lippen.

Stattdessen ist es einfach ein leeres Krankenhauszimmer, wo ein einsames Skateboard am Bett lehnt. Einer der letzten Hinweise darauf, dass Poe, mein wunderbarer bester Freund Poe, überhaupt jemals dort gewesen ist. Und Michael. Er sitzt auf dem Bett, das Gesicht in den Händen, die leere Kiste neben sich auf dem Bett. Er ist Poes Sachen abholen gekommen. Das Gordon-Ramsay-Poster. Die *Futból*-Trikots. Das Gewürzregal.

Er weint so sehr, dass es ihn überall schüttelt. Ich möchte etwas sagen, um ihn zu trösten. Aber mir fehlen die Worte. Ich stecke zu tief in dem Krater in mir.

Und so kneife ich die Augen zu, ziehe den Kopf fort und gehe weiter.

Im Vorbeigehen streife ich mit den Fingern über Wills Tür. Das Licht ist an, scheint durch die Ritze durch, fordert mich auf, bei ihm zu klopfen. Zu ihm zu gehen.

Doch ich ziehe weiter. Meine Füße tragen mich treppauf und treppab und durch Türen hindurch, bis ich plötzlich vor dem Spielzimmer stehe und laut aufkeuche, als mich die bunten Buchstaben anspringen. Hier hat alles seinen Anfang genommen. Hier habe ich mit Poe und Abby gespielt, hier hatten wir keine Ahnung, dass uns nur so wenig Leben noch bevorstand.

Wie viel von diesen Leben sich in diesem Krankenhaus abspielen würde.

Ich zerre mir am Hemdkragen, habe das erste Mal in all diesen Jahren im Saint Grace das Gefühl, dass die sterilen Wände auf mich einstürzen, und meine Brust wird eng.

Ich brauche Luft.

Ich fliege den Flur entlang, will zurück zu Haus 1, hämmere auf den Aufzugknopf, bis die Stahltür aufgleitet und mich zurück auf meine Station bringt. Dort reiße ich meine eigene Tür auf und drehe mich zu meinem krankhaft ordentlichen Medizinwagen. Die ganze Zeit über habe ich nur meine Medikamente geschluckt und meine bescheuerten To-do-Listen abgehakt, um so lange wie möglich am Leben zu bleiben.

Aber wofür?

Ich habe aufgehört zu leben, als Abby starb. Was bringt es also?

Poe hat alle weggeschubst, um ihnen nicht wehzutun, aber es hat absolut nichts bewirkt. Michael sitzt dennoch da auf dem Bett, am Boden zerstört, denkt in einem fort an die Wochen, die sie gemeinsam hätten haben können. Meine Eltern werden auch am Boden zerstört sein, wenn ich sterbe, sei es jetzt oder in zehn Jahren. Und ich werde nichts weiter vollbracht haben außer ständigen Qualen für ein paar zusätzliche Atemzüge.

Ich reiße meine Schranktür auf, ziehe Mantel und Schal und Handschuhe heraus. Ich will hier einfach nur weg. Ich werfe mein kompaktes Sauerstoffgerät in einen kleinen Rucksack und gehe zur Tür.

Das Stationszimmer ist leer. Die Bahn ist frei.

Ich halte mich an den Rucksackriemen fest und gehe zur Treppe am Ende des Flurs. Schon bin ich an der Tür und ziehe sie auf, bevor mich irgendwer sieht, stehe direkt vor der ersten Treppe. Ich steige eine Stufe nach der anderen empor, jeder Schritt bringt mich der Freiheit näher, mit jedem Ringen nach Luft fordere ich das Universum heraus. Ich renne, und das Gefühl ist so großartig, dass ich an nichts anderes mehr denke.

Bald stehe ich vor der roten Tür. Ich ziehe Wills gefalteten Dollarschein hervor, der immer noch in meiner Manteltasche steckt. Klemme damit den Alarm fest, ziehe die Tür auf und lege einen Ziegel, der an der Wand lehnt, dazwischen, um mich nicht auszusperren.

Ich trete aufs Dach und gehe vor zur Kante, um die Welt zu meinen Füßen zu sehen. Sauge tief die beißende Luft ein und schreie laut auf. Ich schreie, bis mir die Stimme versagt und in Husten übergeht. Doch es fühlt sich gut an. Ich blicke nach unten, meine Lunge pfeift, röchelt, und ich sehe Will in seinem Zimmer. Er schultert eine riesige Reisetasche und steuert auf die Tür zu.

Er geht.

Will geht.

Ich sehe zu der Weihnachtsbeleuchtung in der Ferne, die wie Sterne funkelt, mich zu sich ruft.

Und diesmal höre ich auf sie.

Kapitel 22

WILL

Ich sitze in meinem Sessel, warte darauf, dass Barb mich auf die Isolierstation bringt, so wie ich es verdient habe. Aus dem Morgen ist Nachmittag geworden, aus dem Nachmittag Abend, aus dem Abend Nacht, und noch immer habe ich nichts von ihr gehört. Die Drohung von gestern liegt unter den Ereignissen begraben.

Die Uhr auf meinem Nachttisch sagt, eine weitere Minute sei vergangen. Jede Bewegung der roten Ziffern schiebt das Gestern tiefer in die Vergangenheit.

Schiebt Poe in die Vergangenheit.

Poe ist an meinem Geburtstag gestorben.

Ich weiß noch, wie er beim Essen gelacht hat. Es ging ihm gut, und dann, einfach so …

Ich verpasse mir selbst einen Tritt. Das Entsetzen, das Grauen in Stellas Gesicht, als sie mich angesehen hat, der Zorn, mit dem sie mich weggeschubst hat, all das sucht mich heute schon zum unendlichsten Mal heim.

Warum habe ich das getan? Was habe ich mir dabei gedacht?

Gar nichts habe ich gedacht. Das ist genau das Problem. Stella hat sich all diese Regeln ausgedacht, und ich bring es nicht mal fertig, sie einzuhalten? Was stimmt nicht mit mir? Es ist nur eine Frage der Zeit, bis ich etwas richtig Dummes anstelle. Irgendwas, das uns beide ins Grab bringt.

Ich muss hier raus, verdammt noch mal.

Ich springe aus dem Sessel auf, ziehe meine riesige Reisetasche unter dem Bett hervor. Dann zerre ich die Schubladen auf und stopfe alle Klamotten hinein, räume alles so rasch aus, wie ich nur kann. Danach rufe ich ein Taxi, packe meine Malsachen und meine Blöcke in den Rucksack, stopfe noch die Stifte und Papiere mit hinein, nachdem alles Wichtige dabei ist. Obendrauf lege ich vorsichtig die gerahmte Karikatur von meiner Mutter und wickle sorgfältig ein Hemd darum, bevor ich die Tasche zuziehe und dem Fahrer Bescheid gebe, wo er mich vor dem Osteingang einsammeln soll.

Darauf ziehe ich den Mantel an und verlasse das Zimmer, eile zur Doppeltür und dann mit dem Fahrstuhl zum Osteingang. Ich setze eine Mütze auf und schiebe die Tür mit der Schulter auf, setze mich in den Eingangsbereich, um zu warten.

Ungeduldig tippe ich mit dem Fuß, checke auf dem Handy, wo das Auto bleibt, schaue genau hin, als sich jenseits der Tür etwas tut. Die Scheibe beschlägt, und ich sehe, wie eine Hand dort ein Herz hineinzeichnet.

Stella.

Jetzt sehe ich sie, dort in der Dunkelheit.

Wir starren einander an, das Türglas zwischen uns. Sie ist in eine dicke rote Jacke gehüllt. Um ihren Hals ist ein Schal gewickelt, an den kleinen Händen trägt sie Handschuhe, über die Schultern einen Rucksack.

Ich hebe die Hand, drücke meine Handfläche gegen die Scheibe, mitten in das Herz, das sie gezeichnet hat.

Sie krümmt den Finger, ruft mich nach draußen.

Mein Herz macht einen Satz. Was macht sie da? Sie muss wieder reinkommen, es ist eiskalt da draußen. Ich muss sie holen.

Vorsichtig schiebe ich mich hinaus, die kalte Luft schlägt mir voll ins Gesicht. Ich ziehe mir die Mütze über die Ohren und stapfe auf sie zu, höre mit jedem Schritt den dicken Schnee unter mir knirschen.

»Komm, wir gehen zu der Weihnachtsbeleuchtung«, sagt sie, als ich neben ihr stehen bleibe, den unsichtbaren Billardstab zwischen uns. Sie ist aufgeregt. Fast schon manisch.

Ich sehe in die Richtung der funkelnden Lichter, weiß, wie weit die entfernt sind. »Stella, das sind gute drei Kilometer. Komm wieder rein …«

Sie lässt mich nicht ausreden. »Ich gehe.« Sie sieht mir in die Augen, sie wirkt entschlossen, mit irgendwas aufgeladen, das ich von ihr nicht kenne, irgendwas Wildem. Sie geht mit mir oder ohne mich. »Komm mit mir.«

Ich bin ja für jeden Aufstand zu haben, aber das hier erscheint mir wie glatter Selbstmord. Zwei Jugendliche mit quasi funktionsunfähigen Lungen wollen drei Kilometer wandern, um sich ein paar Lichter anzusehen? »Stella. Das ist nicht der richtige Zeitpunkt für Rebellion. Ist es wegen Poe? Hier geht es um Poe, oder?«

Sie sieht mich eindringlich an. »Es geht um Poe. Es geht um Abby. Es geht um dich und mich, Will, um alles, das wir nie zusammen werden tun können.«

Ich entgegne nichts, sehe sie nur an. Diese Worte hätten direkt aus meinem Mund kommen können, aber wenn ich sie von ihr höre, klingen sie gleich ganz anders.

»Wenn wir nie mehr bekommen werden, dann greifen wir doch zu. Ich möchte diese Angst loswerden und frei sein«, sagt sie und sieht mich herausfordernd an. »Es ist ja nur das Leben, Will. Eh wir uns versehen, ist es schon vorbei.«

***

Wir gehen einen leeren Bürgersteig entlang, die Straßenlampen über unseren Köpfen spiegeln sich in den vereisten Flächen. Ich versuche, immer zwei Meter von ihr entfernt zu bleiben, und wir wählen unsere Schritte mit Bedacht, um nicht auszurutschen.

»Wollen wir nicht wenigstens ein Taxi nehmen?«, frage ich. Schließlich ist schon eins unterwegs.

Sie verdreht die Augen. »Ich will gehen und die Nacht genießen«, sagt sie, beugt sich zu mir und ergreift meine Hand.

Ich zucke zurück, doch sie hält mich umklammert, verwebt ihre Finger mit meinen. »Handschuhe! Alles gut.«

»Aber wir sollen zwei Meter …«, sage ich, doch sie weicht zurück, streckt den Arm weit ab, ohne loszulassen.

»Eineinhalb Meter«, antwortet sie entschieden. »Das ziehe ich weiter durch.«

Ich sehe sie an, den Ausdruck in ihrem Gesicht, und plötzlich schwinden die Angst und die Nervosität dahin. Endlich befinde ich mich außerhalb eines Krankenhauses. Endlich werde ich wirklich etwas erleben, statt es nur von einem Dach oder einem Fenster aus zu beobachten.

Und Stella ist neben mir. Hält meine Hand. Und obwohl ich weiß, dass es falsch ist, kann ich den Grund nicht fühlen.

Ich sage das Taxi ab.

Wir stapfen durch den Schnee, die Lichter locken in der Ferne, die Parkgrenze rückt immer näher.

»Ich möchte immer noch zur Sixtinischen Kapelle«, sagt sie und der Schnee knirscht unter ihren entschiedenen Schritten.

»Das wäre cool«, sage ich. Steht auf meiner Liste nicht ganz oben, aber wenn sie dort ist, würde ich auch gehen.

»Wo möchtest du denn hin?«, fragt sie.

»Eigentlich überall«, sage ich und denke an all die Orte, an denen ich war, aber die ich nicht sehen durfte. »Brasilien, Kopenhagen, Fidschi-Inseln, Frankreich. Ich möchte eine Weltreise unternehmen und mir all die Orte ansehen, wo ich in einem Krankenhaus war und nicht rausdurfte. Jason meint, wenn es je so weit kommt, ist er dabei.«

Sie drückt mir die Hand, nickt, versteht, der Schnee setzt sich auf unsere Hände und Arme und Jacken. »Magst du lieber, wenn es draußen kalt oder warm ist?«

Sie beißt sich nachdenklich auf die Lippe. »Ich mag Schnee. Aber davon mal abgesehen, gefällt es mir besser, wenn es warm ist.« Sie sieht zu mir herüber. »Und du?«

»Ich mag Kälte. Auch wenn ich nicht wirklich drauf stehe hindurchzustapfen«, entgegne ich, rücke mir die Mütze zurecht und grinse sie schief an. Ich beuge mich runter, schaufle mir etwas Schnee auf die Hand und forme ihn zur Kugel. »Aber ich stehe auf Schneebälle.«

Sie hält die Hände hoch und weicht unter Kopfschütteln und Kichern ein paar Schritte zurück. »Will. Ich warne dich.«

Dann schabt sie sich selbst einen Schneeball zusammen und hat mich mit Blitzgeschwindigkeit mitten in die Brust getroffen. Ich starre sie entgeistert an und sinke dramatisch auf die Knie.

»Ich bin getroffen.«

Zur Antwort bekomme ich gleich noch einen ab, sie trifft mich am Arm wie ein Scharfschütze. Ich jage hinter ihr her und wir lachen beide, bewerfen uns mit Schnee und kommen den Lichtern immer näher.

Viel zu bald schnappen wir beide heftig nach Luft.

Ich ergreife ihre Hand zum Waffenstillstand und wir keuchen und prusten einen kleinen Hügel hinauf. Als wir endlich oben angekommen sind, drehen wir uns um und blicken zurück.

Stella atmet aus, ihr Atem wölkt sich aus ihrem Mund, und wir betrachten den Schnee und das Krankenhaus, weit, weit weg. »Von hier aus gefällt es mir deutlich besser.«

Ich betrachte sie, sehe zu, wie der Schnee sanft auf ihre Haare, ihr Gesicht fällt. »War das auch auf deiner To-do-Liste? Ausbruch mit Will?«

Sie lacht und trotz allem höre ich Glück heraus. »Nein. Aber meine To-do-Liste hat sich verändert.«

Sie breitet die Arme aus und lässt sich rücklings hinfallen, der Schnee sinkt unter ihr ein, puffert mit sanftem Knirschen ihre Landung ab. Ich sehe zu, wie sie einen Schneeengel macht, lachend Arme und Beine hin und her bewegt, hin und her. Keine To-do-Liste, kein erstickendes Krankenhaus, kein krampfhaftes Einhalten von Therapien, kein anderer, um den sie sich Sorgen machen muss.

Sie ist einfach nur Stella.

Ich breite die Arme aus und lasse mich neben sie fallen, der Schnee verformt sich mit mir. Ich lache, mache auch einen

Schneeengel, mein ganzer Körper ist kalt vom Schnee, aber warm vom Augenblick.

Wir halten ein und blicken gen Himmel. Die Sterne scheinen zum Greifen nah. So hell und so nah, als müssten wir einfach nur die Arme danach ausstrecken. Ich sehe zu ihr, bemerke eine Wölbung vorne in ihrem Mantel, auf ihrer Brust.

Nicht, dass ich extra hingeguckt hätte, aber so groß ist ihre Brust auf gar keinen Fall.

»Was zum Henker ist das?«, frage ich und deute auf die Beule.

Sie zieht sich den Mantelreißverschluss auf und enthüllt einen Stoffpanda, der sich schlaff gegen sie drückt. Ich grinse, sehe ihr in die Augen. »Auf die Erklärung bin ich gespannt.«

Sie zieht den Panda hervor und hält ihn hoch. »Den hat Abby mir bei meinem ersten Klinikaufenthalt geschenkt. Seitdem habe ich ihn immer dabei.«

Ich habe sie richtig vor mir, wie sie jung und winzig und verängstigt zum ersten Mal ins Saint Grace kommt und sich an diesem schäbigen Panda festklammert. »Gut, passt. Weil ich dir jetzt ungern gesagt hätte, dass eine dritte Titte für mich ein absolutes Ausschlusskriterium darstellt.«

Sie funkelt mich an, doch das ist rasch vorbei. Sie schiebt den Panda wieder hinein und setzt sich auf, um den Reißverschluss zuzuziehen.

»Komm, wir schauen uns deine Lichter an«, sage ich im Aufstehen. Sie versucht es auch, wird aber zurückgerissen. Ich knie mich hin und sehe, dass einer der Tragriemen ihres Sauerstoffgeräts sich an einer Wurzel verfangen hat. Ich befreie den Riemen und strecke die Hand aus, um ihr aufzuhelfen. Sie ergreift sie und ich ziehe, ihr Körper schwingt nach oben, und plötzlich ist sie nur noch ein paar Zentimeter von mir entfernt.

Ich sehe ihr in die Augen, die Luft, die aus unseren Mündern kommt, mischt sich in dem schmalen Raum zwischen uns, macht das, von dem ich weiß, dass unsere Körper es nicht können. Hinter ihr sehe ich unsere Schneeengel, perfekte eineinhalb Meter voneinander entfernt. Ich lasse los, weiche rasch zurück, ehe ich vom Wunsch überwältigt werde, sie zu küssen.

Wir gehen weiter, schaffen es schließlich bis in den Park und zu dem riesigen Teich, bis zu den Lichtern ist es gar nicht mehr weit. Ich sehe, wie das Mondlicht auf der gefrorenen Seeoberfläche glitzert, dunkel und wunderschön. Hinter mir höre ich Stella schwer atmen, wie sie sich abmüht, um Luft zu bekommen.

»Alles okay?«, frage ich, mache einen Schritt auf sie zu.

Sie nickt, sieht an mir vorbei und streckt den Zeigefinger aus. »Komm, wir machen mal eine Verschnaufpause.«

Über die Wortwahl muss ich grinsen. Ich drehe mich um und sehe, was sie meint: eine kleine steinerne Brücke. Wir halten langsam darauf zu, halten uns vorsichtig am Rand des Teichs.

Stella bleibt stehen, tastet mit dem Fuß aufs Eis und legt dann nach und nach immer mehr Gewicht hinein, prüft es mit ihrem Schuh.

»Stella, hör auf«, sage ich und sehe vor mir, wie sie mittendurch ins eisige Wasser einbricht.

»Das ist völlig zugefroren. Komm schon!« Sie sieht mich an. Genauso wie schon den ganzen Abend: mutig, verschmitzt, herausfordernd.

Leichtsinnig, steuert mein Hirn noch bei. Aber das schiebe ich beiseite.

Wenn wir nie mehr bekommen werden, dann greifen wir doch zu.

Und so hole ich tief Luft, nehme ihre Herausforderung an und ergreife ihre Hand, als wir gemeinsam aufs Eis hinausschlittern.

Kapitel 23

STELLA

Zum ersten Mal seit langer Zeit fühle ich mich nicht krank.

Ich halte mich an Wills Händen fest und gemeinsam schlittern wir über die Eisoberfläche, lachen laut beim Versuch, das Gleichgewicht zu halten. Doch das geht schief, mit einem Kreischen lasse ich seine Arme los, um ihn nicht mit runterzureißen, und knalle fest auf den Hintern.

»Geht's dir gut?«, fragt er und lacht noch mehr.

Ich nicke glücklich. Besser als gut. Ich sehe zu, wie er Gas gibt, unter Jubeln auf den Knien übers Eis rutscht. Sein Anblick dämpft die Schmerzen wegen Poe, füllt mein Herz bis zum Anschlag, so gebrochen es auch sein mag.

In der Tasche klingelt mein Handy, doch ich überhöre es, wie fast schon den ganzen Tag, sehe in die Ferne, wo Will über den Teich schlittert. Endlich gibt das Telefon klein bei und ich richte mich langsam auf, doch dann geht die Piepslawine los, eine Nachricht nach der anderen.

Genervt ziehe ich es raus, sehe, dass mein Display mit Nachrichten von Mom, Dad und Barb nur so überquillt.

Alle schreiben wegen Poe, denke ich, doch was mich anspringt, ist etwas ganz anderes.

EINE LUNGE. IST IN DREI STUNDEN DA. WO BIST DU???

Stella. Bitte antworte! LUNGE UNTERWEGS!

Ich erstarre und aus meiner eigenen, beschissenen Lunge entweicht alle Luft. Ich schaue über den Teich zu Will, sehe, wie er immer wieder im Kreis herumwirbelt. Das ist es, was ich wollte. Was Abby wollte. Eine neue Lunge.

Aber dann sehe ich wieder zu Will, dem Jungen, den ich liebe, der B. cepacia hat und nie die Möglichkeit haben wird, die für mich jetzt zum Greifen nah ist.

Ich starre aufs Handy. Mir schwirrt der Kopf.

Eine neue Lunge bedeutet Krankenhaus, Medikamente, Genesung. Sie bedeutet Therapie und Infektionsgefahr und gewaltige Schmerzen. Und vor allem bedeutet sie, dass ich mich mehr denn je von Will fernhalten müsste. Sogar in Quarantäne, um die B. cepacia so weit wie möglich von mir fernzuhalten.

Ich muss mich jetzt entscheiden.

Neue Lunge?

Oder Will?

Ich blicke zu ihm hinüber, und er strahlt mich so an, dass sich noch nicht mal die Frage stellt.

Ich schalte das Handy aus und sause los übers Eis, schlittere, rutsche zu ihm, bis ich mit voller Wucht in ihn hineinrausche. Er fasst mich, schafft es mit Mühe und Not, sich auf den Beinen zu halten und uns beide davor zu bewahren, voll aufs Eis zu stürzen.

Ich brauche keine neue Lunge, um mich lebendig zu fühlen. Ich fühle mich genau jetzt lebendig. Meine Eltern sagen, sie wollen, dass ich glücklich bin. Ich muss mich drauf verlassen, dass ich weiß, was das heißt. Irgendwann müssen sie mich verlieren und darauf habe ich keinen Einfluss.

Will hatte recht. Warum sollte ich all meine Zeit damit verschwenden, gegen das Unausweichliche anzukämpfen?

Ich stoße mich von ihm ab und versuche mich an einer Pirouette, strecke die Arme aus, recke das Gesicht in den Sternenhimmel. Und während ich mich auf dem feuchten Eis drehe und drehe, höre ich seine Stimme.

»Mein Gott, ich liebe dich.«

Er sagt es so sanft, so wahr, und etwas Schöneres kann es nicht geben.

Meine Arme sinken hinab und ich höre auf, mich zu drehen, schaue ihn an, mein Atem kommt schnell und stoßweise. Er weicht meinem Blick nicht aus, und wieder spüre ich, wie er mich anzieht, wie ich es immer bei ihm gefühlt habe, diese Kraft, die mich lockt, den Abstand zwischen uns zu überwinden. Mich über jeden Zentimeter dieser eineinhalb Meter hinwegzusetzen.

Und diesmal mache ich es.

Ich renne zu Will, unsere Körper prallen gegeneinander, unsere Füße geben unter uns nach und wir stürzen aufs Eis, lachen, als wir miteinander zu Boden gehen. Ich ziehe seine Arme um mich, lege meinen Kopf auf seine Brust und um uns herum rieselt der Schnee. Mein Herz pocht so laut, dass Will es bestimmt hören muss. Ich sehe zu ihm hinauf und er beugt sich herab. Jeder Atemzug ist wie ein Magnet, der mich zu ihm hinzieht.

»Du weißt, dass ich es will«, flüstert er und ich kann es fast schon spüren. Wie unsere Lippen sich treffen, kalt von Schnee und Eis, aber absolut perfekt. »Aber ich kann nicht.«

Ich schaue weg und lege den Kopf auf seinen Mantel, sehe dem Schnee zu. Kann nicht. *Kann nicht.* Ich schlucke das vertraute Gefühl hinunter, das in meiner Brust zieht.

Wieder ist er still und unter meinem Kopf kann ich seine Lunge spüren, wie sie sich hebt, wie sie sich senkt, und ich höre ihn seufzen. »Du machst mir Angst, Stella.«

Ich runzle die Stirn. »Was? Wieso?«

Er sieht mir in die Augen, seine Stimme ist ernst. »Wegen dir will ich ein Leben, das ich nicht haben kann.« Ich weiß genau, was er meint.

Er schüttelt den Kopf. »So was Unheimliches habe ich noch nie empfunden.«

Ich denke daran, wie wir uns kennengelernt haben, dann daran, wie er am Rand des Daches taumelte.

Seine behandschuhten Finger berühren sanft mein Gesicht, seine blauen Augen sind dunkel, ernst. »Außer dem hier, vielleicht.«

Wir sind still, schauen einander im Mondschein an.

»Das ist geradezu widerlich romantisch«, sagt er und grinst mich schief an.

»Ich weiß«, sage ich. »Ich liebe es.«

Und dann hören wir es. *Kritschkratschratsch.* Unter uns ächzt das Eis. Wir springen auf, lachen und stolpern gemeinsam Hand in Hand dem festen Boden entgegen.

Kapitel 24

WILL

»Wo würdest du am allerliebsten leben?«, frage ich, als wir langsam zurück zur Brücke gehen, ihre behandschuhte Hand in meiner.

Wir wischen den frischen Schnee vom Geländer und springen hinauf, schwingen im gleichen Rhythmus mit den Beinen.

»Malibu«, sagt sie und stellt das Sauerstoffgerät neben sich, während wir auf den Teich hinabschauen. »Oder Santa Barbara.«

Na klar, Kalifornien.

»Im Ernst? Kalifornien? Wieso nicht Colorado?«

»Will«, lacht sie. »Colorado? Mit unseren Lungen?«

Ich grinse. Ich sehe sie vor mir, die traumhafte Landschaft Colorados. »Was kann ich dafür? Die Berge sind so schön.«

»Oh nein«, seufzt sie und grinst. »Ich liebe den Strand, du liebst die Berge. Unsere Beziehung hat keine Chance.«

Mein Handy meldet sich und ich will in der Tasche danach graben. Doch sie greift dazwischen, will mich abhalten.

Ich zucke die Schultern. »Wir sollten ihnen wenigstens Bescheid geben, dass alles okay ist.«

»Ein toller Rebell bist du«, schleudert sie zurück, versucht, mir das Handy wegzureißen. Ich lache und erstarre, als ich all die Nachrichten von meiner Mom auf dem Display sehe.

So spät noch?

Ich ziehe Stellas Hand fort und sehe, dass jede Nachricht gleich ist: LUNGE FÜR STELLA. KOMMT SOFORT ZURÜCK.

Ich schwinge die Beine hinunter, springe auf, von Kopf bis Fuß von Begeisterung erfüllt. »O Gott! Stella, wir müssen sofort zurück!« Ich fasse nach ihrer Hand, versuche sie vom Geländer zu ziehen. »Eine Lunge – sie haben eine Lunge für dich!«

Sie rührt sich nicht. Wir müssen jetzt zurück, so schnell wie möglich. Warum tut sie nichts? Kapiert sie das denn nicht?

Ich sehe, wie sie zu den Lichtern schaut, völlig unbeeindruckt von dem, was ich gesagt habe. »Ich war noch nicht bei den Lichtern.«

Was zur Hölle?

»Du hast es schon gewusst?«, frage ich und der Schock trifft mich wie ein Zehntonner. »Was machen wir hier draußen, Stella? Diese Lunge ist deine Chance auf ein richtiges Leben!«

»Eine neue Lunge? Fünf Jahre, Will. So lautet das Haltbarkeitsdatum.« Sie schnaubt. »Und was, wenn die dann nachlässt? Dann bin ich wieder da, wo ich jetzt bin.«

Das ist alles meine Schuld. Die Stella von vor zwei Wochen wäre niemals so dumm gewesen. Aber jetzt, dank mir, will sie alles hinschmeißen.

»Fünf Jahre sind für Leute wie uns ein ganzes Leben, Stella!«, brülle ich zurück, versuche, sie zu Verstand zu bringen. »Vor B. cepacia hätte ich gemordet, um eine neue Lunge zu kriegen. Sei nicht bescheuert!« Ich ziehe das Telefon hervor, drücke die Tasten. »Ich rufe jetzt im Krankenhaus an.«

»Will!«, schreit sie, versucht, mich aufzuhalten.

Von Schrecken erfüllt sehe ich, wie ihre Nasenschläuche sich in einem Vorsprung im Mauerwerk der Brücke verfangen, ihr Kopf zurückgerissen wird und sie das Gleichgewicht verliert. Sie versucht sich am rutschigen Geländer festzuhalten, rutscht jedoch ab und stürzt hinunter.

Ich versuche sie zu fassen, doch sie prallt aufs Eis auf, landet auf dem Rücken, das Sauerstoffgerät neben sich.

»Stella, shit! Bist du okay?«, rufe ich, versuche mich selbst über das Geländer zu ihrem regungslosen Körper zu hieven.

Und dann lacht sie los. Sie ist unverletzt. O Gott, danke. Sie ist unverletzt. Ich schüttle den Kopf, Erleichterung durchflutet mich.

»Das war mal ein …«

Ein lautes Knacken. Ich sehe, wie sie sich aufrappelt, doch zu spät.

»Stella!«, rufe ich, als das Eis unter ihr bricht, sie hineinsaugt, das Wasser sie mit Haut und Haaren verschluckt.

Kapitel 25

STELLA

Meine Arme peitschen, überall Eiswasser, ich muss nach oben. Mein Mantel ist so schwer, vollgesogen, zerrt mich tiefer und tiefer nach unten. Panisch ziehe ich ihn auf, will ihn ausziehen und sehe Flicki, wie er wegtreibt. Meine Lunge brennt, oben sehe ich das Licht durch das Loch, durch das ich gebrochen bin, die dünne Schnur des Sauerstoffgeräts, das mir den Weg nach oben weist.

Doch dann sehe ich zu Flicki.

Mein Körper sinkt in die Tiefe, die Kälte drückt mir die Luft aus der Lunge, Bläschen steigen aus mir heraus an die Oberfläche.

Ich recke mich nach dem Panda, strecke verzweifelt die Arme aus, meine Fingerspitzen streifen sein Fell. Ich huste, jetzt ist auch der Rest des Sauerstoffs weg, mein Kopf hämmert und ich habe Wasser in der Lunge. Ich sehe nichts mehr, alles wird dunkel und das Wasser vor mir verwandelt sich in einen schwarzen Himmel, gespickt mit stecknadelgroßen Lichtern.

Sterne.

Die Sterne aus Abbys Bild. Sie kommen auf mich zugeschwommen, kreisen mich ein, schwirren um mich herum. Ich schwebe mitten unter ihnen, sehe zu, wie sie funkeln.

Moment.

Das ist nicht richtig.

Ich blinzle und bin wieder im Wasser, mein Körper füllt sich mit Kraft, und mit allem, was in mir steckt, ziehe ich mich wieder nach oben. Eine Hand ergreift mich, meine Fingerspitzen verhaken sich verzweifelt mit ihr, und dann gleite ich aus dem Wasser, als wäre es nichts.

Da liege ich, keuche und sehe mich um.

Wo ist Will?

Ich hebe die Hand und betaste meine Haare. Trocken. Ich berühre mein Oberteil und meine Hose. Trocken. Ich lege meine Hand flach aufs Eis, erwarte Kälte. Aber … nichts. Irgendwas stimmt nicht.

»Ich weiß, dass du mich vermisst, aber das geht jetzt zu weit«, sagt eine Stimme neben mir. Ich drehe den Kopf, sehe die braunen Locken, die grünbraunen Augen, die genau wie meine aussehen, das vertraute Lächeln.

Abby.

Es ist Abby.

Ich verstehe das nicht. Ich schlinge meine Arme um sie, umarme sie, damit ich auch weiß, dass sie wirklich da ist. Sie ist wirklich da. Sie … Moment.

Ich lasse los und sehe mich um, zum gefrorenen See, zur Steinbrücke. »Abby. Bin ich … tot?«

Sie schüttelt den Kopf, macht schmale Augen. »Hm … noch nicht ganz.«

Noch nicht *ganz*? Ich freue mich so, sie zu sehen, doch die Erleichterung über ihre Worte überwältigt mich. Ich will noch nicht sterben.

Ich will mein Leben leben.

Wir beide hören ein Platschen, irgendwo in der Ferne. Ich drehe mich um, wo das Geräusch wohl herkommt, doch ich sehe nichts. Was war das?

Ich spitze die Ohren und da höre ich es, wie ein Echo von ganz weit her.

Seine Stimme.

Es ist Wills Stimme, wild, abgehackt zwischen scharfen, flachen Atemzügen. »Halt durch, Stella.«

Ich sehe Abby an, und ich weiß, dass sie es auch hört. Wir schauen hinab, wie meine Brust sich langsam wölbt und wieder senkt, wölbt und senkt, immer wieder und immer wieder.

Als bekäme ich eine Herzlungenmassage.

»Nicht … jetzt. Komm … komm schon, nicht jetzt. Atme«, sagt seine Stimme, jetzt deutlicher.

»Was passiert da?«, frage ich sie, sehe zu, wie das Geschehen vor mir sich langsam verwandelt. Will. Seine Silhouette nimmt Form an, zum Greifen nahe.

Er beugt sich über einen Körper.

Meinen Körper.

Ich sehe zu, wie er zittert, hustet, wie sein Körper schwankt und er langsam zusammenbricht. Jeder Atemzug ist ein Kampf und ich sehe ihn um Atem ringen, wie er verzweifelt versucht, seine Lunge zu füllen.

Und was er an Luft bekommt, das gibt er mir.

»Er atmet für dich«, sagt Abby, als mein Brustkorb sich wieder wölbt.

Mit jedem Atemzug, den er mir in die Lunge bläst, wird das Bild vor meinen Augen lebendiger. Ich kann sehen, wie sein Gesicht blau wird, jeder Atemzug Folter ist.

»Will«, flüstere ich, sehe zu, wie er kämpft, um die Luft in meinen Körper zu schieben.

»Er liebt dich wirklich, Stell«, sagt Abby, die es verfolgt. Je schärfer die Szene wird, desto blasser wird sie.

Ich drehe mich zu ihr, panisch, fühle schon wieder den Verlust, der mir nachts den Schlaf raubt. Die unbeantwortete Frage.

Abby lächelt, schüttelt den Kopf, mir schon weit voraus. »Es hat nicht wehgetan, Stella. Ich habe mich nicht gefürchtet.«

Ich hole tief Luft, seufze den Seufzer der Erleichterung, den ich seit über einem Jahr in mir trage. Plötzlich würge ich und beginne zu husten, das Wasser ergießt sich aus meinem Mund.

Ich sehe zu, wie mein Körper, nur ein paar Meter entfernt, genau dasselbe tut.

Abby strahlt mich an. »Ich will nur, dass du lebst, okay? Lebe, Stella. Für mich.«

Sie verblasst noch mehr und ich drehe durch. »Nein! Geh nicht!«, sage ich, packe sie fest.

Sie umarmt mich, drückt mich ganz fest an ihren Körper und ich rieche ihren warmen, blumigen Duft. Sie flüstert mir ins Ohr: »Ich bin nicht weit. Ich bin immer da. Nur ein paar Zentimeter entfernt. Ich verspreche es dir.«

Kapitel 26

WILL

Mein Hals brennt.

Meine Lunge ist hin.

Noch einmal. Für Stella.

»Nicht … jetzt. Komm … schon, nicht jetzt. Atme«, beschwöre ich sie, und die Kälte trommelt mir gegen den Leib, als ich Stellas Gesicht in meine Hände nehme und die Luft in ihre Lunge drücke.

Es tut so weh, dass ich es kaum aushalte.

Mein Gesichtsfeld verschwindet, vom Rand her fließt Schwärze hinein, bis ich nur noch ihr Gesicht sehe, in einem Meer aus Schwarz.

Ich habe nichts mehr zu geben. Ich habe nichts mehr zu … *nein.*

Ich richte mich auf, sauge verzweifelt noch einen letzten kurzen Atemzug ein, weiß tief in meiner Brust, dass dies der letzte Atemzug ist, den ich je tun werde.

Und den gebe ich ihr. Ich gebe ihr alles, was ich habe, dem Mädchen, das ich liebe. Das hat sie verdient.

Ich schiebe jeden Rest Luft in ihre Lunge und breche über ihr zusammen, habe keine Ahnung, ob es genug war, höre die Sirenen des Krankenwagens, den ich gerufen habe, in der

Ferne heulen. Wasser fließt mir über den Kopf, als meine Hand ihre findet und ich mich endlich von der Dunkelheit schlucken lasse.

Kapitel 27

STELLA

Irgendwas pikst mich in den Arm.

Meine Augen fliegen auf, mein Kopf dreht sich und langsam kann ich wieder sehen, über mir sind helle Lichter. Aber nicht die von der Weihnachtsbeleuchtung, die sich so schön um die Bäume im Park wickeln. Es sind die Neonlampen aus dem Krankenhaus.

Nun schieben sich Gesichter davor.

Mom.

Dad.

Ich richte mich auf, kämpfe mich unter den Decken hervor und sehe Barb. Sie steht neben der Intensiv-Krankenschwester, die mir gerade Blut abnimmt.

Ich will ihre Hand wegschieben, aufstehen, aber ich bin zu schwach.

Will.

Wo ist Will?

»Stella, beruhige dich«, sagt eine Stimme. Dr. Hamid beugt sich über mich.

»Deine Spenderlunge …«

Ich reiße mir die Sauerstoffmaske ab, suche nach ihm. Dr. Hamid versucht, sie mir wieder aufzusetzen, doch ich wende den Kopf ab, entwinde mich ihrem Griff. »Nein, ich will sie nicht!«

Mein Dad schlingt seine Arme um mich, versucht mich wieder hinzulegen. »Stella, jetzt beruhige dich!«

»Bitte, Schätzchen«, sagt Mom und nimmt mich bei der Hand.

»Wo ist Will?«, heule ich, aber ich kann ihn nirgendwo sehen. Meine Augen jagen panisch umher, doch mein Körper streikt, fällt flach auf die Rollliege zurück.

Alles, was ich sehen kann, ist sein gekrümmter Leib über mir, nachdem er mir all seine Luft gegeben hat.

»Stella«, höre ich eine schwache Stimme. »Ich bin hier.«

Will.

Er lebt.

Ich drehe mich nach der Stimme um, unsere Augen treffen sich.

Zwischen uns können nicht mehr als drei Meter liegen, doch es fühlt sich weiter denn je an. Ich will die Hand ausstrecken, ihn berühren. Sicher sein, dass es ihm gut geht.

»Nimm die Lunge«, flüstert er, sieht mich an, als gäbe es hier nur uns zwei.

Nein. Das kann ich nicht. Wenn ich die Lunge nehme, dann werde ich fast ein Jahrzehnt länger leben als er. Wenn ich die Lunge nehme, dann wird er mir gefährlicher sein denn je. Sie werden uns noch nicht mal im selben Stadtviertel sein lassen, geschweige denn im selben Zimmer. Und wenn ich B. cepacia kriege, nachdem ich die gesunde Lunge bekommen habe, nach der sich alle Mukos sehnen? Das wäre einfach nur falsch. Das wäre furchtbar.

»Du nimmst diese Lunge, Stella«, sagt meine Mutter neben mir, fasst mich fester am Arm.

Ich sehe meinen Vater an, packe verzweifelt seine Hand. »Ist euch klar, was ich alles wegen der Muko verlieren werde? Was ich schon verloren habe? Daran ändert auch die Lunge nichts.«

Ich bin so müde. Ich bin so müde, mich selbst zu bekämpfen.

Alle sind still.

»Aber Will möchte ich nicht verlieren«, sage ich ohne jeden Zweifel. »Ich liebe ihn, Dad.«

Ich blicke von meinem Vater zu meiner Mutter und dann zu Barb und Dr. Hamid, damit sie mich nur verstehen.

»Nimm sie. Bitte«, sagt Will und befreit sich mühevoll von der Rettungsdecke. Die Haut auf seiner Brust, seinem Bauch ist blassbläulich. Seine Arme geben nach, als Julie und eine Frau mit seinen Augen ihn wieder nach unten drücken.

»Aber wenn ich das tue, dann ändert das für uns gar nichts, Will. Das macht alles nur noch schlimmer«, sage ich, denn ich weiß, dass ich durch die neue Lunge die Mukoviszidose nicht loswerde.

»Ein Schritt nach dem anderen«, sagt er, ohne den Blick abzuwenden. »Das ist deine Chance. Und es ist, was wir beide wollen. Denk nicht an das, was du schon verloren hast. Denk an das, was du gewinnen kannst. Lebe, Stella.«

Wieder spüre ich Abbys Arme um mich, am Teich, wie sie mich an sich drückt. Ich habe ihre Stimme im Ohr, wie sie genau die Worte sagt, die Will jetzt wiederholt.

Lebe, Stella.

Ich atme tief ein und spüre das vertraute Ringen nach Luft,

das mich tagein, tagaus begleitet. Bei Abby habe ich gesagt, ich wolle leben. Wie ich das anstellen soll, darüber werde ich mir später den Kopf zerbrechen müssen. »Okay«, sage ich, nicke Dr. Hamid zu, die Entscheidung ist gefallen.

Wills Blick füllt sich mit Erleichterung und er streckt sich, legt die Hand auf einen Instrumentenwagen zwischen unseren Rollliegen. Ich lege meine Hand auf die andere Seite. Der rostfreie Stahl zwischen uns scheint gar nicht da zu sein.

Seine Hand liegt immer noch auf dem Wagen, als sie mich langsam fortschieben. Zu einer neuen Lunge. Zu einem neuen Anfang.

Aber weg von ihm.

Ich höre die Schritte meiner Eltern hinter mir, und die von Barb, und die von Dr. Hamid, aber ich sehe mich nach Will um, noch ein letztes Mal, und unsere Blicke treffen sich. Und in diesem Blick sehe ich ihn wie damals, als wir uns zum ersten Mal auf dem Flur begegnet sind, wie er sich mit den Fingern durchs Haar fährt. Ich sehe ihn, wie er das andere Ende des Billardqueues hält, während wir durchs Krankenhaus spazieren, wie er mir sagt, ich solle bei seinem nächsten Geburtstag wieder dabei sein. Ich sehe, wie er durch das Wasser im Pool bricht und das Licht in seinen Augen tanzt. Ich sehe ihn gegenüber auf der anderen Tischseite an seinem Geburtstag, wie er lacht, bis ihm die Tränen laufen.

Ich sehe ihn, wie er mich küssen möchte.

Und jetzt lächelt er so schief wie am ersten Tag, als wir uns kennengelernt haben, in seinen Augen das vertraute Leuchten, und dann sehe ich ihn nicht mehr. Aber ich höre noch seine Stimme. Ich höre noch Abbys Stimme.

Lebe, Stella.

Kapitel 28

WILL

Erschöpft sinke ich auf die Liege zurück, mein ganzer Körper tut weh. Sie bekommt eine Spenderlunge. Stella bekommt eine neue Lunge. Durch all den Schmerz pocht mir vor Glück das Herz. Die Hand meiner Mutter legt sich sanft um meinen Arm, als Julie mir die Sauerstoffmaske übers Gesicht zieht.

Und dann fällt es mir ein.

Nein.

Ich fahre auf, ein schneidender Schmerz sengt durch meine Brust, als ich den Flur hinunterbrülle: »Dr. Hamid!«

Weit vorne sehe ich, wie sie sich umdreht, mit ernstem Gesicht, und dann Barb zunickt, während die diensthabende Schwester Stella weiter in den OP rollt. Ich sehe beide an und dann hinab auf meine Hände.

»Ich habe sie Mund-zu-Mund beatmet.«

Über den Raum senkt sich absolute Stille, während alle sich bewusst machen, was das heißt. Wahrscheinlich hat sie B. cepacia. Und daran bin nur ich schuld.

»Sie hat nicht geatmet«, sage ich und schlucke. »Ich musste es tun. Es tut mir so leid.«

Ich blicke auf, in Barbs Augen und dann zu Dr. Hamid.

»Das hast du gut gemacht, Will«, sagt sie, nickt mir beruhigend zu.

»Du hast ihr das Leben gerettet. Und wenn sie sich mit B. cepacia infiziert hat, dann werden wir damit umgehen.«

Sie sieht von Barb zu Julie und dann zu mir.

»Aber wenn wir diese Lunge jetzt nicht verwenden, dann ist sie verschwendet. Wir operieren.«

Sie gehen und ich sinke wieder auf die Liege zurück, alles drückt schwer auf mich nieder. Ich bin so erschöpft, überall, am ganzen Körper. Es schüttelt mich, mein Brustkorb schmerzt von der Kälte. Wieder sehe ich Mom in die Augen, während Julie mir die Sauerstoffmaske über den Mund legt, sehe zu, wie meine Mom mir die Hand entgegenstreckt, um mir sanft das Haar zu streicheln, wie früher, als ich klein war.

Ich schließe die Augen, atme ein, atme aus, und lasse Qualen und Kälte dem Schlaf weichen.

***

Ich schaue auf die Uhr. Vier Stunden. Vier Stunden, seit sie sie nach hinten geschoben haben.

Unter nervösem Beingezappel sitze ich im Warteraum, starre angespannt hinaus in den Schnee jenseits des Fensters. Unwillkürlich erschauere ich, erlebe wieder den eisigen Wasserschock von vor ein paar Stunden. Meine Mutter versucht, mich wieder in mein Zimmer zu lotsen, um etwas Wärmeres anzuziehen, doch ich will bleiben. *Muss* bleiben. So nahe bei Stella, wie ich nur kann.

Ich reiße den Blick vom Fenster los, höre sich stetig nähernde Schritte. Ich wende den Kopf und sehe Stellas Mutter, die sich drei Stühle weiter hinsetzt, einen Becher Kaffee in der Hand.

»Danke«, sagt sie schließlich und sieht mir in die Augen. »Dafür, dass du ihr das Leben gerettet hast.«

Ich nicke, richte mir die Nasenkanüle, aus der der Sauerstoff geräuschvoll herauszischt. »Sie atmete nicht. Da hätte jeder …«

»Ich meine die Lunge«, sagt sie und ihr Blick wandert zum Fenster. »Ihr Vater und ich, wir konnten einfach nicht …« Sie spricht nicht weiter, doch ich weiß, was sie sagen möchte. Sie schüttelt den Kopf, sieht zu der Uhr, die über der Tür zum OP hängt. »Nur ein paar Stunden noch.«

Ich lächle sie an. »Keine Sorge. Dauert nicht lange und dann erstellt sie den ›Genesungsplan nach Lungentransplantation in achtunddreißig einfachen Schritten‹.«

Sie lacht und eine angenehme Stille senkt sich über uns, bis sie geht, um etwas zu essen.

Ich sitze alleine da, immer noch nervös, schreibe abwechselnd Jason und Hope oder starre die Wand an. In meinem Kopf kreiseln Bilder von Stella, Augenblicke, Szenen der vergangenen Wochen.

Ich möchte sie alle zeichnen.

Der erste Tag, an dem wir uns sahen, Stella in ihrem zusammengeschusterten Schutzanzug, das Geburtstagsessen. Eine Erinnerung kostbarer als die andere.

Die Fahrstuhltür gleitet auf und heraus kommt Barb, beladen mit meinen Malsachen, als könne sie Gedanken lesen.

»Die Wände anstarren wird irgendwann langweilig«, sagt sie und lädt alles auf mir ab.

Ich lache. Ein wahres Wort.

»Irgendwas Neues?«, frage ich, weil ich so unbedingt wissen will, wie die Operation läuft. Und noch wichtiger, die Ergebnisse der Bakterienkultur. Ich muss wissen, dass ich Stella nicht mit B. cepacia angesteckt habe. Dass diese Lunge ihr auch die Zeit schenkt, die sie möchte.

Barb schüttelt den Kopf. »Noch nichts.« Sie schaut zur OP-Tür, atmet tief durch. »Ich sage dir in der Sekunde Bescheid, in der ich was höre.«

Ich schlage die erste weiße Seite meines Blocks auf und beginne zu zeichnen, die Erinnerungen erwachen vor meinen Augen zum Leben. Langsam wird es Mittag, die Tür öffnet sich und Stellas Eltern sind zurück. Camila und Mya trotten hinter ihnen herein und alle sind beladen mit Schachteln voll Cafeteria-Essen.

»Will«, sagt Mya und rennt herbei, um mich einarmig zu umarmen und dabei nicht das Essen fallen zu lassen. Ich versuche nicht zusammenzuzucken, so geschwächt bin ich noch von letzter Nacht.

»Wir wussten nicht, was du möchtest, deshalb haben wir dir ein Sandwich mitgebracht«, sagt Camila und alle setzen sich auf die Stühle neben mir. Stellas Mutter zieht ein plastikverpacktes Riesensandwich aus ihrer Handtasche.

Ich lächle dankbar, mein Magen tut grummelnd seine Anerkennung kund.

»Danke.«

Ich blicke von meiner Zeichnung auf und sehe allen zu, wie sie essen, sich darüber unterhalten, was Stella wohl jetzt tun wird, voller Liebe zu ihr. Sie ist der Leim, der sie alle zusammenhält. Ihre Eltern. Camila und Mya. Jeder von ihnen braucht sie.

Ich reiße mich los und zeichne weiter, fülle eine Seite nach der anderen mit Bildern aus unserer Geschichte.

Die Stunden fließen ineinander – Camila und Mya verabschieden sich, Barb und Julie kommen und gehen – doch ich zeichne weiter, möchte jedes winzige Detail für die Ewigkeit bewahren. Ich sehe zu ihren Eltern hinüber, ihre Mutter schläft tief auf der Brust des Vaters, der seine Arme schützend um sie gewickelt hat und selbst die Lider langsam schließt.

Ich lächle in mich hinein. Scheint, als sei Stella nicht die Einzige, die heute eine zweite Chance bekommt.

Die OP-Tür schwingt auf und Dr. Hamid tritt heraus, gefolgt von ein paar weiteren Chirurgen.

Ich reiße die Augen auf und strecke den Arm aus, wecke ihre Eltern mit einem Stups, und dann stehen wir alle auf, mustern beklommen die Gesichter. Hat sie es geschafft? Geht es ihr gut?

Dr. Hamid zieht den Mundschutz ab und lächelt und wir alle drei seufzen vor Erleichterung.

»Sieht super aus«, sagt einer der Chirurgen.

»Oh, Gott sei Dank!« Stellas Mom umarmt Stellas Dad ganz fest. Ich lache mit, alle gehen auf Wolken. Stella hat es geschafft.

Stella hat eine neue Lunge.

***

Ich lasse mich aufs Bett plumpsen, völlig am Ende und zugleich glücklicher als je zuvor in meinem Leben. Als ich aufblicke, sehe ich meine Mutter, die sich in einen Sessel neben mein Bett gesetzt hat.

»Ist dir warm genug?«, fragt sie mich zum tausendsten Mal, seit sie wieder im Krankenhaus ist. Ich blicke an meiner doppelten Jogginghosenschicht und der Dreifachlage Sweatshirts hinunter, die ich ihr zuliebe angezogen habe, und muss unwillkürlich lächeln.

»Inzwischen bin ich schon schweißgebadet.« Ich zupfe am Kragen meines Kapuzenpullis.

Es klopft und Barb schaut herein, in der Hand einen Stapel mit Testergebnissen. Ich versteinere, ihre Augen verraten nichts von dem, was ich gleich hören werde.

Sie lehnt sich gegen die Tür und überfliegt die Blätter. »Die Bakterienkulturen, die wir angelegt haben, brauchen noch ein paar Tage, und es ist immer noch möglich, dass es das Sputum besiedelt. Aber momentan …« Sie lächelt mir zu, schüttelt den Kopf. »Sauber. Sie hat es nicht bekommen. Ich habe keine Ahnung, wie zum Henker das sein kann, aber sie hat es nicht.«

O Gott.

Zu diesem Zeitpunkt ist sie frei von B. cepacia.

Zu diesem Zeitpunkt ist das genug.

»Was ist mit Will?«, fragt Mom hinter mir. »Das Cevaflomalin?«

Ich suche Barbs Blick und wir verstehen uns. Sie schluckt, sieht kurz auf die Blätter in ihrer Hand, die Ergebnisse eines Tests, dessen Antwort ich bereits kenne.

»Funktioniert bei mir nicht, oder?«, frage ich.

Sie seufzt tief und schüttelt den Kopf. »Nein. Tut es nicht.«

Ach, Scheiße.

Ich versuche meine Mom nicht anzusehen, doch ich spüre ihre Verzweiflung. Die Traurigkeit. Ich greife nach hinten und nehme ihre Hand, drücke sie sanft. Wohl zum ersten Mal bin ich tatsächlich so enttäuscht wie sie.

Reumütig blicke ich zu Barb auf. »Es tut mir so leid wegen allem.«

Sie schüttelt den Kopf, seufzt noch einmal. »Nein, Süßer …« Sie spricht nicht fertig, zuckt mit den Schultern und lächelt mir schwach zu. »Liebe ist Liebe.«

Barb geht und ich halte meiner Mutter die Hand, während sie weint, im Wissen, dass sie alles getan hat, was sie konnte. Es ist niemandes Schuld.

Schließlich schläft sie ein und ich sitze auf dem Sessel am Fenster, sehe der Sonne zu, wie sie am Horizont niedersinkt. Wie im Park die Lichter, die Stella nie zu sehen bekommen hat, anspringen und ein weiterer Tag zur Neige geht.

***

Mitten in der Nacht wache ich auf, rastlos. Ich schlüpfe in meine Schuhe und stehle mich aus meinem Zimmer, hinab auf Ebene Eins, in den Aufwachraum, wo Stella schläft. Ich betrachte sie durch die offene Tür, ihren kleinen Körper, der an riesige Maschinen angehängt ist, die ihr das Atmen abnehmen.

Sie hat es geschafft.

Ich atme ein, sauge die Luft in meine Lunge, so gut es geht, spüre, wie unangenehm es sich in der Brust anfühlt, aber auch, wie erleichtert ich bin.

Erleichtert, dass Stella in ein paar Stunden aufwachen und mindestens fünf wundervolle Jahre haben wird, voll mit dem, was auch immer auf ihrer To-do-Liste steht. Und vielleicht, wenn ihr nach Abenteuer zumute ist, auch mit ein paar Dingen, die nicht draufstehen, wie zum Beispiel das Bewundern der Weihnachtsbeleuchtung um ein Uhr nachts.

Als ich ausatme, spüre ich jedoch noch etwas anderes. Das Bedürfnis, all diese Jahre zu beschützen.

Ich beiße die Zähne zusammen, und obwohl alles in mir dagegen anschreit, weiß ich genau, was ich zu tun habe.

***

Ich lasse meinen Blick über die kleine Truppe schweifen, die ich in meinem Zimmer zusammengetrommelt habe. Barb, Julie, Jason, Hope, Mya, Camila, Stellas Eltern. Das ist die zusammengewürfeltste Mannschaft, die man sich vorstellen kann, so wie sie dort steht und auf die Schachteln starrt, die ich auf meinem Bett ausgebreitet habe, jeder mit einer eigenen, hochbedeutenden Rolle. Ich halte meine Zeichnung hoch, zeige den ausgefeilten Plan, an dem ich fast den ganzen Morgen gearbeitet habe und bei dem jedes Detail sitzt und je einer Person und einem Auftrag zugeordnet ist.

Stella wäre stolz.

Ich höre die Stimme meiner Mutter auf dem Gang, wo sie laut und schneidend und durchsetzungsfähig ihren Teil erledigt.

Ich erschauere bei der Vorstellung, dass sie mich in diesem Ton anpfeift.

»Nun«, sage ich und sehe sie alle an. »Wir müssen das gemeinsam durchziehen.«

Hope wischt sich eine Träne fort und Jason legt den Arm

um sie. Ich muss woanders hinsehen, zu Julie, zu Camila und Mya, zu Stellas Eltern.

»Sind alle dabei?«

Julie nickt begeistert und es erhebt sich ein Chor der Zustimmung. Dann sehen alle zu Barb, die keinen Mucks gemacht hat.

»Oh, verdammt, klar! Ich bin definitiv dabei«, lächelt sie und zum ersten Mal in diesem Leben sind wir beide uns einig.

»Wie lange ist Stella noch sediert?«, frage ich.

Sie sieht auf die Uhr. »Wahrscheinlich noch ein paar Stunden.« Sie wirft einen Blick auf die Schachteln, überfliegt noch mal die Liste mit den Aufgaben. »Wir haben reichlich Zeit.«

Perfekt.

Ich beginne mit dem Austeilen der Schachteln, ordne jeder Person ihre Aufgabe zu. »Alles klar, Camila und Mya«, sage ich, gebe ihnen ihre Liste und gemeinsame Schachtel. »Ihr zwei arbeitet mit Jason und Hope an …«

Mom hat ihren Anruf beendet und steckt den Kopf ins Zimmer. »Erledigt. Sie haben zugesagt.«

JA! Ich habe doch gewusst, dass sie es hinkriegt. Ich schüttle den Kopf. »Du kannst einem echt Angst machen, das ist dir schon klar, oder?«

Sie erwidert mein Lächeln. »Ich habe eben reichlich Übung.«

Ich teile die restlichen Schachteln aus und alle verschwinden hinaus auf den Gang, für die Vorbereitung. Meine Mutter bleibt zurück, steckt wieder den Kopf ins Zimmer. »Brauchst du noch was?«

»Nein. Ich komme bald. Ich muss nur erst noch eine Sache machen.«

Die Tür schließt sich und ich gehe zu meinem Schreibtisch, ziehe ein paar Latexhandschuhe über und hole meine Stifte hervor. Bei einem Bild hänge ich fest. Einem Bild von Stella, wie sie auf dem zugefrorenen See herumwirbelt, wenige Augenblicke bevor ich ihr meine Liebe gestanden habe.

Ich versuche jedes Detail richtig hinzubekommen. Das Mondlicht in ihrem Gesicht. Das Haar, das sie im Drehen umfächert. Die nackte Freude in ihrem Gesicht.

Meine Augen füllen sich mit Tränen, als ich auf das Bild hinabstarre, und ich wische sie mit meinem Arm fort, weil ich weiß, dass ich dieses eine Mal das absolut Richtige tue.

***

Wieder stehe ich in Stellas Tür, sehe zu, wie ihr bandagierter Brustkorb sich gleichmäßig hebt und senkt, ihre neue Lunge perfekt funktioniert.

Der getrocknete Panda ist fest unter ihren Arm geklemmt, ihr Gesicht im Schlaf ganz friedlich.

Ich liebe sie.

Immer habe ich nach irgendwas gesucht. Von jedem Dach aus habe ich etwas gesucht, das mir einen Sinn schenken würde.

Und jetzt habe ich ihn.

»Sie wacht auf«, sagt ihr Dad, als Stella sich zu regen beginnt.

Ich blicke auf, sehe ihre Mom durchs Zimmer kommen, sehe, wie ihre Augen bei meinem Anblick feucht werden. »Danke, Will.«

Ich nicke, greife mit meiner latexumhüllten Hand in meine

Tasche und ziehe ein eingewickeltes Päckchen heraus. »Können Sie ihr das bitte geben, wenn sie aufwacht?«

Ihre Mom nimmt es mir ab und schenkt mir ein kleines, trauriges Lächeln.

Dann sehe ich ein letztes Mal zu Stella, deren Augenlider zu flattern beginnen. Ich möchte bleiben. Ich möchte in dieser Tür stehen bleiben, genau da, wo sie ist. Und sei es auch immer mit eineinhalb Metern Abstand.

Oder sogar mit zwei Metern.

Aber genau aus diesem Grund atme ich aus, und mit allem, was ich in mir habe, drehe ich mich um und gehe fort.

Kapitel **29**

STELLA

Ich schlage die Augen auf.

Ich starre an die Wand, alles wird schärfer, der Schmerz von der Operation strahlt in den ganzen Körper.

Will.

Ich versuche mich umzusehen, doch ich bin zu schwach. Es sind Leute hier, aber ihn sehe ich nicht. Ich versuche zu sprechen, aber ich kann nicht, wegen des Beatmungsgeräts.

Da sehe ich meine Mutter und sie hält mir ein Päckchen entgegen. »Liebling?«, flüstert Mom und reicht es mir.

»Das ist für dich.«

Ein Geschenk? Das ist seltsam.

Ich habe Mühe mit dem Papier, ich bin zu schwach. Sie hilft mir, ein schwarzes Skizzenbuch freizulegen, auf dem vorne steht: DREI SCHRITTE ZU DIR.

Es ist von Will.

Ich blättere durch die Seiten, sehe mir eine Zeichnung nach der anderen aus unserer Geschichte an, in leuchtenden Farben. Ich, wie ich den Panda halte, wir beide, wie wir jeweils an einem Ende des Billardqueues stehen, wir, wie wir im Pool tauchen, seinen gedeckten Geburtstagstisch, ich, wie ich auf dem zugefrorenen Teich Pirouetten drehe.

Und dann, auf der letzten Seite, wir beide. In meiner kleinen Cartoonhand halte ich einen Ballon, der oben aufplatzt und Hunderte von Sternen freigibt, die über das Blatt hinweg zu Will fliegen.

Er hält eine Schriftrolle und einen Stift in der Hand und darunter steht: »Wills Masterliste.«

Und darunter ein einziger Punkt.

1. Stella für immer lieben.

Ich lächle und sehe mich im Raum um. Warum ist er dann nicht hier?

Julie macht einen Schritt nach vorne, stützt mir ein iPad in den Schoß. Ich verstehe gar nichts mehr.

Sie drückt auf Play.

»Stella, meine wunderschöne Kommandantin«, sagt Will auf dem Bildschirm, sein Haar ist wie immer ein herrliches Chaos, sein Lächeln so schief wie eh und je.

»Vermutlich stimmt das, was da in deinem Buch steht – die Seele kennt keine Zeit. Die vergangenen Wochen werden für mich ewig dauern.« Er holt mühsam Luft, strahlt mit seinen blauen Augen. »Ich bedaure nur, dass du nie deine Lichter gesehen hast.«

Überrascht blicke ich auf, als plötzlich alles dunkel wird. Ich sehe Julie neben dem Lichtschalter.

Plötzlich erstrahlt der Hof vor den Aufwachraumfenstern, alles ist bedeckt mit der funkelnden Weihnachtsbeleuchtung aus dem Park, mit Lichterketten, die sich um die Laternenpfähle und die Bäume wickeln. Sie leuchten bis hinein an mein Bett. Ich keuche auf und Barb und Julie lösen die Bremsen und rollen mich bis ans Fenster, damit ich alles genau sehen kann.

Und da, auf der anderen Seite des Glases, unter einem Baldachin aus wunderschönen Lichtern, steht Will.

Jetzt verstehe ich, was hier geschieht.

Er geht. Will geht. Ich umklammere die Laken und eine ganz andere Art von Schmerz überwältigt mich.

Er lächelt mir zu, blickt hinab und zieht sein Handy heraus. Hinter mir beginnt meines zu klingeln. Julie reicht es mir, stellt es auf Lautsprecher. Ich will etwas sagen, irgendwas sagen, ihm sagen, er soll *bleiben*, doch es kommt nichts heraus.

Die Beatmungsmaschine zischt.

Ich versuche, ihm irgendwie durch Blicke mitzuteilen, dass er nicht gehen soll. Dass ich ihn brauche.

Er lächelt mir schwach zu, und ich sehe, dass er Tränen in den Augen hat. »Endlich bist du mal um Worte verlegen«, fließt seine Stimme aus dem Telefon.

Er hebt die Hand, legt sie auf die Fensterscheibe. Mühsam hebe ich meine, lege sie an seine, und das Glas ist nur das jüngste von all dem, was uns trennt.

Ich möchte schreien.

Bleib.

»In den Filmen sagen die Leute immer, wen man liebt, den muss man ziehen lassen.« Er schüttelt den Kopf, schluckt, ringt um Worte. »Ich habe immer gedacht, was für ein Geschwätz. Aber als ich dich fast habe sterben sehen …«

Er verstummt und meine Finger krümmen sich auf dem Glas, wollen es zerschmettern, doch ich kriege kaum ein Klopfen zustande. »In dem Moment hat mir nichts mehr etwas bedeutet. Nichts mehr. Bis auf dein Leben.«

Er drückt ebenfalls fester dagegen und seine Stimme beginnt zu zittern. »Das Einzige, was ich will, ist, mit dir zusammen zu sein. Aber ich muss wissen, dass du in Sicherheit bist. In Sicherheit vor mir.«

Er kann kaum weiterreden, Tränen strömen ihm das Gesicht hinunter. »Ich möchte dich nicht verlassen, aber ich liebe dich zu sehr, um zu bleiben.« Er lacht durch die Tränen und schüttelt den Kopf. »Gott, die verdammten Filme hatten doch recht.«

Er lehnt den Kopf gegen die Scheibe, wo meine Hand liegt. Ich kann es fühlen, sogar durchs Glas. Ich kann ihn fühlen.

»Ich werde dich für immer lieben«, sagt er und blickt auf, bis wir einander in die Augen schauen und dort beide den gleichen Schmerz finden. Unter der frischen Narbe bricht mir langsam das Herz.

Mein Atem beschlägt das Glas und noch einmal hebe ich einen zitternden Finger und zeichne ein Herz.

»Machst du bitte die Augen zu?« Ihm versagt die Stimme. »Ich schaffe es nicht, von dir wegzugehen, wenn du mich ansiehst.«

Doch ich weigere mich. Er blickt auf, sieht den Widerstand in meinem Gesicht. Doch die Entschiedenheit in seinem überrascht mich.

»Mach dir keine Sorgen um mich«, lächelt er durch die Tränen. »Wenn ich morgen zu atmen aufhöre, hätte ich nichts anders haben wollen als so, wie es war.«

Ich liebe ihn. Und er wird mein Leben für immer verlassen, damit ich ein Leben zum Leben haben kann.

»Bitte mach die Augen zu«, fleht er und verkrampft seinen Kiefer. »Bitte, lass mich gehen.«

Ich nehme mir noch einen Augenblick, um mir sein Gesicht genau einzuprägen, und dann zwinge ich mir endlich die Augen zu, während mein Körper von Schluchzern geschüttelt wird, gegen das Beatmungsgerät kämpft.

Er geht weg.

Will geht weg.

Wenn ich die Augen aufmache, wird er fort sein.

Tränenüberströmt spüre ich, wie er geht, viel weiter als die eineinhalb Meter, auf die wir uns geeinigt hatten. Die immer zwischen uns waren.

Langsam schlage ich die Augen auf, hoffe irgendwo immer noch, ihn jenseits der Scheibe zu sehen. Doch da sind nur die funkelnden Lichter im Hof und in der Ferne ein Auto, das in der Nacht verschwindet.

Meine Fingerspitzen tasten nach oben und ich berühre den Abdruck seiner Lippen auf dem Fenster. Seinen letzten Abschiedskuss.

ACHT MONATE SPÄTER

Kapitel 30

WILL

Der Lautsprecher im Flughafenterminal krächzt los, eine gedämpfte Stimme übertönt das morgendliche Geplapper und den Lärm der Rollkoffer auf dem Fliesenboden. Ich ziehe einen Ohrstöpsel raus, um die Ansage zu verstehen, weil ich fürchte, dass sich vielleicht das Gate geändert haben könnte und ich mit meiner beschissenen Lunge einmal quer durch den ganzen Flughafen muss. »Achtung: Passagiere für Icelandair, Flug 616 nach Stockholm …«

Ich stecke den Kopfhörer wieder rein. Nicht mein Flug. Schweden kommt erst im Dezember dran.

Ich lehne mich in meinem Sitz zurück und rufe zum zigtausendsten Mal YouTube auf, finde wie üblich meinen Weg zu Stellas neuestem Video. Würde YouTube individuelle Klickzahlen auswerten, hätten sie mir inzwischen bestimmt die Polizei nach Hause geschickt, so ein Stalker bin ich. Aber das ist mir egal, denn bei diesem Video geht es um uns. Und als ich auf Play drücke, erzählt sie unsere Geschichte.

»Menschliche Berührung. Unsere erste Form der Kommunikation«, sagt sie mit lauter, klarer Stimme. Sie holt tief Luft, ihre neue Lunge funktioniert wunderbar.

Dieser Atemzug ist mein liebster Teil im ganzen Video. Er

ist ohne Widerstand. Frei von Pfeifen. Er ist perfekt und glatt. Mühelos.

»Sicherheit, Geborgenheit, Beruhigung, all das steckt in der sanften Berührung eines Fingers oder in Lippen, die sanft über eine Wange streichen«, sagt sie und ich blicke vom iPad auf und sehe mich im überfüllten Flughafen um – die Leute, die kommen und gehen, schwere Taschen hinter sich herzerren – aber sogar hier trifft zu, was sie sagt. Angefangen mit den langen Umarmungen in der Ankunftshalle über die beruhigenden Hände auf den Schultern vor den Sicherheitskontrollen bis zu dem jungen Pärchen, das umschlungen vor dem Gate wartet, überall wird sich berührt.

»Wir brauchen diese Berührung durch den geliebten Menschen fast genauso dringend wie die Luft zum Atmen. Die Bedeutung der Berührung, seiner Berührung, habe ich nie verstanden … bis ich sie nicht haben konnte.«

Ich sehe sie vor mir. Eineinhalb Meter entfernt von mir, in jener Nacht im Pool, bei unserer Wanderung zu den Lichtern, auf der anderen Seite der Scheibe bei unserem Abschied, die ständige Sehnsucht zwischen uns, diese Kluft zu schließen.

Ich halte das Video an, um sie zu betrachten.

Sie sieht … so viel besser aus, als ich sie je in Wirklichkeit gesehen habe. Kein Sauerstoffgerät. Keine dunklen Ringe unter den Augen.

Für mich war sie immer schön, doch nun ist sie *frei*. Sie *lebt*.

Jeden einzelnen Tag ertappe ich mich bei dem Wunsch, ich wäre nicht gegangen, mache noch einmal den Augenblick durch, in dem ich mich umgedreht habe, um fortzugehen, mit Beinen aus Zement, während ihr Fenster mich anzog wie ein

Magnet. Ich denke, dieser Sog, dieser Schmerz wird immer da sein. Aber ich muss sie nur so sehen, um zu wissen, dass es das ganze millionenmal wert war.

Eine Benachrichtigung von ihrer App erscheint auf meinem Display, erinnert mich an meine Mittvormittagsmedikamente. Ich lächle über die tanzende Pillenflasche. Sie ist wie eine Stella im Taschenformat, die ich immer dabeihabe, damit sie mir über die Schulter schaut und mich an meine Therapien erinnert. Mich daran erinnert, wie wichtig es ist, mehr Zeit zu haben.

»Bereit, Mann?« Jason stupst mich an, als sich die Türen für den Einstieg ins Flugzeug nach Brasilien öffnen. Ich strahle ihn an, schlucke meine Medikamente trocken runter und stecke die Pillendose zurück in den Rucksack, ziehe ihn zu.

»Schon bereit geboren.«

Endlich werde ich all die Orte sehen, von denen ich geträumt habe.

In jeder Stadt werde ich mich durchchecken lassen, was eine der drei Bedingungen war, unter denen meine Mom mich hat ziehen lassen. Die anderen zwei waren simpel. Ich muss ihr so viele Bilder schicken wie möglich und jeden Montagabend mit ihr skypen, egal, was passiert. Abgesehen davon kann ich endlich mein Leben so leben, wie es mir passt. Und darin ist zum ersten Mal überhaupt enthalten, dass ich an ihrer Seite kämpfe.

Endlich haben wir eine gemeinsame Ebene gefunden.

Ich stehe auf, hole tief Luft und ziehe mir den Riemen meines Sauerstoffgeräts fester um die knochige Schulter. Doch der Atem bleibt mir im Hals stecken. Denn durch all die Stimmen und das Chaos, durch das Rasseln des Schleims in meiner Lunge höre ich plötzlich meinen liebsten Klang der Welt.

Ihr Lachen. Wie Glocken hört es sich an, und ich ziehe sofort mein iPad heraus, weil ich mir sicher bin, dass ich das Video nicht ausgemacht habe. Aber das Display ist schwarz und es klingt weder dünn noch blechern.

Es ist nur wenige Meter weit entfernt.

Meine Beine wissen, dass ich einfach gehen sollte, mein Flugzeug besteigen, weitergehen. Doch meine Augen suchen bereits. Ich muss es wissen.

Ich brauche ungefähr sechs Sekunden, um sie zu finden, und ich bin noch nicht mal überrascht, dass ihre Augen schon mitten in meine schauen.

Stella war immer diejenige, die mich zuerst gefunden hat.

Kapitel 31

STELLA

»Was ist denn jetzt mit dem Improvisieren, Stella? Dem ›Machen wir's auf Abby-Art‹?«, fragt Mya und knufft mich spielerisch in die Seite.

Ich blicke von meinem Reiseplan auf, lache und stecke ihn sorgsam gefaltet hinten in die Hosentasche. »Rom wurde auch nicht an einem Tag erbaut.« Ich grinse sie und Camila an, stolz auf meinen Vatikanstadtwitz. »Kapiert? Rom?«

Camila lacht und verdreht die Augen. »Neue Lunge, alter Humor.«

Bei ihren Worten atme ich tief ein und meine Lunge dehnt sich mühelos aus, zieht sich problemlos zusammen. Es ist immer noch so wunderbar, dass ich es kaum glauben kann. Die letzten acht Monate waren schön und schrecklich zugleich, um es milde auszudrücken. Die neue Lunge ist der Wahnsinn und die Schmerzen von der OP sind nach und nach einem völlig neuen Leben gewichen. Meine Eltern sind wieder zusammen und langsam sind wir auch auf dem Weg der Genesung. Natürlich ist dadurch nicht alles wieder gut geworden. Der Verlust von Abby und Poe ist nach wie vor ein Schmerz, über den ich nie ganz hinwegkommen werde. Genau wie ich weiß, dass ich, was auch geschehen mag, nie ganz über Will hinwegkommen werde. Und das ist okay.

Der Schmerz erinnert mich, dass sie bei mir waren, dass ich lebe.

Dank Will habe ich jetzt so viel mehr vom Leben. So viel mehr Zeit. Abgesehen von seiner Liebe war das das größte Geschenk, das ich überhaupt bekommen konnte. Und heute kann ich nicht mehr glauben, dass ich es fast nicht angenommen hätte.

Ich sehe mich im Flughafen um, zu den hohen Decken und den riesigen Fenstern, und Aufregung pulsiert durch meine Adern, als wir Gate 17 ansteuern, für unseren Flug nach Rom. Eine Reise, die ich endlich machen kann. In den Vatikan, zur Sixtinischen Kapelle und dann zu all den anderen Zielen, die ich mir gesteckt habe. Ich reise nicht mit Abby und den einen Punkt auf Wills Liste werde ich dort bestimmt auch nicht abhaken, aber allein schon damit, dass ich hinreise, fühle ich mich ihnen nahe.

Beim Gehen fällt mir auf, dass ich das Tempo vorlege, dass es Camila und Mya sind, die mir folgen. Vor ein paar Monaten wäre ich bei all diesen Fußmärschen noch aus den Latschen gekippt, aber jetzt fühlt es sich an, als könne ich noch ewig so weiterspazieren.

»Gruppenfoto!«, ruft Mya, als wir unser Gate gefunden haben, und hält ihr Handy hoch, während wir uns zusammendrängeln und in die Kamera lächeln.

Es blitzt, wir lösen uns und ich nutze die Zeit, um noch mein eigenes Handy zu checken. Meine Eltern haben mir ein Foto von ihnen beiden beim Frühstück geschickt und mein Vater hat aus seinen Eiern mit Speck ein trauriges Gesicht gebastelt. Darunter steht: DU FEHLST UNS SCHON JETZT, STELL. Wo bleiben die Fotos?

Ich lache und stupse Mya. »Bitte, schick das Bild gleich an meine Eltern weiter, die fragen in einer Tour nach …«

Meine Stimme verstummt, denn ich sehe, dass sie mit offenem Mund dasteht und völlig geschockt Camila anstarrt.

»Was? Habe ich schon wieder das mit meinem Gesicht gemacht?«, fragt Camila mit einem tiefen Seufzen. »Ich habe keine Ahnung, weshalb ich immer so grin…«

Mya schneidet ihr durch Handheben das Wort ab, macht dringliche Augenbewegungen zu einer großen Gruppe von Leuten, die darauf warten, ihr Flugzeug zu besteigen, und fixiert schließlich etwas hinter mir. Camila holt scharf Luft.

Ich drehe mich um, folge ihrem Blick, und mir stellen sich die Nackenhaare auf, als ich die lange Warteschlange absuche.

Mein Herz beginnt zu rasen, als ich Jason entdecke.

Und dann weiß ich es. Ich weiß, dass er da ist, noch bevor ich ihn sehe.

Will.

Wie angewurzelt stehe ich da, als er den Kopf hebt und unsere Blicke sich treffen, und die vertrauten blauen Augen, von denen ich so lange geträumt habe, hauen mich beinahe um. Er ist immer noch krank, hat das Sauerstoffgerät um die Schulter geschlungen und ein hageres, müdes Gesicht. Es tut mir fast körperlich weh, ihn so zu sehen, zu fühlen, wie meine Lunge sich füllen kann und seine nicht.

Doch dann hebt sich sein Mundwinkel zu seinem schiefen Lächeln und die Welt löst sich auf. Es ist Will. Er ist es wirklich. Er ist krank, doch er lebt. Wir leben beide.

Ich atme einmal tief und ungehindert durch und gehe auf

ihn zu, bleibe genau zwei Meter vor ihm stehen. Er betrachtet mich voller Wärme. Kein Sauerstoffgerät, keine Atemschwierigkeiten, keine Nasenkanüle.

Ich bin praktisch eine andere Stella.

Bis auf eines.

Ich lächle ihn an und mache diesen einen gestohlenen Schritt, bis wir eineinhalb Meter entfernt stehen.

Anmerkung

Das Medikament Cevaflomalin, an dessen Studie Will teilnimmt, ist eine Erfindung der Literatur. Wir hoffen, dass eines Tages solch eine Behandlung für Mukoviszidose bzw. zystische Fibrose entwickelt werden kann.

Danksagungen

Rachael

Allem voran ist dieses Buch den Tausenden von Menschen auf dieser Welt gewidmet, die mit Mukoviszidose leben. Ich hoffe von ganzem Herzen, dass Mukoviszidose auf diese Weise mehr Aufmerksamkeit bekommt und jedem Einzelnen von euch dabei hilft, gehört zu werden.

Danke an Mikki Daughtry und Tobias Iaconis, die mir ihr wunderbares Drehbuch und die Geschichte von Will und Stella anvertraut haben. Es war eine Ehre, mit euch beiden zu arbeiten.

Ich danke Simon & Schuster für die Gelegenheit – und meiner großartigen Lektorin Alexa Pastor, einer Meisterin ihres Fachs.

Ein riesiges Dankeschön an meine Agentin Rachel Ekstrom Courage bei Folio Literary Management für ihre große Hilfe.

Auch an die beste aller Mentorinnen, Siobhan Vivian.

Meiner besten Freundin, Lianna Rana, der Monday Night Trivia Crew, bestehend aus Larry Law, Alyssa Zolkiewicz, Kyle Richter und Kat Loh, und Judy Derrick: Ohne eure überwältigende Unterstützung hätte ich das hier nicht geschafft.

Besonderen Dank an meine Mom, die seit dem Tag meiner

Geburt an mich geglaubt hat. Du hast dem Begriff »alleinerziehende Mutter« einfach eine ganz neue Bedeutung gegeben und ich bin dir auf ewig dankbar für deine Kraft, deinen Mut und deine Fürsorge über all die Jahre hinweg.

Und schließlich an meine Liebste, Alyson Derrick. Danke, danke, danke, dass du genau so bist, wie du bist. Du bist das Licht selbst.

Mikki & Tobias

Diese Geschichte ist Claire Wineland und all den Menschen gewidmet, die immer noch tapfer den Kampf gegen die Mukoviszidose kämpfen. Claires Tapferkeit und Durchhaltevermögen sollte uns allen ein Beispiel sein. Kämpft weiter, lächelt weiter, bleibt ruhig. Wir kannten sie nur kurz und doch wird ihr Einfluss ein ganzes Leben lang währen. Ihr Beitrag zu dieser Geschichte war gewaltig. Ihr Beitrag zur Geschichte der Menschlichkeit wird niemals enden.

Danke an Justin Baldoni, der nie ein Nein akzeptiert hat. Justins Hingabe, Antrieb und Mitgefühl haben uns in jeder Hinsicht inspiriert. Sein unbeirrbarer Glaube an dieses Projekt hat uns gelehrt, dass aus Begabung, Zielstrebigkeit und Ehrgeiz große Dinge entstehen können. Wir danken ihm aus tiefsten Herzen.

An Cathy Schulman, deren ständige Erreichbarkeit nie notwendiger wurde als um drei Uhr nachts. Cathys Wissen, Erfahrung und schöpferische Weisheit machten Seite für Seite, Szene für Szene besser. Es war eine Ehre und eine Freude, ihr bei der Arbeit zuzusehen. Und sie ließ uns ihren Oscar halten. Wir waren begeistert!

An Terry Press, Mark Ross, Sean Ursani und das ganze Team von CBS Films. Wir schätzen uns glücklich, stets in die richtige Richtung gewiesen worden zu sein. Ohne ihr Vertrauen in dieses Projekt wäre dies alles nicht möglich gewesen. Wir durften mit einem wahren Dream Team arbeiten, und jeden Tag war uns bewusst, was für ein Segen das war.

Und an Rachael Lippincott, deren übermenschliche Leistungen bei der Umarbeitung des Stoffes in einen Roman faszinierend zu beobachten und noch faszinierender zu lesen waren. Danke, danke, danke!

Ohne die unermüdlichen Anstrengungen sämtlicher Beteiligten gäbe es kein Drehbuch. Gäbe es keinen Film. Gäbe es kein Buch. Für all das werden wir ewig dankbar sein.